⑭ 倪匡珍藏限量紀念版

衛斯理傳奇之

不死藥

（含：不死藥・天外金球）

倪匡 著

無窮的宇宙，
無盡的時空，
無限的可能，
與無常的人生之間的永恆矛盾，
從倪匡這顆腦袋中編織出來。

——金庸

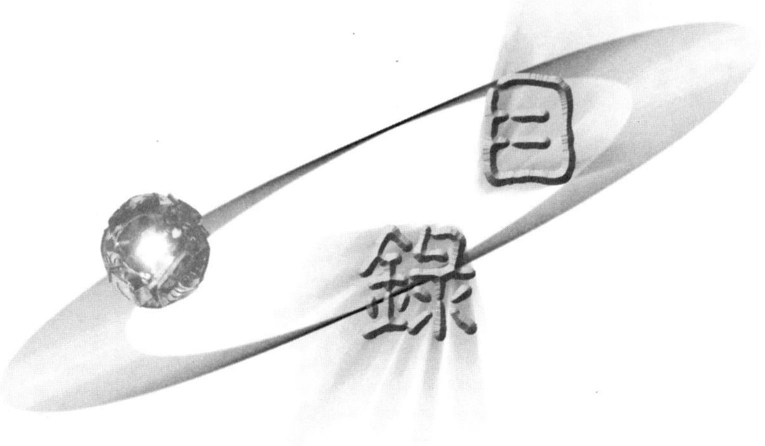

不死藥

天外金球

不死藥

序言

「不死藥」的故事，在衛斯理故事中，相當突出，它基本上是一個結構相當嚴謹的推理小說，十分之曲折離奇，而不死藥的構想，只是使故事看來更離奇而已。

從古代開始，人類就一直在追尋「長生不老之藥」，衛斯理故事有一貫的主題思想：人類普遍觀念之中，值得追求的事，沒有一件在得到了之後是真正幸福的，在不死藥之前，有透明人，有預知能力，等等，在以後，也還有許多。

這種觀點，是想說明，人是很愚蠢的，花盡了心血在追求的事，都是因為求不到，真正求到了，結果都是痛苦，最幸福的人，是不追求甚麼的人，沒有得著，沒有損失，心平氣和，喜樂知足！

這個故事的寫作時間，可能相當早，因為文內提及了白素是「新婚妻子」，正確的日子，記不得了。

倪匡

第一部：死囚的越獄要求

這是一件十分令人不愉快的事情，春光明媚，正是旅行的好季節，而我也正計畫了一次旅行，可是，早上，在我還未曾出發的時候，警方的特別工作組負責人傑克，卻突然打了一個電話給我，說有一個人想見我，他的名字是駱致遜。

換了別的人，我或者可以拒絕，或者可以不改變我的旅行計畫，等我旅行回來之後再見他，可是對駱致遜，我無法推宕。因爲駱致遜的生命只有幾小時了，他只能活到今天下午四點鐘。

這絕不是甚麼秘密，而是每一個人都知道的事情，幾乎每一張報紙都登載著這個消息！駱致遜是一個待處決的死囚！

他因爲謀殺他的弟弟駱致謙而被判死刑的。那是件轟動一時的案子，駱致遜曾經不服判決而上訴，但是再審的結果是維持原判。

由於這件案子有許多神秘莫測的地方，是以特別轟動，甚至連和這件案子絕無關係的我，也曾經研究過那件案子的內容，但是卻不得要領，當然，我那時研究這件案子的資料，全是報紙上的報導，而未曾和駱致遜直接接觸過，所以也研究不出甚麼名堂來。

我認爲這是一件十分奇怪的案件，因爲駱致遜全然沒有謀殺的動機。

駱致遜是一個十分富有的人，他不但自己有著一份豐厚的遺產，而且，還替他的弟弟，保管著另一份豐厚的遺產。他的弟弟駱致謙很早就在美國留學，第二次世界大戰期間，是美國軍隊中的一個軍官，在作戰之中失蹤，軍方認爲他已絕無生還的希望。

在這樣的情形下，駱致遜如果是爲了謀奪財產，那麼他根本可以順理成章地將他兄弟的財產據爲己有。但是他卻不，他在第二次世界大戰結束後近三十年，仍然堅信他的兄弟還在人間。

他派了很多人，在南太平洋各島逐島尋找著他的兄弟，這件事情是社會上很多人知道的。許多南太平洋的探險隊都得到駱致遜的資助，條件之一就是要他們找尋駱致謙的下落。

第二次世界大戰中最慘烈的戰役，便是太平洋逐島戰，犧牲的軍人不知凡幾，要找尋一個在那樣慘烈的戰事之中失蹤了二十年的人，那實在和大海撈針一樣的困難。

許多人都勸駱致遜不必那樣做了，但是，駱致遜卻說，他和他的弟弟，自小便有著深厚的感情，只要還有一線希望，他就非將他找回來不可！

搜尋工作不斷地進行著，美軍方面感於駱致遜的這份誠意，甚至破例地將當時軍隊中行動記錄借給駱致遜查閱，使駱致遜搜尋範圍縮小。

終於，奇跡出現了，駱致遜找到了他的弟弟！

當他和他弟弟一齊回來的時候，這也是轟動社會的一件大新聞。

但是，更轟動的新聞還在後面：在回來之後的第三天，駱致遜就謀殺了他的弟弟。

他是在一個山崖之上，將他的弟弟硬推下去的，當時至少有七個人看到他這種謀殺行動，和二十個人聽到他弟弟駱致謙在跌下懸崖時所發出的尖銳的叫聲。

駱致謙的屍體並未曾被發現，專家認爲被海水沖到遙遠的不可知的地方去了。

而駱致遜在將他的弟弟推下山去之後，只是呆呆地站立著，直到警員替他加上手銬。

駱致遜被捕後，幾乎不替自己申辯，他甚麼也不說，他的妻子替他請了好幾位最好的律師，但是再好的律師也無能爲力！

不但有七名證人目擊駱致遜行兇，而且，三名最著名的神經病專家和心理醫生，發誓證明駱致遜的神經，是絕對正常的。

駱致遜被判死刑。

這件案子最神秘的地方便在於：駱致遜的殺人動機是甚麼？

駱致遜是一個受過高等教育的人，對一個受過高等教育的人來說，尤其是去殺死另外一個人，去殺死自己的親兄弟，這是一件非同小可的大事，絕不能沒有動機的。

那麼，駱致遜的動機是甚麼呢？

他費了那麼多的金錢、時間、心血，將他的兄弟從太平洋的一個小島的叢林之中，找了回來，目的就是將他帶回來，然後從山上推下麼？

如果是這樣的話，那麼他就是瘋子。

但事實上，專家證明了他絕不是瘋子。

這案子在當時會使我感到興趣的原因也在此，我蒐集了一切有關這件案子的資料，而由於案發之後，駱致遜幾乎甚麼也不說，駱致遜的夫人，柏秀瓊女士，便成了訪問的對象。

柏女士發表了許多談話，都也力證她丈夫無辜的，她將她丈夫歷年來尋找兄弟的苦心，以及兩兄弟回來之後，她丈夫那種歡欣之情，形容得十分動人。

而且，在許多次談話之中，她記得起一切細節來。柏女士所講的一切，都證明駱致遜沒有謀殺他兄弟的動機，絕沒有。

但是柏女士的談話，也沒有可能挽救駱致遜的命運。

當時，我曾經有一個推斷，我的推斷是：駱致遜從荒島中帶回來的不是他的弟弟，而是另一個人，當駱致遜發現了這一點的時候，陡地受了刺激，所以才將他帶回來的那個人殺死的。

但是我的推論是不成立的，各方面的證據都表明，駱致遜帶回來的那人，就是當年失蹤的美軍軍官，駱致謙中尉。指紋相同、容貌相同，絕不可能會是第二個人的。

因此，駱致遜究竟爲甚麼要殺他的弟弟，就成了一個謎。

我以爲這個謎是一定無法解開的了，但是，警方卻通知我說，駱致遜要見我！

在他臨行刑之前的幾小時，他忽然要見我。

我——並不是甚麼大人物，只是一個普通人，但是我曾解決過許多件十分疑難重重，荒誕莫測的事，駱致遜之所以在行刑前找我，當然是他的心中有著極難解決的事情了。

我答應了傑克，放棄了旅行。

在傑克的辦公室中，我見到這位曾與之爭吵過多次的警方高級人員，他張大了手：「歡迎，歡迎，你是垂死者的救星。」

他分明對我有些不滿，我只是淡然一笑：「我看駱致遜的神經多少有些不正常，他以爲我是甚麼人，是牧師麼？」

「那我也不知道了，他的生命時間已然無多，我們去看他吧！」傑克並不欣賞我的幽默。

我們一起離開了警局，來到了監獄，在監獄的門口，齊集了許多新聞記者，進了監獄之後，城中一流的律師，幾乎全集中在這裏，使這裡不像監獄，倒像是法律會議的會場一樣。

那些律師全是柏女士請來的，他們正在設法，請求緩刑，準備再一次地上訴，看來他們的努力，已有了一定的成績。

在監獄的接待室中，我第一次見到了駱致遜的妻子，柏秀瓊女士。她的照片我已看過不止一次了，她本人比照片更清瘦，也更秀氣。她臉色蒼白，坐在一張椅上，在聽著一個律師說話。

我和傑克才走進去，有人在她的耳際講了一句話，她連忙站起來，向我迎了上來。

她的行動十分之溫文，一看便令人知道她是一個十分有教養的女子。而且，可以看得出來，她是一個十分有克制力的人，她正竭力地在遏制她的內心的悲痛，在這樣的情形下，使人更覺得她值得同情。

她來到了我的面前，低聲道：「衛先生？」

我點了點頭：「是的，我是衛斯理。」

她苦笑了一下：「對不起得很，打擾了你，他本來是甚麼人也不想見的。甚至連我也不想見了，但是他卻要見你。」

我的心中，本來或者還有多少不快意，但是在聽了柏秀瓊的那幾句話之後，我卻連那一點不愉快的感覺都沒有了，因爲我在她的話中，聽出了駱致遜是多麼地需要我的幫助！

駱致遜是一件如此離奇的怪案的主角，他若是沒有甚麼必要的理由，是絕不會在妻子都不見的情形之下，來求見我這個陌生人的。

所以，我忙道：「別客氣，駱大太。我會盡我一切所能去幫助他。」

柏秀瓊的眼中噙著淚：「謝謝你，衛先生，我相信他是無辜的。」

在這樣的情形下，我實在也想不出有甚麼話可以安慰柏秀瓊。而且，傑克也已經在催我了，我只得匆匆地向前走去。

死囚室是監獄之中，戒備得最嚴密的一部份，我們穿過了密密層層的警衛，才算是來到了監禁駱致遜的囚室之前，一名獄卒一看到傑克，便立即按下了電鈕，打開了囚室的門。

囚室中相當陰暗，門打開了之後，傑克只是向前一指，道：「你進去吧。」

我一面向前走，一面向內看去，囚室是沒有甚麼可以形容的，世界上每一個囚室，幾乎都是相同的。當我踏進了囚室，門又自動地關上了之後，我已完全看清了這件怪案的主角了！

他和柏秀瓊可以說是天造地設的一對，他看來極是疲弱，臉色蒼白，但是卻不給人以可憐的感覺，而使人感到他文質彬彬，十分有書卷氣。

他的臉型略長，他相當有神的眼睛，說明他不但神經正常，而且還十分聰慧，他坐在囚床之上，正睜大了眼睛打量著我。

我們兩人互望了好一會，他才先開口：「你，就是我要見的人？」我點了點頭，也在床邊上坐了下來。我們又對望了片刻，他不開口，我卻有點忍不住了，不客氣地道：「別浪費了你的時間——」

他站了起來，踏前了一步，來到了我的面前，俯下身來，然後以十分清晰的聲音道：「幫助我逃出去！」

我陡地嚇了一跳，這可以說是我一生之中聽到的最簡單的一句話，但也是最駭人聽聞的一句話了。我問道：「你，你可知道你在說些甚麼？」

他連連點頭：「我知道，我知道，我知道向你提出這個要求是遲了一點！」

他不說向我提出這個要求是「過份」，而只是說「遲了一點」，真不知道他這樣說法是甚麼意思，也不明白他心中在想些甚麼！

我瞪著他，他又道：「可是沒有辦法，我直到最後關頭，才感到你可以相信，請你幫助我逃出去，你曾經做到過許多次人所不能的難事，自然也可以幫助我逃出這所監獄的。」

我嘆了一口氣，對於他的神經是不是正常這一點，我實在有重新估計的必要了。

我搖了搖頭：「我知道有七百多種逃獄的方法，而且也識得不少逃獄的專家，對他們來說，可以說是沒有一所不能逃脫的監獄的！」

他興奮地道：「好啊，你答應我的要求了？」

我苦笑著：「我是不是答應你，那還是次要的問題，問題是在於，在你這樣的情形下，實在是沒有可能逃出的！」

駱致遜疾聲道：「為甚麼？他們對我的監督，未必見得特別嚴密些。」

我嘆了一口氣：「你怎麼不明白，逃獄絕不是一件簡單的事情，它需要周詳的計畫，有的甚至要計畫幾年之久，而你——」

我實在不願再講下去，所以我看到這裏，便翻起手來，看了看手錶。

我這個動作，表示甚麼意思，他實在是應該明白的，我是在告訴他，他的生命，只有三小時又四十分鐘了。而事實上，他至多只有三小時的機會。因為到那時候，牧師、獄卒、獄長，都會將他團團圍住，他是更加沒有機會出獄的了。

他為甚麼要逃獄，這是我那時心中所想的唯一的問題，因為他逃獄的行動，是無法付諸實行的，所以我實在想知道，他為甚麼要逃獄！

他的面色變得更加蒼白，他用力地扭曲他的手指，令得他的指骨，發出「拍拍」的聲音，他有點尖銳地叫道：「不，我必須逃出去！」

我連忙道：「為甚麼？」他十分粗暴地道：「別管我，我只請求你，你必須幫我逃出去。」

我無可奈何地站了起來：「對不起，這是一個任何人做不到的事情，我實在無能爲力，我看，你太太所請的律師們，正在替你作緩期執行的請求，如果可以緩期兩個月的話，那或者還有機會。」

「如果緩期執行的要求不被批准，」我搖了搖頭，道：「那就無法可施了！」

他突然握住了我的手，他的手比冰還要冷，冷得連我也不由自主地在發抖，他顫聲道：「衛先生，請你利用這三小時，我一定要逃出去，請相信我，我實在是非逃出去不可，請你幫助我！」

我十分同情地望著他：「請你也相信我，我實在是做不到！」

駱致遜搖著頭，喃喃自語：「是我殺死他的，我不是無辜，他是我殺死的，可是……可是我實在非殺死他不可……請你幫助我！」

我掙脫了他的手，退到了門口。

我在囚室的門口，用力地敲打了三下。

那是事先約定的暗號，囚室的門立時打了開來，我閃身退了出去，駱致遜並沒有向外撲出，他只是以十分尖銳的聲音哀叫道：「幫幫我！你必須幫助我，只有你可以做到，你一定可以做到！」

他的叫聲，幾乎是整座監獄都可以聽得到了，我只好在他的叫聲中狼狽退出，囚室的門又無情地關上，將我和他分了開來。

我在囚室的門外，略停了一停，兩個警官已略帶驚惶地向我奔來，連聲問道：「怎麼樣？怎麼樣？可是他傷害了你麼？」

這時候，駱致遜的叫聲，已經停止了。

我只感到出奇的不舒服，我只是道：「沒有，沒有甚麼，我不是那麼容易被傷害的。」

那兩個警官又道：「去見快要執行的死囚，是最危險的事情，因爲他們自知快要死了，那是甚麼事情都可以做得出來的。」

我苦笑了一下，可不是麼？駱致遜總算是斯文的了，但是他竟要我幫助他越獄，這種異想天開的要求，不也就是「甚麼事情都做得出來」一類的麼？

我向監獄外面走去，在接待室中，我感到氣氛十分不對頭，所有的律師都垂頭喪氣地坐著，他們只在翻閱著文件而不交談。

這種情形，使人一看便知道，請求緩刑的事情，已經沒有甚麼希望了。

雖然，緩刑的命令，往往是在最後一分鐘，犯人已上了電椅之後才到達的，但是不是成功，事先多少有一點把握的。

我知道，律師們請求緩刑的理由，是和上訴的理由是一樣的，他們的理由是：駱致謙的屍體，一直未被發現，如果他沒有死呢？

如果駱致謙沒有死，那麼駱致遜的謀殺罪名，就不成立，律師們就抓住了這一點而大做文章。本來，這一點對駱致遜是相當有利的，如果駱致遜是用另一個方式謀殺了他弟弟的話。

而如今，駱致遜是將他弟弟從高達八百九十二呎的懸崖之上推下去的，有七個目擊證人，在距離只不過五呎到十呎的情形下親眼看到的。

辯護律師的滔滔雄辯，給主控官的一句話，就頂了回去，主控官問：「先生們，你們誰曾聽說過一個人在八百九十二呎高的懸崖上跌下去而可以不死的？懸崖的下面是海，屍體當然已隨著海流而消失了！」

駱致遜的死刑，就是在這樣的情形下被定下來的。

如今，律師又以同樣的理由去上訴，成功的希望自然極小。

我在囚室出來之後，心中感到了極度的不舒服。因爲我也感到，駱致遜的「謀殺」行動，是有著隱情的，是有著極大的曲折的。

而我也願意幫助他，願意使他可以將這種隱情公開出來，但是我卻無能爲力！

我有甚麼法子，可以使他在行刑之前的兩小時，越獄而去呢？所以，我的心情十分沈重，我急急地跨過接待室，準備離去。但是，就在我來到了門口之際，我聽到有人叫我：「衛先生，請等一等！」

我轉過身來，站在我前面的是駱太太。

她的神情十分淒苦，那令得我的心情更加沈重，我甚至想不顧一切，便轉身離了去的，但是我卻沒有那樣做，我只是有禮貌地道：「是，駱太太。」

駱太太眼睛直視著我，緩緩地道：「我們都聽到了他的尖叫聲。」

我苦笑道：「是的，他的尖叫聲相當駭人。」

駱太太道：「我知道，那是絕望的叫聲——」她略頓了一頓，又道：「我也知道，一定是他對你有所要求，而你拒絕了他。」

駱太太或者是因爲聰穎，或者是基於對駱致遜的了解，所以才會有這樣正確的判斷的。我點了點頭：「是的。」

駱太太並沒有說什麼，她一點也沒有用什麼「沒有同情心」之類的話來責備我，更不曾用「你一定有辦法」之類的話來恭維我。

她只是幽幽的嘆了一口氣：「謝謝你來看他。」

她一面說，一面便已轉過身去，這樣子，使我的心中，更加不安，我連忙叫住了她，低聲道：「駱太太，你可知道他要我做什麼？」

駱太太轉過身，搖了搖頭：「當然我不知道。」

我將聲音壓的最低，使我的話，只有站在我面前的駱太太可以聽到，然後我道：「他要我幫他逃出去，在最後三小時越獄！」

駱太太乍一聽得我那樣說，顯然吃了一驚，但是她隨即恢復了原來的樣子，仍是一片淒苦道：「他既然提出了這樣的要求，那一定有理由的。」

我同意她的話：「是的，我想是，可是我卻無能爲力。」

我一面說，一面還攤了攤手，來加強語氣，表示我是真的無能爲力。

駱太太仍然不說什麼，她只是抬起眼望著我。

駱太太是一個十分堅毅的女子，這是不到最後一秒鐘絕不屈服的人的典型，在她的眼光的逼視下，我顯得更加不安，同時，我的心中，開始自己問自己，我是真的無能爲力麼？

這個問題，本來是應該由駱太太向我提出來的，但是她卻什麼也不說，只是望著我，而逼得我自己心中要這樣問自己。

當然，如果說一點辦法也沒有，那也是不對的，以我如今獲得警方信任的地位，以及我曾經見過駱致遜一次，我至少可以用三種以上的方法，幫助駱致遜逃出監獄去的。但是，不論用什麼方法，我都無法使人不知道駱致遜的逃獄與我有關！

那也就是說，駱致遜的越獄，如果成功，那麼，我就必然要琅璫入獄。公然幫助一個判了死刑的謀殺犯越獄，罪名也絕不會輕。

而我如果不想坐牢的話，我就得逃亡，除非是駱致遜在逃獄之後，能夠洗刷他的謀殺罪名，否則，我就得逃亡十八年之久——因爲刑事案的最高追訴年限，是十八年。十八年的逃亡生涯，那實在比坐監獄更加可怖！

而且，如今我不是一個人，我還有白素——我的新婚妻子，我們有一個極其幸福的家庭，幸福像色彩絢麗的燈光一樣，包圍在我們的四週，我怎能拋下白素去坐牢、去逃亡？

不，不，這是不可想像的，我當然不會傻到不顧一切地將駱致遜救出來。

我連忙偏過了頭，不和駱太太的目光相接觸。

駱太太低嘆了一聲：「衛先生，很感謝你。他是沒有希望了。」

我不得不用違心之言去安慰她：「你不必太難過了，或許緩刑有希望，那麼，就可以再搜集資料來上訴的。」

駱太太沒有出聲，轉過了身，我望著她，她走出了幾步，坐了下來。

她只是以手托著頭，一聲不出。傑克在這時候，向我走來：「怎麼哩？死囚要看你，是爲了甚麼？」

我張開了口，可是就在這時候，駱太太抬頭向我望來，我在那一瞬間改了：「對不住，我暫時不能夠對你說。」

傑克聳了聳肩，表示不在乎。

但是，我卻看得出，他是十分在乎的。

他在陪我來到這裏的時候，就已經有十分不快的神情了。

我是知道他究竟爲甚麼不愉快的，那是因爲，駱致遜要見的是我，而不是他。他在警方有極高的地位，在他想來，不論死囚有著甚麼爲難的事情，都應該找他來解決的，而今駱致遜找的是我，他當然不高興了。

我也不想和傑克解釋，只是向外走去，可是傑克卻仍然跟在我的身後，道：「衛斯理，如果你和警方合作的話，應該將駱致遜要見你，究竟是爲甚麼，講給我聽。」

我心中十分不高興，傑克是一個極其優秀的警官，但是他卻十分驕妄，許多地方，都惹人反感，我只是冷冷地回答：「第一，我一向不是和警方合作的人；第二，駱致遜已經是判了死刑，即將執行的人，他和警方，已沒有甚麼多大的關係了！」

第二部：不顧一切後果的行動

傑克碰了我一個軟釘子，面色變得十分之難看，可是他仍然不放棄，又向我問道：「他究竟向你要求了一些甚麼，告訴我。」

這時，我已經來到監獄的大門口上了，我站住了身子：「好，我告訴你，他要我幫他逃獄。」

傑克呆了一呆：「你怎麼回答他？」

我沒好氣道：「我說，逃獄麼，我無能爲力，如果他想要好一點的牧師，替他死亡前的祈禱，使他的靈魂順利升到天堂上去，我倒是可以效勞的！」

我這幾句，已經是生氣話了，事實上我並未曾這樣對駱致遜講過。可是傑克卻聽不出那是生氣的話來，他仍然緊釘著問道：「他怎麼說？」

我嘆了一口氣：「傑克，他說甚麼，又有甚麼關係？」

傑克不出聲了，我繼續向前走去，他仍然跟在後面，走出了不幾步，他又問道：「衛，憑良心而言，對這件案子，你不覺得奇怪麼？」

我道：「當然，我覺得奇怪，但是總不成我爲了好奇心，要去幫他逃出監獄？」

傑克望了我好一會，才道：「如果我是你，我會的。」

他講完了那句話，轉過身，回到監獄中去了。

我呆呆地站在監獄的門口，一時之間，我的腦筋轉不過來，我不明白傑克這樣說，是甚麼意思。他是鼓勵我犯法麼？還是他在慫恿我犯法，藉此以洩私憤呢？因爲我和他始終是有一些隙嫌的。

我想了好一會，然後我決定不再去考慮它，因爲我根本不會去做這件事，何必多想？

我一直向前走去，但是，傑克的話，卻一直在我的腦中迴旋，駱致遜那種近乎神經質的要求，駱太太那種幽怨的眼光，也都使我的心中十分不舒服。

我走出了二十步左右，停了下來。

那是一家雜貨舖的門口，我猶豫了一下，走了進去，拿起了電話，撥我自己家中的號碼，聽電話的是白素。

我略想了一想，才道：「如果我現在開始逃亡，要逃上好幾年，你會怎樣？」

我的問題實在太突兀了，所以令得白素呆了好一陣子，但是她卻並沒有反問我甚麼，因爲她可以知道，我絕對不會無緣無故這樣問她的。

而我既然問了她，當然是有原因的，所以她先考慮這個問題的答案，她給我的答案很簡單：我和你一齊逃。

我拿著電話機，心中在躊躇著，我無目的地四處張望著，突然，我看到了駱太太，她一個人走出了監獄，她在監獄門口略停了一停，抬起頭來，我想不給她望到，可是她已經看到我了。

她向我走了過來。

白素在電話中道：「衛，你怎麼不說話？究竟發生了甚麼事！」

我將聲音壓得十分低，急急地道：「素，駱致遜要我幫他越獄！」

「天哪，他快要上電椅了，你做得到麼？」

「做是可以做得到的，可是這樣一來，我明目張膽地犯法，你認為怎樣？」

「我想，駱致遜是無罪的，你只不過暫時躲一陣子，就可以沒有事情了，我可以和你在一起，我知道你想幫他，別顧慮我。」

我看到駱太太已跨到了雜貨舖內，我連忙道：「如果一小時之內，不見我回來，就是已幹出事來了，你立即到東火車站見我，帶上必要的東西。」

我匆匆地講完，立即掛了電話，駱太太也在這時，來到了我的面前。

這時候，我的心中，實在是混亂和矛盾到了極點。當駱致遜向我提出要我幫他逃獄的時候，我基於直覺，立時拒絕了他。

但是，在離開之後，我的好奇心，使我覺得這件事也不是全然不可為。我又想到，駱致遜的心中一定有著十分重大的秘密，如果我不幫他，那麼他心中的秘密，就絕無大白於世的機會。

我的心本來已有一些活動，再加上駱太太絕不開口求我，使我連加強拒絕信心的機會也沒有，而更令人可惱的，便是傑克的那一句話，傑克的那一句話，無異是在向我挑戰！

如今，再加上了白素的回答，我的心中已然十分活動了！

駱太太來到了我的前面，仍然直望著我，然後，她說了一句我實在意料不到的話，她道：「衛先生，你甚麼時候開始行動，時間不多了。」

我張大了口，但是不等我說出話來，她已然道：「別問我怎知你一定會答應。因為我知你一定會答應的，你不是一個在緊急關頭推托別人性命交關要求的人！」

她給我的恭維，令我有啼笑皆非的感覺，我道：「駱太太，你可知道，我如果幫助了你的丈夫，我自己可能一生陷入一個困境之中麼？」

「我當然知道，但是，你已經答應了，是麼？」我無話可說，駱太太是如此異特的一個女人，她幾乎甚麼都知道，而且，能在這樣的情形下，保持冷靜，這實在是非常不容易的事。

我嘆了一口氣：「好，他會駕車麼！」

「會的，駕得很好。」

「我不但幫他逃獄，而且要弄明白他這件案子的真相，在他出獄之後，我要你們兩夫婦充份的合作，你能答應我麼？」

「當然可以，我們可以一齊逃走，我將我所知的一切告訴你，而且勸他也講出真相來。」

我又嘆了一口氣，我實在是一個傻子，這是一件明明不可做的事情，我心中也清楚地知道這一點，可是，在種種因素的影響下，我還是要去做！

我道：「我在一小時內會回來，你等我。」一講完，我就大踏步走了開去。

我走向公共汽車站，等候了十分鐘，在這十分鐘之內，我已有了一個十分可行的計畫，可以使駱致遜逃出監獄。

車來了，我上了車，十五分鐘之後，我下車並穿過了幾條小巷，在一幢屋子前停了下來。

這幢屋子，屬於我的一個朋友所有，那個朋友是一個極怪的怪人，可以說是一個第一流的「犯罪者」。但是卻不要被他這個銜頭嚇退，他是一個千萬富翁，凡是千萬富翁，大都有一些奇怪的嗜好的，有的喜歡搜集名種蘭花，有的喜歡蓄養鯨魚，我那朋友，他喜歡犯罪。他的所謂犯罪，全是「紙上談兵」式的。

正確一點說，他喜歡在紙上列出許多犯罪的計畫來，今天計畫打劫一間銀行，明天計畫行劫國庫，後天又計畫去打劫郵車。

他在計畫的時候，全是一本正經的，不但實地勘察，而且擬定精確的計畫，購買一切的必需品，但是，到了真正計畫中應該行動的時候，他卻並不是去進行犯罪，而是將一切有關這計畫的東西，全都在一間房中鎖了起來，然後，在那間房間的門口，貼上「第X號計畫」等字樣，如果在他暫時還沒有新計畫的時候，他仍會走進陶醉一番。

他就是這樣的一個怪人，在他的一生之中，可能未曾犯過一次最小的罪。但是如今，我卻真的要拖他去犯罪了，因為只有他，才能有那麼齊全的犯罪道具，使我不必再浪費時間去別的地方找。

當然，我不會連累他，在一路前來的時候，我早已計畫好，他在事後是可以完全無事。

在門口停了下來，按鈴，由於他喜歡「犯罪」，因之他的屋子也是古裡古怪的，我一按鈴之後，門上的一個小方格就打了開來。

但是，從小方格中顯露的卻不是人，而是一根電視攝像管。

在他的屋子中，不但到處都有著電視接收機，而且，他的手腕之上，像我們普通人戴手錶一樣，是經常佩戴著一具螢光屏只有半英吋的超小型電視接收機，所以只要有人一按門鈴，只要他在屋子中，他是立即可以看到是誰在門口。

我將身子貼得對準那個小方格，好讓他看清楚站在門外的是我。

我立即聽到了他充滿了歡欣的叫聲：「是你，太好了，衛，我新進行的一個計畫，正缺少了一個像你那樣的助手，你來得太合時了。」

我笑了笑：「當你知道我的真正來意之後，你一定更覺我來得合時了，快開門！」

門立時打了開來，並沒有人爲我開門，門是自動打開的，那是無線電操縱的結果，我來這裡已不止一次了，當然不會因之感到奇怪的。

「我在樓下第十七號房間中，你快來。」他的聲音又傳了過來。

我知道所謂「樓下」，那是這幢屋子的地下建築，我沿著一道樓梯，來到了下面，走到第十七號房間的門口，房間自動打開，我看到了我要見的人：韋鋒俠。

別被這個名字迷惑，以爲他是一個俠客型，風流瀟灑的人。事實上，他雖然家財千萬，卻無法使人家見到了他不發笑。

他除了身形還算正常之外，一切全是十分可笑的，他腦袋很大，五官擠在一起，頸卻又細又長，心理學家說頸細而長的人富於幻想，那麼韋鋒俠可以說是這一方面的典型人物了。

他正伏在一個大砂盤上，那砂盤上的模型是極其逼真的，那是鬧市，街道上的車輛，都在移動著，而且移動的速度，和車輛的種類完全是相稱的，他手中執著一根細而長的金屬棒。

金屬棒的一端，這時正指在一幢大建築物的下面。

由於模型是如此逼真，以致我一看就知道，他所指的是國家銀行的銀庫。

他抬起頭來望著我，我逕自向他走去：「不錯，這裏是現金最多的地方，但是，如今我來找你，不是空想去搶劫一個銀庫，而是要在最短的時間內，去將一個將要臨刑的死囚，從死囚室中救出來。」

韋鋒俠呆了一呆，他面上突然現出了十分興奮的神色來，他五官可笑地抽動著：「這是多麼好的主意，這太新鮮了，來，讓我們來計畫！」

我知道，如果我一上來就講出我們是真的要去做這件事，而不是「計畫」時，他是一定會大吃一驚的，所以我先不說穿。

我只是道：「那就要快準備了，你有沒有一套不論甚麼宗教的長老服裝？」

「有，有，我那時計畫過一件事，是用到東正教長老的服裝的。」

「你有沒有尼龍纖維的面具？」

「當然有，太多了。」

「那你就快將你裝扮起來，東正教長老大多數是留鬍的，你可別揀錯了小白臉的面具！」

韋鋒俠像是受了委曲也似地叫了起來：「笑話，你以爲我會麼？」

我催道：「快，快去裝扮，十分鐘之內，必須趕來這裏見我，快！」

他興致勃勃地衝了出去，一面向外面走，一面還在不住地道：「有趣，有趣！」

我幾乎忍不住大笑了起來，韋鋒俠啊韋鋒俠，等一會兒，你才知道真有趣呢！

他的動作十分快，不愧是一個「第一流的犯罪家」，不到七分鐘，他已經回到我的面前來了，他的身上穿著黑袍，頭上戴著大而平頂的帽子，面上套上了虬髯的面具，頸上還掛著一大串珠子，連著一個十字架。

我笑了起來：「真好，真好，我們快走。」

韋鋒俠呆了一呆：「你說甚麼？」

我重複了一遍：「我們快走。」

他張開了雙手：「走？走到甚麼地方去？你一定在開玩笑了。」

「誰和你在開玩笑？我們去救那個死囚啊，他的名字，你也一定聽說過的，他叫駱致遜，再過兩小時，他就要上電椅了，我要去救他出獄。」

韋鋒俠的聲音甚至發抖起來：「衛，這算甚麼，我……只不過計畫一下……而已。」

「不行，這一次非實際參加不可，你在事後不會受到牽累的，因爲一進死囚室，你就會被我一拳擊昏，這件事，非要你幫忙不可，你想想，明天，所有的報紙上，都會刊登你的名字，在表面上看來，你是一個無辜受害的，但實際上，你卻正是這件事情的主謀人之一，這是多麼快樂的事！」

我可以說是名副其實地在「誘人作犯罪行爲」，但是正所謂病急亂投醫，我找不到別的人可以幫我的忙，當然只好找他了！

韋鋒俠給我說得飄飄然了，因爲他這一類的人，心理多少有些不正常，我這樣說法，可以說正合他的心意。

他猶豫了一下：「那麼，至少要讓我知道整個事情的計畫才好啊！」

我連忙道：「不必了，你知道得太多了，便會露出口風來，你只需記得三件事就夠了。第一，你說是我來求你扮一個東正教神父，因爲死囚提出了這個要求。第二、當我打你的時候，你別反抗。第三、當獄警要拖你上電椅的時候，最緊要在電流接通之前，聲明你是韋鋒俠，不是死囚。」

他吃驚地大叫了起來：「啊？」

我道：「怎麼，你又想退縮了？」

他口吃地道：「我……我看這計畫不怎麼完美，我們不妨回去詳細地討論一下。」

我笑道：「不必了，等到計畫討論得完美的時候，人也上了電椅了，你的計畫也只好束諸高閣，無人知道，快走！」

我幾乎將他塞進了車子，我駕著車，向監獄直駛，到了監獄門前，韋鋒俠居然不要我摻扶，而能夠自己走進去，這的確出乎我的意料之外。

監獄接待室中的情形，和我剛才離去的時候，並沒有甚麼兩樣。但是，由於駱致遜所剩的時間又少了許多，是以氣氛也緊張了不少。

我的再出現，而且在我的身邊，還有個東正教的神父，這頗使得監獄方面驚訝，幾乎所有人的目光，都集中在我們的身上。

我先看傑克是不是在。他不在。

傑克不在，這使我放心得多，因爲他究竟是一個非同小可的警務人員，我的把戲，瞞得過別人，可能會瞞不過他，我既然已不顧一切地做了，當然要不顧一切地成功，而不希望失敗。

我再望向駱太太，我用眼光鼓勵她鎮定些，因爲她是知道她丈夫向我要求，自然也可以聯想到我去而復回的用意。我立即發現我望向駱太太望這個舉動是多餘的，因爲她十分鎮定。

我來到了獄長的面前，死囚行刑的時候，獄長是一定要在場的，這時，距離行刑的時候，只有一小時多一點了，獄長已開始在準備一切了。我指著韋鋒俠，向獄長道：「我剛才來看過駱致遜。」

獄長道：「是的，是傑克上校帶你來的。」

我點了點頭：「駱致遜要我帶一個東正教的神父來，他要向神父作懺悔，請你讓我帶神父去見他。」

獄長向韋鋒俠打量了幾眼：「可以，死囚有權利選擇神父。」他向一名獄警揚了揚手，道：「帶他們進去。」

我們很順利地來到了死囚室的門口，當獄警打開了電控制的門後，駱致遜一抬頭，我便道：「你要的神父，已經來了。」

這句話，是在門還未曾關閉之前講的，當然，那是講給獄警聽的。

然後，門關上了。

我一步跨到了駱致遜的面前：「快，快除了囚衣，你將改裝爲神父走出去，你可以逕自走出監獄，希望你不要緊張，我將跟在你的後面，外面有車子，我們立即可以遠走高飛。」

駱致遜的反應十分快，他立即開始脫衣服，韋鋒俠到這時才開口：「我不想——」

然而，他只有機會講出了三個字，因爲我已一拳打在他的頭部，把他打昏過去。我拉下他的面具，和帽子，拋給駱致遜。

然後，我背靠門站著，遮住了門口的小洞。

我大聲道：「駱致遜，你應該好好地向神父懺悔，這是你最後的機會了……」我又低聲道：「你只消向外走就行了，絕不要回頭！」

駱致遜點著頭，他的動作相當快，不一會，便已然裝扮成一個東正教的神父了。

雖然，他比韋鋒俠粗壯了些，但是在寬大的黑袍，帽子和面具的遮掩下，他和韋鋒俠扮出來的東正教神父，幾乎是分不出來的。

我又示意他將囚衣穿在韋鋒俠的身上，在這段時間中，我變換了幾種不同的聲音，施展著我的「口技」本領，使得在門外的獄卒，以爲死囚室中正在進行懺悔。

等到一切就緒了之後，我才低聲道：「好了，你可以開始罵神父了，越大聲越好，你要趕神父走，知道麼？」

在乍一聽得我這講法之際，駱致遜顯然還不怎麼明白，但是他立即領會我的意思了，他在我的肩頭之上拍了一下：「我沒找錯人，你果然有辦法的，我真不知怎樣感謝你才好。」

駱致遜依著我的吩咐，叫了起來：「走，走，你給我滾出去，我不要你替我懺悔！」

我也大聲叫道：「這是甚麼話，你特意要見我，不就是要我找個神父來麼？」

駱致遜又大叫：「快滾，快滾，你們兩個人都給我滾出去，快！」

駱致遜的叫聲，一定傳到了死囚室之外，不等我們要求開門，獄卒便已將門打了開來。門開，駱致遜便照著我的吩咐，向外衝了出來！他是衝得如此之急，幾乎將迎面而來的獄卒撞倒！我連忙跟了出去，將門用力拉上，叫道：「神父，你別發怒，你聽我解釋！」

我們兩人一先一後，急匆匆地向外衝去。這是最危險的一刻了，因爲我雖然已關上了門，但是那獄警還是可以在門上的小洞中，看到死囚室之內的情形的。如果他看出死囚室中的人已不是駱致遜的話，那麼我這個逃獄計畫，自然也行不通了。

而且，由於時間的緊迫，我也沒有可能再去實行第二個計畫了！

那獄警果然向小洞望了一望，但是我將韋鋒俠的身子，面向下，背向上地放在囚床之上的，那情形很像是他在激動之後，伏在床上不動，我回頭看了一眼，只見那獄警並沒有進一步的表示，我才放了心。

駱致遜在前，我在後，我們繼續急急地向外走去，一路上，不斷有警員和警官問：「怎麼一回事？他怎麼了？想傷害你們？」我則大聲回答：「他一定是瘋了，是他自己要我請神父來的，卻居然將神父趕走，這太豈有此理了——神父，請你別見怪。」

駱致遜甚麼也不說，只是向外走去，我則不住地在向他表示抱歉，我們幾乎是通行無阻地出了監獄，駱致遜在事先，已經知道了車子的號碼，是以他直向車中走去。

我是一直跟在他後面的，可是，這時，在我也快要跟上車子之際，忽然駱太太在我身後叫我，道：「衛先生，請你等一等。」

我轉過頭來一看，不但有駱太太，而且還有好幾名律師和警官，獄長也在，我自然不能說她的丈夫已然成功地越獄了，我只是道：「對不起，我要送神父回去，我十分抱歉。」

就在這時候，我聽到了身後傳來了汽車引擎發動的聲音，我連忙轉過頭去，那實在是出乎我意料之外的事，駱致遜在上了車之後，竟發動了車子！

他顯然絕沒有等候我，和我一齊離去的意思，在那一剎間，我更懷疑駱太太在我可以追上駱致遜的時候叫住我，是不是一個巧合。因爲駱致遜才一發動車子，車子的速度極高，向前疾衝了出去！

我追不上他了！

駱致遜在一逃出了監獄之後便撇下了我，這實在是出乎意料之外的事，受了如此重大的欺騙，剎那之間，我實在是不知道怎樣做才好！

但我的頭腦立即清醒了過來，我想到：若是我再不走，那就更糟糕了！

我不再理會在監獄門口的那些人，向前奔了開去，奔出了兩條街，召了一輛街車，來到了火車站。這時，距離我打電話給白素，早已超過一小時了，白素一定已然帶了她要的東西在車站等我了。

我匆匆地走進了火車站，白素果然已經在了，她向我迎了上來：「怎麼樣？」

我滿臉憤怒：「別說了，我被騙了，我們快要找地方躲起來，你有主意麼？」

本來，我並不是沒有主意的人，但是駱致遜出乎意料之外的過橋抽板，令我極其憤怒，我已無法去想進一步的辦法了。

白素想了一想：「我們一齊買兩張到外地去的車票，警方會以爲我們離開了，但我們還可以匿居在市區之中，我父親的一個朋友，有一幢很堂皇的房子，我們躲在他家中，是沒有問題的。」

我道：「你可得考慮清楚，我的案子十分嚴重，他肯收留我們麼？」

「一定肯的，當年他就是靠了我父親的收留，才在社會上有了一定的地位，成了聞人。」

我遺：「那麼，我們這就去。」

白素和我一齊去買兩張車票，我們特地向售票員講了許多話，使他對我們有印象，我知道，在所有的晚報上，我的相片一定是被放在最注目的地位，那麼，售票員自然可以記起，我曾向他購買過兩張車票。然後，白素和那社會聞人，通了一個簡短的電話，我們在車站中等著。

那位父執，是親自開著車子前來的。我在未登上車子之前，又道：「黃先生，我無意連累你，如果你認為不方便的話——」

可是不等我講完，他老先生已然怒氣沖沖地斥道：「年輕人若是再多廢話，我將你關到地窖中去！」

我笑了笑，這位黃老先生，顯然也是江湖豪客，我至少找到了一個暫時的棲身之所了。

車子駛進了黃老先生的花園洋房，那是一幢中國古代的樓房，十分幽邃深遠，在那樣的房子中，不要說住多兩個人，即使住多二十個人，也是不成問題的。

黃老先生還要親自招呼我們，但是我們卻硬將他「趕」走了。

當他走了之後，我才倒在沙發上：「白素，駱致遜將我騙得好苦。」

白素望了我一眼：「他怎樣了。」

我一攤手：「才出監獄，哼，他就溜走了，不但我倒楣，韋鋒俠更給我害苦了，我肯幫他的忙，就是為了想在他身上弄明白奇案的經過，卻不料甚麼都得不到，還要躲起來。」

白素輕輕嘆了一口氣：「你若是一直發怒的話，事情更不可扭轉了。」

我心中陡地一震，是的，白素說得對，我太不夠鎮定了。事情已然發生，我發怒又有甚麼用？我不是沒有辦法可以扭轉局面的，我必須去找駱致遜！

我要找到駱致遜，找到了駱致遜，我至少可以將他送回監獄去，這可惡的傢伙，我絕不值得爲他而逃亡！

當然，即使我將他送回監獄去，我仍然難免有罪，但是那總好得多了，而且，憑我和國際警方的關係而論，或者可以無罪開脫。如今，最主要的問題便是：找到駱致遜。

可是，我該上哪裡去找他呢？

第三部：「十九層」

在黃老先生爲我們所準備的華麗臥室中（這臥室華麗得遠在我自己的臥室之上，與臥室相連的浴室，磁磚地下有暖水管流過，目的是使磁地磚變得溫暖，以便冬天在洗完澡之後赤足踏上去，不覺得冷），我來回地踱著步，白素看著我那種樣子，笑了起來：「你已經上了當，光生氣有甚麼作用？」

我握著拳：「我非找到駱致遜不可！」

白素柔聲道：「那你就去找，別在這裏生氣，更別將我當作了駱致遜！」

我笑了起來，握著她的手：「你真是一個好妻子，懂得丈夫處在逆境的時候，用適當的詞句去刺激和安慰丈夫。」

白素嫵媚地笑著：「這件事，一定已成爲最熱門的大新聞了，你雖然心急要去找駱致遜，但是還不宜立即行動，且等事情『冷』一些的時候再說。」

我搖了搖頭：「不行，或者到那時候，警方已將他找到了。」

白素也搖著頭：「我相信不會的，這個人居然能夠想到利用你，而且如此乾淨俐落地將你擺脫，我相信在一個短時期內，警方找不到他。」

我反駁她的話：「警方可以在他的妻子身上著手調查。」

白素笑了起來：「我相信，在幫助丈夫這一方面而言，駱太太才是真正的好妻子。」

我愕然：「這是甚麼意思？」

「你已將經過的情形向我說過，我想，若是說駱太太事前竟絕不知道她的丈夫為甚麼要行兇，若是說駱太太事前絕不知她的丈夫向你提出了甚麼要求，這未免難以令人相信了。」

白素的話大有道理，我不禁陡地伸出手來，在腦門之上重重地拍了一下！

在我發覺駱致遜駕看車子疾駛而去之際，我本來是還有一個機會：可以立即監視駱太太，如果他們夫婦兩人是合謀的話，那麼我監視了妻子，當然也容易得到丈夫的下落。

但當時我卻未曾想到這一點，以致我錯過了這個機會，如果白素的估計屬實的話，那麼，駱太太如今當然已經也「失蹤」了。

為了證實這一點，我立時打了一個電話到監獄去，自稱是一名律師，要與駱太太通話，可是我得到的回答，卻是一陣不堪入耳的咒罵聲，最後則是一句：「這女人或者已進地獄去了，你到地獄中去找她吧！」

對方憤怒地放下了電話，我雖然未曾得到確實的回答，但是我也可以知道，那究竟是怎麼一回事，簡而言之，就是，駱太太已不在監獄中了！

而且，駱致遜逃獄一事一定也已被發現了，監獄發現了駱致遜逃獄之後，會產生如何的混亂，那是可想而知的，在這樣的情形之下，我還要打電話去詢及駱太太的下落，招來一連串的咒罵，可說是咎由自取！

白素笑道：「我們且在這裡做一個時期『黑人』再說，你不是常嘆這幾年來沒有時間供你好好看書麼？這裏有十分具規模的藏書，你可以得償素願了，還唉聲嘆氣作甚麼？」

我苦笑了一下：「只好這樣了。」

我們又再談了一陣，正當我想休息一下之際，黃老先生又來了，他帶來了一大疊報紙，那是晚報和日報的第二版，全是以駱致遜逃獄的事情爲主題的。他放下報紙之後，便匆匆地離去。在他離去之前，他告訴我們，一個空前龐大的搜索網，已然展開，警方出了極高的賞格，來捉我和駱致遜兩人，所以我以不露面爲妙，而且，他決定親自擔任我們兩人的聯絡。

也就是說，除了一個根本不識字的女傭之外，只有黃老先生一個人擔任和我們接觸。

因爲警方的懸紅數字太大，大到了使他不敢相信任何親信的人。

黃老先生走了之後，我打開了第一張報紙，觸目驚心的大字：驚人逃獄案，神秘殺弟案主角，臨刑前居然越獄。

內文則記載著，在將要行刑時，監獄方面發覺死囚昏迷，起先是疑心死囚自殺，但繼而知道，那是另一個人，乃是殷商韋某人之子韋鋒俠，死囚已然逃去，而死囚之所以能以越獄，顯然是得到一個名叫衛斯理的人幫助。接下去，便是駱致遜和我的介紹。

在報紙的介紹文字中，我被描寫成一個神出鬼沒的人，幸而我以前曾經幫助國際警方做過事，那些鏟除匪徒和大規模犯罪組織的事，都是報界所熟知的，是以在提及我的時候，「口碑」倒還不錯，有幾家報紙甚至認爲，我可能是在兇犯的要脅之下，才不得已而幫助兇犯逃出監獄的。

當然，沒有一家報紙是料到我是在被欺騙的情形下，幫助了駱致遜逃獄的。

報紙也刊登了警方高級負責人傑克的談話，傑克表示，任何提供線索而捕獲我及駱致遜兩人的人，都可以得到獎金兩百萬元，只能提供捕獲一人的線索，則可得獎金的一半。

這的確是空前未有的巨額獎金，報上也登了傑克在發表談話時的照片，他洋洋得意的神態，溢於紙面，我頓時感到，我不但上了駱致遜的當，而且，我還上了傑克的當。因爲，若不是當日在監獄外他那一句話，我或許不致於衝動地作出幫助駱致遜的決定！

我和白素兩人看完了所有的報紙之後不久，黃老先生又來了，這次他帶來的，是晚報第二次版。晚報的第二次版登載著，一切和我有關的人，都被傳詢了，我的住所也被搜查，標題是：兩雙夫婦一起失蹤。

駱致遜和柏秀瓊也一齊不見，他們不知上哪裏去了，韋鋒俠在問話後被釋放，他的車子，在通往郊區的一條僻靜公路上被發現……

這一切報導，在別人看來，全是曲折離奇，津津有味的，但是我自己卻是這些事的當事者，我看了之後，卻是哭笑不得。

但是我的哭笑不得還未曾到達最高峰，最高峰是當我在電視機上，看到了警方搜查我住所的經過之際。

我和白素結婚之後，曾經合力悉心布置我們的住所，幾乎每一處地方，都有我們的心血在，但如今，我們卻眼看著這一切，遭受到了破壞。

我還可以忍受，因爲我究竟是男人，但白素卻有點忍不住了，不論她多麼堅強，她總是女人，而家庭對於一個女人來說，是遠比生命還重要的。

我發現白素的雙眸之中，飽孕著淚水，便立即關掉了電視機：「一切都會好轉的，我們可以從頭來過。」

白素點了點頭，同時也落下了眼淚。

我覺得如今既不是生氣，也不是陪她傷心的時刻，我決心立即開始行動，我來回踱了幾步，先將我所需要的東西，列了出來。

這張單子上，包括了駱致遜一案的全部資料，和必要的化裝用品等等。

我之所以要駱案的全部資料，是因爲如果我不能出門一步，那麼我要利用我做黑人的時間，再一次研究這件神秘如謎的案子。

由於如今我對於駱致遜夫婦，多少有了一些認識，我相信若是詳細研究的話，不致於像上次一樣，一點結果也沒有。

而我也當然不能真的在這所大宅中不離開，我要改頭換面，出去活動。

直到這時候，我才真正相信，「好人難做」這句是十分有道理的，我爲駱致遜作了那麼大的犧牲，可是如今卻落得互這樣的下場，這不是好人難做麼？

幸而白素找到這樣一個妥善的暫時托庇之所，要不然不知要狼狽到甚麼程度了。

黃老先一定是連夜替我準備的，因爲第二天的一早，當我還在做夢，做夢夢見我雙手插進了駱致遜的脖子，逼他講出爲甚麼要殺害他的弟弟之際，黃老先生已經來了。

他的確給我帶來了駱案的全部資料，而且，不僅是報紙上的記載，居然還有一份警方保存的全部檔案的複印。這的確是出乎我意料之外。

我想，這大概是黃老先生在警方內部有著熟人的緣故，或者，他是出了相當高的代價換來的，我並沒有去深究它。除了資料之外，他還給了我一樣十分有趣的東西，那是一隻小小的提包。

這隻提包是男裝的公事包，但是將之一翻轉來，卻又是一隻女裝的手袋。

這提包雖然不大，但是內容卻著實豐富，宛若是魔術師的道具一樣，其中包括三套極薄的衣服，折成一疊，和三個面具。

這三個面具和這三套衣服是相配的，那是兩男一女，也就是說，我只消用極短的時間，就可以變換三種不同的面目，包括一次扮成女子在內。

在提包中，還有一些對於擺脫追蹤，製造混亂十分有用的小道具，這些小道具都是十分有趣的，以後有機會用到的時候，將會一一詳細介紹。

我的要求，黃老先生已全部做到了，為了他的安全起見，我請他立時離去，以免人家發覺他窩藏著我們——我不得不用「窩藏」兩字，是因為我和白素，正是警方在通緝的人！

那一天，我化了一整天的時間，在研究著警方的那份資料。

一天下來，我發覺自己對這份資料的期望，未免太高了。因為它實在沒有甚麼內容。這份資料內容貧乏，倒也不能怪警方的工作不力，而是因為案子的主角，根本甚麼話也不說的緣故。

警方記錄著，對駱致遜曾經進行過三十六小時不斷的盤問，如果不是法律不許可，警方人員一定要動手打駱致遜了，因為在這三十六小時中，駱致遜所講的話，歸根結蒂只不過是三個字：不知道。

警方也曾採取半強迫的方式盤問過駱致遜的太太柏秀瓊，但是柏秀瓊卻是一個十分厲害的女子，她的回答使警方感到狼狽，因為她指出警方對她的盤問是非法的。

我覺得這份資料最有用的，是案發後警方人員搜查駱致遜住宅的一份報告。

在這份報告中，我至少發現了幾個可疑之點。

第一、這份報告說，駱致遜將他的弟弟自南太平洋接了回來之後，駱致遜和他的弟弟，是住在一間房間中的。

本來，兄弟情深，闊別了近二十年，生離死別，忽爾重逢，大家親熱一些，也沒有甚麼值得奇怪的，但是報告書上卻提及，在他們兩人的房間之中，發現了一件十分奇異的東西。由於駱致遜堅持不開口，駱致謙又死了，所以這件東西究竟是甚麼人的，有甚麼用處，也沒有法子知道。這件東西是竹製的。

簡單地來說，那只是一個一尺長短的粗大的竹筒，在竹筒的內部，卻有很多黑色的微粒，和一種鮮紅色的纖維。這兩種東西，一重夾一重地塞滿了竹筒，而竹筒的底部，則有一個小孔，因之使得這一竹筒，看來像是一具土製的濾水器。

這東西可能是駱致謙從南太平洋島上帶回來的，但是竹筒上所刻的花紋卻十分特別，經過專家的研究，也不知道甚麼意思，而且，和南太平洋各島土人習慣所用的花紋，也大不相同。

第二、除了這件東西被懷疑是駱致謙所有的之外，幾乎沒有別的東西了，他是隻身回來的。

第三、駱致遜有記日記的習慣，可是案發之後，他的日記簿卻不見了，日記簿是如何消失的，這是一個謎，因爲駱致遜在案發之後，立時被擒，連回家的機會也沒有，他不能在事後去銷毀日記簿。如果說，他在事前就銷毀了日記簿，那麼他殺害駱致謙的行動，就是有預謀的了，可是，動機又是爲了甚麼呢？

看了這份報告書之後，我感到那個用途不明的竹筒，和那本失了蹤的日記簿，是問題的焦點。

還有引起我疑惑甚深的，便是駱致遜親赴南太平洋去找他的兄弟，忽然他和駱致謙一齊出現，但是究竟他是怎樣找到，在甚麼地方找到駱致謙的，這件事卻是異常的曖昧不清。

可以說一句，這件事除了他們兩兄弟之外，沒有人知道。只有一份遊艇出租人的口供，說他曾將一艘性能十分佳的遊艇，租給駱致遜，而在若干天之後，駱致遜就和他的弟弟一齊出現了。

當時，社會上對這件事，也是注意兄弟重逢這一件動人的情節上，至於他們兄弟兩人是在甚麼樣的情形下重逢的，竟然被忽略了。

我堅信，這也是關鍵之一。

化了一整天的時間，我的收獲就是這一點，我並不感到氣餒，因爲我有的是時間，而且，正如我事先所料那樣，我有了新的發現。

晚上，當白素和我一齊吃了晚飯之後，我才將考慮了相當久的話講了出來。我道：「我要出去活動。」

白素低著頭：「你上哪裡去？」

我道：「我不但要找到駱致遜，而且，我要從查清這件奇案著手，所以我要到南太平洋去，我先要弄清，駱致遜是怎樣找到他弟弟的，這和他殺死他弟弟之事，一定有極大的關連！」

白素帶著很大的憂慮望著我：「你想你離得開麼？警方封鎖了一切交通口！」

我聳了聳肩，笑道：「那全是官樣文章，我認識一打以上的人，這一打以上的人，可以用一百種以上的方法，使一個人神不知鬼不覺地進出，而不需要任何證件，也不必通過甚麼檢查手續。」

白素輕輕地嘆了一口氣，道：「你不要我陪你一起去麼？」

我握住了她的手：「如果我們兩個人一起行動，那麼逃脫警方耳目的可能便減少了一半。」

白素仍然不肯放心，又道：「那麼，我們分頭出發，到了目的地再會合呢？」

我苦笑了一下：「好的，我們分開來行動好了，犯罪的是我，你是沒有罪的，就算落在警方的手中也不要緊，但是你仍然要化裝，行動要小心，而且，我們兩個人要找不同的人幫我們出境。」

白素十分高興我答應了她的要求，她雀躍著：「我也要準備一下了。」

我忙道：「一切由我替你安排好了！」

我要安排的第一步，是我們要有兩個不同的人幫助我們出境，但是第一步已經行不通了。

我以電話和那些可以幫助我離境的人聯絡，可是他們的答覆幾乎是一致的：「衛先生，你太『熱』了，『熱』得燙手，我們接到嚴重的警告，不能幫助你，請你原諒，實在請你原諒。」

我一連接到了七八個這樣的答覆，不禁大是氣惱。可是我氣惱的卻不是那些人不肯幫助我，他們接到了警方嚴重的警告，不敢再來幫我，那是人之常情，我惱的是傑克，這一切，自然都是他的安排！

最後，我幾乎已經絕望了，但是我還是打了一個電話給一個外號叫「十九層」的人。他這個外號之得來，是因爲傳說中的地獄是十八層，而他卻是應該進第十九層地獄去的人。另一是說他是有辦法，可以便地獄從十八層變爲十九層，不論如何，他就是這樣一個對甚麼事都有辦法的人。我和他並不是太熟，只是見過兩次而已。

我打了好幾個電話，才找到了他，當我講出了我的名字之後，他呆了半晌。然後，他才道：「是你啊，衛先生，全世界的警察都在找你！」

我苦笑了一下：「不錯，我也有這樣的感覺，所以，我想先離開這裏，請你安排，你要多少報酬，我都可以答應的。」

十九層忙道：「我們是自己人，別提報酬。」

他竟將我引爲「自己人」，這實在令我啼笑皆非，我是想進天堂的，誰想在十九層地獄中陪他？但在如今這樣的情形下，我卻也只得忍下去，不便反駁，我又問道：「你可有辦法麼？」

十九層道：「你太『熱』了——」

我不等「十九層」講完，便打斷了他的話題：「我知道這點，不必你來提醒我，你能不能幫助我，乾脆點說好了！」

在我怒氣衝衝地講出了這幾句話之後，我已經不存希望。可是，十九層的回答卻出乎我的意料之外：「我想是可以的，但是要用一個十分特殊的方式，你可知道警方對你的措施已嚴厲到了甚麼程度？甚至遠洋輪船在離去之際，每一個人都要作指紋檢查，看看是不是正身！」

我心中苦笑了一下，警方這樣對待我，那麼駱致遜夫婦，自然也走不了的了。我一想到這裡，心中陡地一動，忙問道：「十九層，除了我之外，還有人要你幫助離開本市麼？有沒有？」

十九層笑了起來，他笑得十分之詭秘！

在電話中，我自然看不出他的神情如何，但是從他的笑聲之中，我卻聽出了他一定有甚麼事情瞞著我，不讓我知道。

我立時狠狠地道：「十九層，你笑甚麼，有甚麼好笑的？告訴我，駱致遜夫婦，是不是也通過了你的安排而出境了？」

十九層仍然在笑著，但是他的笑聲卻很快地便十分勉強，只聽得他道：「先生，我認為你在如今這樣的處境之中，不宜再多管閒事！」

他對我居然用這樣的口氣講話，這實在是令得我大爲生氣的事情。但是我的脾氣卻未曾在電話中發出來。我決定等見到他的時候再說。如果他答應我離去的話，那麼我是一定可以見到他的。

所以，我只是打了一個「哈哈」：「你說得不錯，你作甚麼樣的安排？」

十九層停了片刻，才道：「現在，唯一可以離開的方法，便是將你當作貨物運出去，因爲警方現在注意所有的人，但是還未曾注意到所有的貨物。」

我苦笑了一下：「不論甚麼方法，就算將我當作殭屍都好，我應該怎樣？」

十九層給了我一個地址：「你到那地方去，見一個叫阿漢的人，你必須聽從他的每句話！」

我忙道：「那麼你呢？我們不見面了麼？」

他又十分狡獪地笑了一笑：「我們？我們有必要見面麼？」

我又道：「不見面也好，可是你得——」

卻不料我才講到這裏，便突然被他打斷了話頭，他道：「行了，我和你通話的時間太長了，你快照我的吩咐去做。」

我呆了片刻，我斷定十九層一定知道駱致遜的消息的，我在離開之前，必須去見他，他以爲我的處境不妙，就可以欺負我，那是大錯而特錯了！

我放下電話，便開始化裝，然後，在黃家巨宅的後門離開去。

剛才，我和十九層通電話的號碼，我知道是一個俱樂部的電話，那是一個三山五嶽人馬豪賭的場所，我到那裏去，大約可以找到十九層。

他見了我的面，再想敷衍我，可沒那麼容易！

我離開了黃宅之後，在街上大模大樣地走著，由於化裝的精妙，我這時看來，是一個十分有身份的中年人，當然不會有人疑心我的。

而在外面，街頭巷尾，幾乎人人都在談論著駱致遜越獄一事，我上了街車。司機也喋喋不休地向我說著他「獨有」的「內幕消息」，我也只好姑妄聽之。

車子到了俱樂部門口，那是限於會員和會員的朋友才能進入的地方，我來到了門口，貼牆站著，等到另外有兩個人坐著華麗的汽車來了，我才突然向他們一招手。「喂，好久不見了！」

由於他們有兩個人，所以他們相互之間，都不知我究竟是在招呼哪一個，以致兩人都向我微笑地點了點頭，我也順理成章地和他們走了進去。

進了俱樂部之後，我就不陌生了，因爲這是我來過好幾次的地方了。

我知道十九層最喜歡賭輪盤，我就直向輪盤室中走去，還沒有看清人影，就已經知道十九層在甚麼地方，因爲他正在大聲叫嚷！

他在大聲叫嚷，就表示他贏錢了，他贏錢的時候，對於四周圍的一切，都不加以注意，只是興奮之極地高聲叫嚷著，連我到了他的身後，都不知道。

直到我一隻手，重重地搭到了他的肩頭之上，他才回頭來。

他當然是認不出我來的，當他以欲目瞪著我之際，我低下頭去，低聲道：「我是衛斯理，你不想我對你不利，就跟我走。」

他呆了一呆，突然像受了無比委曲也似地怪叫了起來：「要我跟你走？我正在順風中，再讓我押三次。」

我搖頭道：「不行。」

他哀求道：「兩次，一次！」

我仍然搖頭，道：「不行，如果你再不起身，你就真的要到第十九層地獄去了。」

他是嘆一聲，站起了身子來。

我一直緊靠著他而走，出了那間房，我和他一齊進了一間休息室之中，他道：「別做得太過份了，我吵架起來，你沒有好處的。」

我冷笑道：「你根本沒有機會出聲，我的手中有一支特製的槍，這支槍中射出來的，是一種染有毒藥的針，這種針不能置人於死，但卻可以使人的脊推神經遭到破壞，人也成為終身癱瘓，你可要試試？」

十九層坐了下來：「你明知我不願意試的，何必多此一問。」

我道：「我還是非問不可，因為或者你不夠聰明，那就等於在說你要試一試了，我問你，你安排駱致遜夫婦去了何處？」

十九層道：「我……我從來也未曾見過他們。」

我不去理他，逕自數道：「一——二——三——」

他忙搖手道：「慢，慢，你數到幾？」

我冷冷地道：「你以為我會數到幾？」

十九層攤開了手：「你這樣做，其實是十分不智的，你知道，只有我，才有力量使你離境，而你竟這樣在對付唯一可以幫助你的人！」

我沈聲道：「我要知道駱致遜夫婦的下落，你說不說，我限你十秒鐘！」

我一面說，一面還狠狠地摑了他兩個耳光！

（這實在是我十分不智的一個行動，日後我才知道因之我吃了大虧！）

十九層捂住了臉：「好了，我說了，他們是昨天走的，他們被裝在箱子中，當著是棉織品，是坐白駝號輪船走的。」

「目的地是甚麼地方？」

「是帝汶島。」

我吸了一口氣，這和我的目的地是相同的，帝汶島在南太平洋，從帝汶島出發，可以到達很多南太平洋的島嶼。可是我的心中，同時又產生了另一個疑問：他們為甚麼要再到南太平洋去呢？

我站了起來：「行了，現在我去找那個人，你仍然要保證我安全出境，要不然，你仍不免要吃苦頭的，請你記得這句話。」

我不再理會他，轉身走了開去，出了那俱樂部，便找著了十九層要我找的人。到了那裡，一個瘦削的人，自稱姓王，說他可以為我安排。

他帶我來到了碼頭附近。

在一個倉庫之中，他和幾個人交頭接耳，然後，他又交給我一個小木箱，低聲道：「這方面有著食水和乾糧，你將被放在這樣的箱子之中。」

他向前指了一指，那是一種大木箱，這木箱是裝瓷器的，因為上面已漆上了「容易破碎，小心輕放」，和一個向上的箭頭，表示不能顛倒。

但是這個木箱卻只不過一公尺立方，我自然可以不怕被悶死，因爲木箱的製造很粗，木板和木板之間是有縫可以透氣的，但是，在這樣的木箱中，我卻只能坐著，那無異是不舒服到極點的了。

我搖了搖頭：「沒有第二個辦法了麼？」

那傢伙攤了攤手：「沒有了，事實上，你也不必忍受太多的不舒服，一上了船，你就可以在夜間利用工具撬開木箱出來走動的了，如果你身邊有足夠的鈔票，那你甚至可以成爲船長的貴賓，但是在未上船之前，你可得小心。」

我問道：「這批貨物甚麼時候上船？」

那傢伙道：「今天晚上，你如今就要進箱子，祝你成功。」

我還想再問他一些問題，但是那傢伙卻已急不及待地走了。幾個工人則來到了我的身邊，將我領到了一隻木箱之前，要我進去。

我沒有第二個選擇了，只好進去，那幾個人立時加上了箱蓋，「砰砰」地將箱蓋用釘子釘上去，我彷彿自己已經死了，躺在棺材中，由人在釘棺蓋一樣！

第四部：漫長航程

我相信，世界上人雖多，但是嘗過像我如今這樣的滋味的人，卻一定寥寥可數。

我抱著膝，坐了下來，將工具和食物放在前面，箱子之中居然還有空隙可以讓我伸伸手，反正時間還早，我不妨休息一下。

我居然睡著了，等到我醒來的時候，我聽到一陣隆隆的聲音，我從板縫中望出去，看到一架起重機，正在吊著大木箱——和我藏身相同的木箱，有數百個之多，全被起重機吊到一輛大卡車，而大卡車在裝載了大木箱之後，便向外駛了出去。

快到船上去了，我心中想，到了船上之後，我就可以設法出來走動走動了，我相信只要船啓了航，那就算我被發現，也不要緊了。

我十分樂觀，約莫等了一小時左右，我藏身的木箱，也被吊了起來，在半空之中，搖搖晃晃，然後，被放上了大卡車，大卡車向前駛去，不一會來到碼頭。

我藏身的箱子，又被起重機吊了起來，這一次吊得更高，當我在半空中的時候，我從木縫中看下去，看到碼頭上，警察林立，戒備得十分森嚴，我的心中不禁暗自慶幸。直到如今爲止，事情十分順利。

我被放進了船艙之中，等到幾個人將木箱放好之後，我便覺得有點不對頭了。

果然，幾乎是立即地，「砰」地一聲響，我的上面又多了一隻箱子。我幾乎要大叫了起來，他媽的，十九層難道竟未曾安排好，將我藏身的箱子放在最外面麼？

我當然是不敢叫出聲來的，我只好焦急地希望我的上面雖然有木箱，但是左近卻不要有才好。

可是，半小時之後，我絕望了。

我的上下左右，四面全是木箱，我藏身的木箱，是在數百隻大木箱之中！那也就是說，在漫長的旅途中，我將沒有機會走出木箱去！

這怎麼成？這怎麼可以？我心中急促地在想著：我是不是應該高聲叫嚷呢？

如果我叫嚷，我當然可以脫身，但是也必然會落到了警方的手中！

而如果我不叫嚷，我能夠在這個木箱中經過二十天的海上航行麼？這實在是難以想像的！

我終於叫嚷了起來，因爲我想到我會被活埋也似地過上一個月，這實在太可怕了，我寧願被人發覺，落到了警方的手中再說。

我大聲地叫著，可是，在五分鐘之後，我立即發覺，我這時來叫喊，已經太遲了。

在我的四周圍，已經堆上了不少大木箱，這些大木箱，一定已阻住了我的聲音，而且，即使我的聲音還能傳出去，那也一定十分微弱，起重機的喧鬧聲一定將我的叫聲遮蓋了過去，而沒有人聽到。

我只聽得「砰砰」的大木箱疊在大木箱之上的聲音，在不斷地持續著，可知在我的上面和四周，仍然在不斷地被疊上大木箱。

我由大叫而變成狂叫，我取出了工具，那是一柄專用撬釘子的工具，我輕而易舉地便撬開了木箱，可是我卻走不出去。

因爲在我的面前，是另一隻木箱。

我用力去推那木箱，我希望可以將木箱推倒，那麼我就可以引起人家的注意，和脫出這重重的包圍。

然而，我用盡了力，卻依然不能使大木箱移動分毫！我著亮了電筒，我必須小心地使用電筒，因爲這是我唯一的照明工具了。

我向前面的木箱照了一照之後，又撬開了那隻木箱，將木箱中一包一包的東西拉出來，我在感覺上知道那是棉織品。

我披數以百萬件計，裝成了箱子的棉織品，包圍在中間。

我費了許多功夫，才將前面大木箱中的棉織品，塞進了我原來藏身的木箱之中，由於我可以活動的空間十分之小，所以等到我終於搬清了前面箱子中的貨物，而我人也到了前面的箱子中的時候，可以說是已經筋疲力盡了。

但這時候，我的心情卻比較輕鬆。因爲我發現，使用同樣的方法，我可以緩慢地前進，開出一條「隧道」來。開「隧道」的辦法，便是撬開我面前的箱子，將前面的箱子中的貨物搬出來，而我人就可以向前進一步了，這就像是一種小方格的迷蹤遊戲一樣，我必須化費很多功夫，才能前進一格。

但就算我的面前有十層這樣的大木箱，我只要經過十次的努力，就可以脫身了！剛才那一次，化了我大約兩小時，也就是說，我如果不斷地工作，二十小時就可以脫身了，而且，事實上，大木箱也不可能有十層之多！

我一想到這裏，精神大振，立時又跳了起來，開始「挖掘」我的「隧道」。世界上有許多隧道，但是在堆積如山的棉織品中「開挖」而成的「隧道」，只怕是只此一家，別無分行。我連續地前進了三隻木箱，才休息了片刻，吃了些乾糧，又繼續工作。

當我弄穿了第六隻木箱的時候，我不禁歡呼了一聲，因爲外面已沒有木箱了！但是，當我用電筒向前去照明之際，我不禁倒抽了一口冷氣。

的確，我的「隧道」已然成功，我應該是可以脫身的了——如果不是在棉織品之旁，又堆有其他貨品的話。可是如今，當我在撬下了木板之後，我卻看到外面另外有貨物堆著。

而且，那是我無法對付的，它們是一大盤的鐵絲！我有甚麼辦法來對付鐵絲呢？除非我有一柄「削鐵如泥」的寶劍。

然而，我當然沒有這樣的寶劍。

我也不會愚蠢到想去推動那些鐵絲，因為每一盤鐵絲可能有一噸重，而我可以看到，至少有數百盤鐵絲在我的前面。

我頹然地坐了下來，這連續不斷的十幾小時的操作，令得我的骨頭，根根都像是散了開來一樣，而尤其當你在經過了如此的艱辛，竟發覺自己的努力，一點用處也沒有之際，那就會更加疲倦。

我像死人一樣地倒在木箱中之中，不知過了多久。

由於我不動，我倒覺出，船身像在動，而且，也沒有規則的機器聲傳了過來，我知道，船已經啓航了，而我則被困在貨艙之中。

我一動也不想動，像死人一樣地坐著，在極度的疲乏之中，我慢慢地睡了過去。

等我睡醒的時候，我看了看手錶，等到我肯定手錶未曾停止之時，我才知道，自己已睡了十小時之多！

我只覺得渾身酸痛，我只想直一直身子，在那一剎間，我忘記自己是在箱子之中了，我的身子挺了起來。

可是，我的身子只向上一挺開，頭頂便已「砰」地一聲，撞在箱子上了。

這一撞，使我痛得大叫了起來，但是也使我的頭腦，反而清醒了一陣，同時，陡地一亮：我並不絕望！

我的「隧道」來到這裏，被鐵絲所阻，我無法在鐵絲之中挖洞出去，但是，「隧道」不一定是要直向前的，我可以使「隧道」轉而向上！

通常，貨物裝在船的貨艙之中，是不會一直碰到船艙的頂部的，總有空隙，那麼，只要我能弄破最上的一隻木箱，我就有機會爬出去，爬過鐵絲或其他的貨物而脫身了。

我又開始工作了，而且，我發覺我這次工作，要比上次容易得多，因爲我一弄破箱子，箱子中的棉織品，便會自動向下落來，使我省卻了不少搬運的氣力。

我在又弄穿了六隻箱子之後，終於，我爬上了一大堆木箱的頂。頂上的空位，比我想像的還要多，我可以站直身子。

我著亮了電筒，在鐵絲上走了過去，鐵絲過去，是一麻包一麻包的貨物，我是被「埋」在貨艙的角落的，我當然已經想到，我之所以會有這樣的遭遇，絕不是因為十九層的疏忽之故。那一定是十九層故意安排的。他並不是想害死我，但卻要使我吃點苦頭。

我不是一個有仇不報的人，當我走過麻包，沿著麻包爬下來之際，我心中已然決定，只要有機會，我一定要報復，一定要使十九層試試他被埋在地下的滋味！

我攀下了麻包之後，便站在貨艙中僅有的一些空隙之中了，我很快地便發現了這一道鐵梯，鐵梯是向上通去的。大貨輪在航行中，貨艙當然是加上了鎖的，但是也會有人來定期檢查。

我本來是想等有人來貨艙檢查時再作打算的，但是我立即改變了主意。因為我不知道究竟要等多久才會有人下來；而如今，我已經十分迫切地希望呼吸一口新鮮空氣了。

我攀上了鐵梯，到了艙蓋之下，在我用力向上頂的動作之下，艙蓋出現了一道縫，我用一片十分鋒利的薄鋸片，從縫中伸了進去，鋸動著。這薄鋸片，是我隨身攜帶的許多小工具之一。

幸而這艘貨船是十分殘舊的老式的，所以我才能鋸斷了鎖，從艙中脫身。

當我推開了艙蓋，呼吸到了一口新鮮空氣之際，我身心所感受到的愉快，實在是難以形容的。外面十分黑，正是午夜時分。

我頂開了艙蓋，翻身上了甲板。

我一躍上了甲板之後，又深深地吸了幾口新鮮空氣，然後我向前走出了十來步，在一艘吊在船舷之旁的救生艇中，坐了下來。

那地方十分隱秘，即使在白天，也不容易被人發現約，何況現在是晚上。

我開始作下一步的打算了。

如果不是貨艙中的貨物，給我弄了個一塌糊塗，那麼我現在已可以公開露面了。我可以直接去見船長，要他收留我，在海上，船長有著無上的權威，我的要求可以滿足一個船長的權利慾，多半可以獲准的。但因爲貨艙中的大木箱被我毀壞了十二個之多，那十二個大木箱中的棉織品，也成了一團糟，如果我一講了出來，船長一定立時將我扣留！

所以，我必須要想別的辦法，來渡過這漫長的航程。

我必須取得食水，食物倒還不成問題，因爲我的乾糧還在，食水的最可靠來源，當然是廚房了。

我想了沒有多久，便向船尾部份走去，聽得前面有腳步聲和交談聲傳了過來，我身子一閃，閃到了陰暗的地方。

向前走來的是兩個水手，他們可能是在當值，因爲他們的手中都執著長電筒，但這時，他們並沒有亮著電筒，所以他們也沒有發現我。

他們一面走，一面在交談，我聽得其中一個道：「船長室中的那一男一女，你看是不是有點古怪？」

另一個道：「當然，見了人掩掩遮遮，定然是船長收了錢，包庇偷渡出境，他媽的，做船長就有這樣的好處，我們偷帶些東西，還要冒風險！」

那一個「哈哈」笑了起來：「當然是做船長的好，我看這一男一女兩人一定十分重要，要不然船長何必下令，除了侍應生之外，誰也不准進船長室？」

另一個又罵了幾句，兩人已漸漸走遠了。

他們兩人的交談，聽在我的耳中，不禁引起了我心中莫大的疑惑。

在船長室中有兩個神秘的客人，這兩個人是一男一女，那是甚麼人呢？難道就是駱致遜和柏秀瓊？

我一想到這一點，不禁怒氣直沖！

因爲如果就是他們的話，那十九層既然有辦法安排他們在船長室享福，爲甚麼卻要我在貨艙中心吃苦？

我決定去看個究竟，而且這時候，我又改變了主意，既然船長是公開受賄偷運人出境的，那麼我等於已抓到了他的小辮子，這件事如果公開出來，他一定會受到海事法庭的處罰的。

那也就是說，就算我弄壞了十二箱棉織品，他也對我無可奈何了。

我一想到這裏，立時從陰暗之中閃了出來，叫道：「喂，你們停一停！」

那兩個水手，突然聽得身後有人叫他們，連忙轉過身來，而這時，我也已大踏步地向前，迎了上去。

那兩個水手看到了我，簡直整個呆住了，直到我來到他們的面前，他們才道：「你……你是甚麼人？」

我沈聲道：「你別管，帶我去見船長！」

那兩個水手互望了一眼：「我們不能這樣做，我們必須先告訴水手長，水手長報告二副，二副報告大副，大副再去報告船長。」

我笑了起來，取出了兩張大額鈔票，給他們一人一張：「那好，你們不必帶我去見船長，只要指給我看船長室在甚麼地方就可以了。」

那兩個水手大喜，伸手向一道樓梯之上指了指：「從這裏上去，第一個門，便是高級船員的餐室，第二個門，就是船長室了。」

我向那兩個水手一揮手，向前直奔了出去，我一直奔到了樓梯附近，然後迅速地向上攀去。上了樓梯，是船上高級人員的活動地點，一般水手，如果不是奉到了船長召喚而登上樓梯，是違法的。

我只向扶梯登了一半，便聽得上面有人喝道：「甚麼人，停住！」

我當然不停，相反地，我上得更快了。

那人又喝了一聲，隨著他的呼喝聲，我已聽到了「卡咧」一下拉槍栓的聲音。

但是那人卻未曾來得及開槍，因爲我已經飛也似地竄了上去，一掌砍在他的手臂上，他手中的槍「拍」地跌了下來。

我的足尖順勢鉤了一鉤，那柄槍已飛了起來，我一伸手已將槍接住了！

那被我擊中了一掌的傢伙向後退出了幾步，驚得目瞪口呆：「這……這是幹甚麼？你……你是要叛變麼？快放下槍。」

我向他看去，那人年紀很輕，大概是航海學校才畢業出來的見習職員，我也不去理會他的身份，只是冷冷地道：「你錯了，我不是水手。」

他的眼睛睜得更大了：「那麼，你……你是甚麼人？」

我冷笑一聲：「你來問我是甚麼人？你爲甚麼不問問在船長室中的一男一女是甚麼人？」

那傢伙的面色，頓時變得十分尷尬：「你……你是怎麼知道的？」

我壓低了聲音，將手中的槍向前伸了一伸：「快帶我去見他們！」

那人大吃了一驚：「船長有命令，誰也不准見他們的。」

我笑了起來，這傢伙，現在還將船長的命令當作神聖不可侵犯，這不是太可笑了麼？我道：「現在我命令你帶我去見他們。」

他望了我的槍口一眼，終於轉過身，向前走去。

我跟在他的後面，來到了第二扇門前，那人舉手在門上「砰砰」地敲著。

不到一分鐘，我便聽到了裏面傳出來發問聲：「甚麼人？我們已經睡了。」

那是駱致遜的聲音！

我一聽就可以聽出，那是駱致遜的聲音！

我用槍在那人的腰眼之中，指了一指，那人忙道：「是我，是我，船長有一點事要我來轉告，請你開門，讓我進來。」

我在那人的耳邊低聲道：「你做得不錯。」

那人報我以一個苦笑，而那扇門，也在這時，慢慢地打了開來。

門一開，我一面用力一推，將那人推得跌了開去，一面肩頭用力一頂，「砰」地一聲，已將門頂開，我只聽得駱致遜怒喝道：「甚麼事？」

我一轉身，已將門用腳踢上，同時，我的手槍，也已對準了駱致遜了。

艙房中的光線並不強，但是也足可以使他看到我了。

在駱致遜身後的，是柏秀瓊，船長的臥室相當豪華，他們兩人的身上，也全穿著華麗的睡衣，那狗養的船長一定受了不少好處，所以才會將自己的臥室讓出來給他們兩人用的。

我望著他們，他們也望著我，在他們的臉上，我第一次發現一個人在極度的驚愕之中，神情原來是如此之滑稽的。

我會突然出現，那當然是他們做夢也想不到的事！

而這時，我心中的快意，也是難以形容的。

我拋著手中的槍，走前兩步，在一張沙發上坐了下來，揚了揚槍：「請坐，別客氣！」

駱致遜仍是呆呆地站著，倒還是他的太太恢復了鎮定，她勉強地笑了一笑：「衛先生，你……現在是在一艘船上。」

我呆了一呆，一時之間，還想不通她這樣提醒我是甚麼意思。我當然知道我自己是在一艘船上！

我只是冷笑了一聲，並不回答她。

她又道：「在船上，船長是有著無上的權威的，而我們可以肯定，船長是完全站在我們這一邊的！」

我一聽得她這樣說法，忍不住「哈哈」地笑了起來，原來她想恐嚇我！在如今這樣的情形下，她還以爲可以憑那樣幾句話嚇退我，這不是太滑稽，太可笑了麼？

我放聲大笑：「船長可能站在犯人欄中受審，你們也是一樣，那倒的確是站在你們這一邊了！」

這時候，我聽得門外有聲音傳出來，當然是我的聲音已經驚動船長了。我對著艙門喝道：「滾開些，如果你不想被判終身監禁的話！」

門外的聲響果然停止了，駱太太的面色，也開始變得更加灰白起來，她已經明白，如今，在這艘船上，有著無上權威的是我，而不是船長！

我再度擺了擺手槍，道：「坐下，我們可以慢慢地談，因爲航程很長，同時，我希望我們可以談出一個好一點的結果來。因爲對船長而言，你們兩個人若是失蹤了，他是求之不得的——那樣，等於他犯罪的證據忽然不見了一樣！」

駱致遜終於開口了，他道：「我們先坐下來再說，別怕，別怕。」

我笑了笑：「你說得對，如今的情形，對你而言，的確是糟得透了，但是也絕不會再比你在死囚室中等待行刑時更糟些。」

駱致遜苦笑著：「衛先生，你應該原諒我，我不是存心出賣你的。」

我斜著眼：「是麼？」

駱致遜道：「真的，你想，我從死囚室中逃了出來，當然希望立即逃出警方的掌握，我自然不想多等片刻，所以我立即駕車走了，而事後，當我再想和你聯絡，卻已沒有可能了。」

駱致遜的解釋，聽來似乎十分合理。

但是，我既然可以肯定我已然上了他的一次當，當然不會再上第二次的了。我不置可否地道：「是麼？看來你很誠實。」

駱致遜夫婦互望了一眼，駱太太道：「那麼，衛先生，你現在準備怎樣？」

我道：「這個問題，比較接近些了，我準備怎樣，相信你們也知道的，我要知道，你，爲甚麼會殺死了你的弟弟！」我在說這話的時候，手指是直指駱致遜的。駱致遜還未曾開口，駱太太已尖叫了起來道：「他沒有殺死他的弟弟。」我冷冷地道：「我是在問他，不是問你！」

駱致遜在我的逼視下，低下頭去，一聲不出。這正是那件怪案發生後，他的「標準神態」，因爲在他將他的弟弟推下崖去之後，他一直低著頭，一聲不出，來應付任何盤問。

他這種姿態的照片，幾乎刊在每一家報紙之上，我也見得多了。

我冷笑道：「你不說麼？」

駱致遜仍然不出聲。

我站了起來：「我去見船長，我要他立時回航，想他一定會答應的。而駱先生，在法律上而言，你是早已應該被人處死的人，你一上岸，便會立即被送進電椅室中去！」

駱致遜依然不出聲。

使我意料不到的是，駱太太卻突然發作了起來，只見她轉過身去，對準了駱致遜，叫道：「你該說話了，你爲甚麼不說？我肯定你未曾殺人，你你爲甚麼不替自己辯護？爲甚麼？你也該開口了！」

我忙道：「駱太太你不知道其中的內幕麼？」

駱太太怒容滿面地搖著頭：「我甚麼也不知道，我只知道他的心腸極好，他絕不是一個會殺人的人，這是我可以肯定的事情！」

「可是，當時有許多人見他將人推下崖去的！」

「不錯，我也相信，但那是爲了甚麼？致遜，你說，是爲了甚麼？」

駱致遜終於開口了，他攤開了雙手，用十分微弱的聲音道：「我……非這樣不可，我非這樣不可！」

駱致遜一開了口，我的問題立時像連珠炮一樣地發了出來，我忙問：「爲甚麼你非殺他不可？你費了那麼多的心血，將他找了回來，在他回來之後的幾天中，他和你又絕未爭吵過，爲甚麼你要殺他？」

駱致遜張大了口，好一會才道：「沒有用，我講出來，你也不會……相信的。」

我連忙俯下身去，幾乎和他鼻尖相對：「你講，你只管講，我可以相信一切荒誕之極的事情，只要你據實講！」

駱致遜望了我好一會，我只當他要開口講了，可是他卻搖了搖頭，嘆了一口氣，又低下了頭去。

這時候，意料不到的事又發生了，平時看來，十分賢淑文靜的駱太太，這時忽然向前跳了過來，而且毫不猶豫地重重一掌，摑在駱致遜的臉上。

那一下清脆的掌聲，使我陡地一震，我還未曾表示意見，駱太太已經罵道：「說，你這不中用的人，我要你立即就說！」

我早已說過，駱太太是一個十分堅強、能幹的女子，而駱致遜則是一個相當懦弱的人。

這也正是問題的癥結所在：爲甚麼一個性格懦弱的好人，會將他的弟弟，推下山崖去呢？

如今，我可以明顯地看出來，駱太太是在刺激駱致遜要他堅強起來，將真情講出來。

那絕不是在做戲給我看的，這種情形，至少使我明白了一點，駱致遜為甚麼要殺人，這一點，是連駱太太也不知道的。

駱致遜被摑了一掌之後，他的臉色更難看了，一忽兒青，一忽兒白，他的身子在發著抖，突然間，他的雙手又掩住了臉，可是就是不開口。

我感到世界上最難的事情，莫過於要從一個人的口中套出他心中的秘密，只要這個人不肯說，你是拿他一點辦法也沒有的。

駱致遜雙手掩住臉，他的身子在發抖，過了足足有了五分鐘，他才以幾乎要哭的聲音道：「好，你們逼我說，我就說，我就說——」

駱致遜講了兩遍我就說，但是仍然未曾講出究竟來，我焦急得緊緊地握著拳，因為他可能突然改變主意，那我就前功盡棄了！

他停頓了足有半分鐘之久！

那半分鐘的時間，長得使人覺得實在難以忍受。

總算駱致遜開口了，他道：「我說了，我是將他推下去的，因為，他……他，他已經不能算是人！」

我呆了呆，我不明白他這樣講是甚麼意思，我向駱太太望去，只見她的臉上，也充滿了驚詫之色，顯然她也不明這是什麼意思。

我立即向駱致遜望去，駱致遜這一句話是如此之無頭無腦，我當然要問個明白的。可是當我看到了駱致遜的情形之後，我卻沒有出聲。

他全身正在發抖，抖得他上下兩排牙齒相頂，發出「得得」的聲音來，在他的神情如此激動的情形下，我實也不忍心再去追問他了。

他抖了好一會，直到他伸手緊緊地抓住床頭，才令得他較爲鎭定了些。

到這時候，他又喘著氣：「你們明白？我實在是非將他推下去不可。」

我不禁苦笑了，我被他的話弄得莫名其妙，而他卻說我已明白了，我儘量使自己的聲音緩慢些，道：「我不明白，他明明是人，你怎麼說他不是人？」

駱致遜忽然提高了聲音，尖叫了起來：「他不是人，他不是人，人都會死的，他不會死，這算是什麼？」

駱致遜叫完了之後，便瞪著眼睛望著我，在等待我的回答。

可是，我除了也瞪著眼睛回望著他之外，什麼也回答不出來。

我根本連駱致遜這樣的講法，究竟是什麼意思也不知道，那又從何回答起？他說駱致謙不會死，人總是會死的，照歸納法來說，不會死的，當然不能算是人了。

然而，如果駱致謙是一個不會死的「人」，他謀殺駱致謙的罪名當然也不成立了。

因爲他的罪名正是「殺死」了駱致謙，而駱致謙是「不會死」的，又怎會有「殺死」這件事？

第五部：失敗

我腦中亂到了極點，千頭萬緒，不知從何問起才好。這時候，我聽得駱太太道：「致遜，你講得明白一些，你，未曾殺死他？」

「我……殺死他了！」

「可是，剛才你說，他是不會死的。」

「我將他從那樣高的崖上推了下去，我想……我想他多半已死了，我……實在不知道。」

「你慢慢說，首先，你告訴我，他何以不會死？」

「他……吃了一種藥。」

「一種藥？甚麼藥？」

「不死藥。」

「不死藥？」

駱致遜和他的太太，對話到了這裏，我實在忍不住了，我大聲道：「別說下去了，這種一點意義也沒有用的話，說來有甚麼用？」

駱太太轉過頭來，以一種近乎責備的目光望著我：「衛先生，你聽不出他講的話，正是整個事件的關鍵所在麼？」

我冷笑一聲：「甚麼是關鍵？」

駱太太道：「不死藥。」

我猛地一揮手，以示我對這種話的厭惡：「你以爲駱致謙得到了當年秦始皇也得不到的東西？」

我這句問話，當然是充滿了譏刺之意的。可是駱太太的詞鋒，實在厲害，她立即回敬了我一句：「我們如今已得到了許許多多，秦始皇連想也不敢想的東西，是不是？」

我翻了翻眼，那倒的確是的，是以令我一時之間無話可說。

駱太太又道：「所以，這並不是沒有意義的話，衛先生，我是他的妻子，我自然可以知道他這時候講的，是十分重要的真話！」

我已完全沒有反駁的餘地了，我只得道：「好，你們不妨再說下去。」

我一面講，一面向駱致遜指了指，我的話才出口，駱致遜已經道：「我要講的，也已講完了。」

駱太太忙道：「不，你還有許多要說的，就算他吃過了一種藥，是不死藥，你爲甚麼又非要把他從崖上推下去不可呢？」

駱致遜痛苦地用手掩住了臉，好一會，才道：「他要我也服食這種不死藥。」

「他有這種藥帶在身邊麼？」

「不是，他要我到那個荒島上去，不死藥就在那個荒島上的，而那個荒島，正是他當年在戰爭中，在海上迷失之後找到的。」

事情總算漸漸有點眉目了。

駱致謙在一次軍事行動中失了蹤，他是飄流到了一個小荒島之上。這個小島，當然是大海之中，許多還未曾被人注意的小島嶼之一。

在那個小島上，駱致謙服下了不死藥，直到他被駱致遜找回來。

他們兄弟兩人的感情，當然是十分好的，因爲駱致謙要他哥哥也去服食不死藥。

事情可以很合理解釋到這裏，接下去，又是令人難以解釋的了。

駱致遜如果不願意長生不老，他大可拒絕駱致謙的提議，他又何必將駱致謙推下崖去呢？

所以，我再問道：「你拒絕了？」

駱致遜不置可否，連點頭和搖頭也不，他只是呆若木雞地坐著。

駱太太問了幾句話，可是駱致遜只是不出聲。

駱太太嘆了一口氣，向我道：「衛先生，你可否先讓他安靜一下？反正在船上，我們也不會逃走的，你先讓他安定一下，我們再來問他，可好麼？」

我表示同意，駱致遜如今的情形，分明是受刺激過甚，再繼續討論這個問題，恐怕他會受不了。再則，在船上，他是無法逃脫的，航程要接近一個月，我大可以慢慢來。

所以，我立即退到了門口：「駱先生，你先平靜一下，明天見。」

我打開了艙門，退了出去，將門關上。

當我轉身去的時候，我才看到一個中年人，面青唇白地站在身後。

我從他身上所穿的衣服，便可以看出，他就是這艘船的船長了。

我冷笑了一下：「生財有道啊，船長！」

船長幾乎要哭了出來一樣地：「你……是甚麼人？我們來討論一下……」

我不等那船長講完，便道：「討論甚麼？討論我是不是受賄？」

我並不說我是甚麼人，只是問他是不是想向我討論我是否受賄。這是講話的藝術，因爲在這句話中，我給以對方強烈的暗示，暗示我是一個有資格受賄的人！

船長苦笑了一下：「是……是的。」

我點了點頭，大模大樣地道：「那麼，要看你的誠意如何了。」

船長忙道：「我是有誠意的。」

我道：「那好，先給我找一個好吃好睡的地方，最好是將你現在的地方讓出來。」

船長道：「可以，可以。」

我又道：「然後，慢慢再商量吧。」

船長苦笑了一下：「先生，我想你大概是不準備告發我的了，是不是？」

我笑道：「看來是，但還要看我在這裏是不是舒服而定，你明白麼？」

船長連連點頭，將我讓進了他的臥室。

他那間臥室一樣豪華，我老實不客氣地在床上倒了下來，他尷尬地站在一旁。

我像對付乞丐一樣地揮了揮手：「你自己去安排睡的地方吧，這裏我要暫時借用一下了。」

船長立即連聲答應，走了出去。

我躺在床上，心中十分舒暢，我這樣對待這混蛋船長，而我又找到了駱致遜夫婦，這使我高興得忍不住要吹起口哨來。

不一會，我便睡著了。

我是被「砰」地一聲巨響驚醒的。

當我睜開眼睛來看的時候，我簡直以為自己是在做夢，我難以明白究竟是發生了甚麼事！

只見在我睡著之前，還在對我恭敬異常的船長，這時穿著筆挺的制服，手中還握著手槍，凶神惡煞地站在門口。

在他揮動手臂之下，四五個身形高大的船員，向我衝了過來。

那四五個海員向我衝來，再明顯沒有，是對我不利的，我自然也知道這一點。

但是，我卻不明白為甚麼一覺之間，船長忽然強硬起來，要對我不利了？難道他總是怕我將他的秘密洩露出去，是以要來害死我？

可是，如果他在動這個腦筋的話，他就應該在我睡熟之際將我殺死，而不應該公然叫四五個壯漢來對我了，但不是這樣，他又有甚麼依仗呢？

在我心念電轉間，那四五個壯漢，已經衝到了我的床前了。

船長舉槍對準了我，叫道：「將他抓起來！」

我一伸手：「別動！船長先生，你這樣做，不為自己著想一下麼？」

船長向我獰笑：「你是一個受通緝的逃犯，偷上了我的船隻，我要將你在船上看管起來，等到回航之際，將你交給警方！」

我「嘿嘿」冷笑了起來：「你是扣押我一個呢，還是連另外兩個也一起扣押？」

我「另外兩個」的意思，自然是指駱致遜夫婦而言的。我的話也等於在提醒他，別太得意忘形了，他還有把柄在我的手中！

可是，出乎意料之外地，船長聽了我的話之後，竟「哈哈」大笑了起來，分明他是有恃無恐的，他對著我咆哮道：「閉嘴！」

我呆了一呆，同時迅速地考慮著目前的情形。他的手中有槍，而又有四五個人在我的床前。然而他說要將我扣起來，這使我斷定，他不敢殺我，那麼我暴起發難，事有可為。

我攤了攤手：「閉嘴就——」

我只講了三個字，身形一躬，猛地從床上跳了起來。床是有彈力的，是以我從床上跳起來的這個動作，也格外快和有力。

我一彈了起來，雙手雙腳，一齊向前攻了出去，三名大漢，被我同時擊中。

他們嗥叫著，身子向後倒去，我則立時落地，一個打滾，已滾到了船長的腳邊。

這時，三個被我擊倒的大漢，也痛得在地上亂滾，地上可以說是人影縱橫，船長根本不知道我已經來到了他的腳邊了。

而當他終於知道了這一點之際，卻已然大大地遲了！

因為那時，我已經抱住了他的雙腿，猛地一拖，令得他仰天倒了下來。我一掌砍在他的手腕上，奪過了手槍，然後一躍而起，「砰」地關上了艙門，背靠著門而立，喝道：「統統站起來，將手放在頭上！」

那四五個大漢見槍已到了我的手中，自然沒有抵抗的餘地，只得乖乖地手放到了頭上，退了開去。

船長仰天那一跤，跌得著實不輕，他在地上賴了好一會才站了起來，摸著後腦，狠狠地望著我：「你是逃不了法律制裁的。」

我道：「也許，我們可能被關在一個監房之中。」

他叫道：「我爲甚麼要坐監？」

我道：「你的記性太壞了，就在對面的房間中，你私運了兩個要犯出境，其中的一個，還是已經被判了死刑的了，你忘了麼？」

船長吸了一口氣：「你要脅不到我。」

我呆了一呆，道：「甚麼意思？」

「他們兩人走了。」

我幾乎不相信自己的耳朵，失聲道：「走了？」

船長雖然狼狽，但是他的神情，卻還是十分得意：「走了，他放下了救生艇，偷偷地走了，你甚麼證據也沒有了！」

我不禁真正地呆住了！

這個消息，對我的打擊，實在大大了！打擊之大，倒不是由於他們兩人一走，我便不能再要脅船長了，因爲我的目標並不在於船長。而是由於他們兩人一走，我的處境，可以說糟糕極了。

本來，我有兩個途徑，可以改變我的處境的。

一個辦法，是我能以證明駱致遜沒有罪。第二個辦法，便是將駱致遜帶回監獄去。

除了做到這兩點中之一點之外，我都沒有辦法改變我的處境，我勢將永遠被通緝下去！

但是，要做到這兩點中的任何一點，必須有駱致遜這個人在！

如今，駱致遜走了，我怎麼辦？

我呆了足足有一分鐘之久，才道：「這是不可能，如今我們在大海中，他們下了救生艇，生存的機會是多少？他們爲甚麼要冒這個險？」

船長道：「那我怎麼知道？」

我厲聲道：「是你將他們兩人藏起來了！」

船長笑了起來，他笑得十分鎮定：「如果你以爲這樣，那麼在船到了港口之後，你可以向當地警方指控我，但當當地警方在船上找不到人的時候，你可麻煩了。」

我在船長的那種鎮定、得意的神情中，相信駱致遜夫婦真的走了！

他們寧願在汪洋大海中去飄流，那當然是爲了想逃避我，而當他們逃走的時候，我卻正在呼呼大睡，我真想用手中的槍柄重重地敲在自己的頭上，我實在是太蠢了，竟以爲在船上，他們是不會離去的！

他們離去了，這給我帶來的困難，實在是難以言喻的，老實說，我實在不知該怎樣才好！

船長陰鷙地向我笑著：「把你手上的槍放下，其實，如果你想離去的話，我可以供給你救生艇、食水和食物的。」

我心中實在亂得可以，駱致遜夫婦已不在船上了，我留在船上當然沒有意義，但是，如果我在海上飄流，又有甚麼用呢？

海洋是如此之廣大，難道兩艘救生艇，竟會在海洋中相遇麼？

我的一生之中，可以說從來也沒有遭遇到過連續的失敗，像如今一樣。

而且，如今我的對手，嚴格來說，也不能算是對手，他們只不過是一個死囚，一個婦人而已。

過了好一會，我才慢慢定下神來：「船長，請你令這些人出去，我有話和你說。」

船長冷冷地道：「你先將槍還給我。」

我猶豫了一下，如果我將槍還給了他，那麼，他就可以完全控制我了。但是，就算我不將槍給他的話，我現在又將控制甚麼呢？

我已經失敗了，徹頭徹尾地失敗了！

船長伸出手來，向我奸笑著：「給我！」

我並沒有將槍拋給他，只是道：「船長，我現在是一個真正的亡命之徒了，我想你應該明白，一個真正的亡命之徒，是甚麼也敢做的！」

船長的面色變了一下，他的聲音有點不自然：「可是以你如今的罪名來說，你不致被判死刑的！」

事情總算有了一點小小的轉機，船長果然怕我橫了心會槍擊他的，這樣，我自然更不肯將槍脫手了，我道：「對我來說，幾乎是一樣的了！」

船長的面容更蒼白了。

我又道：「當然，如果你不是逼得我太緊的話，我是不會亂來的。」

船長有點屈服了，他道：「那麼，你……想怎樣？」

船長表示妥協了，可是我的心中，卻反倒一片茫然，不知該怎樣回答他才好。

一切都歸咎我實在敗得太慘了，以致我幾乎沒有了從頭做起的決心。而沒有了從頭做起的決心，當然也不知該怎樣辦才好了。

船長又追問我：「你究竟想怎樣呢？」

我不得不給了他以一個可笑的回答，我道：「請等一等，讓我想一想。」

船長愕然地望著我，而這時候，由於我自己的心中亂得可以，所以我也不去理會他的神態如何，我只是在迅速地思索著。

我究竟應該怎樣呢？

最理想的，是我可以立即有一架直升機，和一艘快艇，那麼我便可以立即在海面之上搜索駱致遜夫婦的下落了，但是在一艘已十分殘舊的貨船之上，當然是不會有快艇和直升機的。

那麼，我是不是應該也以救生艇在海中飄流呢？

如果我也以救生艇在海中飄流，那麼我找到駱致遜夫婦的機會等於零！

我當然不應該那麼傻，那麼，我還有甚麼辦法呢？

船長又在催我了。

我問他：「這艘貨船可以在就近甚麼地方停一停麼？」

船長連忙大搖其頭：「絕不能，那絕無可能，我們必須在規定的時間內，直航帝汶島。」

我冷冷地道：「如果中途遇險呢？」

船長也老實不客氣地回敬我：「如果中途遇險，那又不同了，因為這使這艘船，永遠也不能到達目的地，這艘船太破舊了，不能遇險了。」

我嘆了一口氣，實在沒有辦法，我只好賭一賭運氣了。我可以斷定，駱致遜夫婦擺脫我，下了救生艇，在海上飄流，並不是想就此不再遇救的，他們是有計畫地下救生艇的，可能他們帶了求救的儀器。

那麼，他們獲救的可能就非常大。

既然，他們選擇了一艘到帝汶島去的貨船，那麼他們獲救之後，可能仍然會到帝汶島去的，我可以在那個島上，等候他們。

當然，這一連串，全是我的假定。只要其中的一個假定不成立，那麼我沒有機會再見到他們了。

我說我要賭一賭運氣，那便是說，在如今這樣的情形下，我必須當我的假定完全是事實，依著假定去行事！

我對船長道：「那麼，我的要求很簡單了，我要在船上住下去，要有良好的待遇，等船到了目的地之後，你必須掩護我上岸。」

船長想了一想：「你保證不牽累我？」

我道：「當然，我還可以拿甚麼來牽累你？」

船長點了點頭：「那麼，你在船上也不要生事，最好不要和水手接觸。」

我收起了手槍，道：「我可以做得到，希望你也不要玩弄花樣，因爲在下船的時候，我將用槍指脅著你，不給你有對我不利的機會。」

我講完之後，就退了出去，退到了駱致遜夫婦占據的房間中，在床上倒了下來。

我覺得頭痛欲裂，我逼得要自己緊緊地抱住了自己的頭，才稍爲覺得好過一些。

接下來的那二十多天的航程，可以說是我一生之中最最無聊的時刻了。

我借了一架收音機，日日注意收聽新聞，希望得到一些駱致遜的消息。

因爲他們兩人如果被人發現，而又知道他們身分的話，那一定是震動世界的大新聞了。

但是，我卻得不到甚麼消息，我幾乎每天都悶在這間艙房之中。

船終於到達目的地了！

我相信，若是再遲上幾天到達的話，我可能就會被這種無聊透頂的日子逼得瘋了，在辦完了入港的手續之後，船長和我一齊下船。

船長是帝汶島上的熟人了，葡萄牙官員和他十分熟，船長知道我的目的只是想離開，而不是想害他，所以他也十分鎮定。

等到他將我帶到中國人聚居的地方，我也確定他不想害我的時候，我才將手槍還了給他，他迅速地轉身離去，我則走進了一家中國菜館。

菜館中的侍者全是中國人，當我提及我有一點美鈔想換一些當地貨幣，寧願吃一點虧時，他們都大感興趣，我換了相當數量的鈔票，吃了一餐我閉著眼睛燒出來也比這美味的「中餐」，在街盡頭的一家中級旅店中，住了下來。

我已到了帝汶島，我要開始工作：我很快地就結識了十來個在街上流浪，無所事事的少年，我許他們以一定的代價，叫他們去打聽一對中國人夫婦的下落，當然，我將駱致遜夫婦的外貌形容給他們聽，同時，我又要他們日夜不停，注意各碼頭上來的中國人。

我的這項工作發展得十分快，不到三天，爲我工作的流浪少年，已有一百四十六個之多，但是我卻沒有得到甚麼消息。

我又打了一封電報給黃老先生，告訴他我已到了帝汶島，要他先匯筆錢來給我應用。

這筆錢，在第二天便到了當地的銀行。

我自己，也每天外出，去尋訪駱致遜夫婦的下落。帝汶島是一個十分奇妙的地方，我不必多費筆墨去描寫它，總之它是一個新舊交織，天堂和地獄交替的怪地方，它是葡萄牙的殖民地，在葡萄牙或是它其他屬地上的犯罪者，會被充發到這裏來做苦工，但是，它卻也有它繁榮美麗的一面。

在海灘上，眺望著南太平洋，任由海水捲著潔白的貝殼，在你腳上淹過，那種情調，是和在夏威夷海灣渡假，沒有多大分別的。

一直等了半個月，我幾乎已經絕望了。

那一天黃昏，我如常地坐在海灘上，忽然看到兩個流浪少年，向我奔了過來，他們上氣不接下氣地奔到了我的近前叫著：「先生，先生，我們相信，我們可以得到那筆獎金了！」

誰發現駱致遜夫婦的下落，誰便可以得到我許下的一大筆獎金，這是我向他們作出的諾言，我一聽得他們這樣講，大是興奮。

我忙道：「你們找到這個人了，在甚麼地方？」

他們齊聲道：「在波金先生的遊艇上！」

我在帝汶島上的時候，雖然不長，只不過半個月光景，但是我在到達的第二天起，便知道波金先生這個人了。

他是島上極有勢力，極有錢的人，是以我聽得這兩個少年如此說法，不禁一呆，問道：「你們沒有認錯人？」

他們兩人又搶著道：「沒有，我們還知道這兩人是怎麼來的！」

我忙問：「他們是怎麼來的？」

那兩個少年十分得意：「碼頭上的人說，他們是在海中飄流，被一艘船救起來的，他們在船上便已打電報給波金先生，波金先生是親自駕著遊艇，去將他們接回來的，先生，我們可以得到那筆錢？」

我已從袋中取出了錢來：「當然可以。」

我將錢交到他們兩人的手上，他們歡天喜地，又補充道：「我們來的時候，波金先生的遊艇已經靠岸，大概是到波金先生的家中去，先生，你知道波金先生的天堂園在甚麼地方嗎？」

波金先生的花園中，有著十隻極其名貴的天堂鳥，是以他住的地方，便叫作「天堂園」，這是島上每一個人都知道的。

第六部：一大群白痴

而且，島上的人，也幾乎毫無例外地知道天堂園是在甚麼地方。

我已開始行動，離開了海灘，那兩個少年仍然跟在我的後面，我道：「我知道天堂園在甚麼地方，我還要請你們合作，不要將這件事宣揚出去。」

那兩個少年奔了開去，高聲道：「好的。」

我先來到了遊艇聚集的碼頭上，我看到了艘「天堂號」遊艇。那艘可以作遠洋航行的大遊艇甲板上，有幾個水手在刷洗。

從這情形看來，遊艇的主人，顯然是已經不在這艘遊艇上了。

我並沒有在碼頭耽擱了多久，便轉向天堂園去。

從碼頭到天堂園，有相當長的一段路程，但是我卻並不心急，我一路之上，吹著口哨，十分輕鬆。

因爲我知道，駱致遜夫婦絕想不到我還會在島上等著他們，我可以想像得到，當我又出現在他們的面前之際，他們將如何地驚愕！

我心中暗自打定了主意，等到我再見到他們的時候，無論如何再不上當了！

當我來到天堂園的時候，天色已完全黑了下來。

我當然不會去正式求見，門口的守衛是一定會將我趕走的，我只是趁守衛不小心之際，快步奔到了圍牆之下，藏匿在陰影之中。

然後，我才利用一條細而韌的，一端有鉤子的繩子，鉤住了牆頭，迅速地向上爬去，當我快爬到牆頭之際，我呆了一呆。

牆頭上有著一圈一圈的鐵絲網，那繩子一端的鉤子，正碰在鐵絲網上，在不斷發著「滋滋」聲和爆出火花來。由此可知，在牆上的鐵絲網，是通上了電流的電網。

我躊躇了一下，我的身子，是當然不能碰到那種通上了電流的電網的，我要進入圍牆的唯一方法，便是躍向前去，躍過通電的鐵絲網。

通電的鐵絲網，不是很高，我要躍過去，倒也不是甚麼難事，問題就在於，我在躍過去了之後，是否能安全落地？爲了尋求答案，我就必須先弄清楚，圍牆內的地面上，是不是有著陷阱。

我攀上了些，盡量使我的頭伸向前，而不碰到鐵絲網，我屈起了身子，將雙足的足尖，踏住了牆頭，可是由於天色實在太黑，我仍然看不清圍牆腳下的情形。

在那樣的情形下，我不得不冒一下險了，我蓄定了力道，身子突然彈了起來，我等於是在半空之中，翻了一個空心筋斗。

我的身子迅速地向下落去，等到我估計快要落地之際，我才突然伸直了身子。

也就在這時，「呼」地一聲，在黑暗之中，有一條長大的黑影，向我竄了過來！

雖然在黑暗之中，我也知道那是一頭受過訓練的大狼狗。

那頭大狼狗在如此突兀的情形之下，向我竄了過來，我在如今這樣的情形下，應該是無可避免的。

但是，這時，我卻不得不感謝這頭狼狗的訓練人了。這頭狼狗的訓練人，將狗訓練得太好了，它不但不吠叫，而且一撲向前來，不是咬向我別的地方，而是逕自撲向我的咽喉！

如果這時，這頭狼狗是咬向我的大腿，我是一點也沒有辦法的，但是它咬向我的咽喉，這情形卻有多少不同了，我的雙手，維護我的咽喉，總比較容易得多了。

我在躍下來的時候，是帶著那繩子一齊下來的。

這時，我右手一翻，繩端的鉤子已猛地向狼狗的上顎，疾扎了上去。

那一扎的力道十分大，鋼鉤幾乎刺透了牠的上顎！

狼狗突然合上了口，我的左掌，也已向牠前額，接近鼻尖的部份一掌拍了下去！

那是狗的脆弱所在，我這一掌的力道，又著實不輕，「拍」地一聲過處，狼狗的身子，和我的身子，一齊向地上落去。

我在地上疾打了幾個滾，一躍而起。

那頭狼狗也在地上打了幾個滾，但是卻沒有再站起來，而是伸了伸腿，死了！

直到這時，我才真正想到剛才的危險。

我身上開始沁出冷汗來。轉眼之間，我的身上，竟全是冷汗，一陣風過，我不由得機伶伶地打了一個寒戰！

我緊挨著牆圍，向前奔出了十來碼左右，才背貼著牆，站定了身子。

也直到這時，我才有時間打量圍牆內的情形。

圍牆內，是一個極大的花園。那個花園，事實上便是一個山坡，只不過樹木、草地全經過了悉心的整理。一幢極大的，白色的房屋，在離我約有兩百步處，好幾間房間中，都有燈光射出。

駱致遜夫婦，當然在這幢屋子之中！

那屋子十分大，當然不可能每一間房間中都有人的。

只要我能夠進入了這間屋子，藏匿起來，將是一件十分容易的事情。

我等了一會，心知狼狗死了，我混進宅內一事，也必然會被人知道的，但是我卻又實在沒有工具和時間來掩埋狗屍。

我藉著樹木的陰暗處，向前迅速地行進著。

當我來到屋子跟前的時候，我忽然聽得，有一個以日語在大聲呼喝著。

我連忙轉過身去，同時也呆住了。

至少有七頭狼狗，正在向前竄去，而帶領他們的，則是一個身子相當矮的人，那人分明是一個日本人，我立即懷疑他是第二次世界大戰時，日本軍隊中的馴狗人員！

那七頭狼狗是向死狗的地方撲去，我知道，我的行蹤，立即會被發現了！

而在那麼多的狼狗，在當地聞到了我的氣息之後，我可以說是無所遁形的，我唯一可以暫時免生危機的辦法，是進入宅子去！

我繞著屋子，迅速地向前奔著，在奔到了一扇窗子之前的時候，我停了下來，我用力推了推，窗子竟應手而開，我連忙一躍而入。

屋內的光線十分黑，但是我仍然可以看得清，那是一間相當大的書房，我拉開了房門，外面是一條走廊，而在走廊的盡頭，則是樓梯。

當我開始向樓梯衝去的時候，我已聽到大量狼狗，發狂也似地吠叫起來，而且，吠叫聲正是自遠而近地迅速地傳了過來。

我直衝上了樓梯，已經聽得那日本人叱喝聲和狗吠聲，進了書房。

同時，我聽得二樓上一聲大喝：「甚麼事？」

在那片刻之間，我真的變成走投無路了，因爲我後有追兵，前有阻攔。幸而這時，我已經衝上了樓梯，是以我還能夠立即打開了一扇門，閃身而入！

我當然知道，我是不能在這間房間之中久留的，因爲狼狗一定會立即知道我進了這間房間的，是以我一進了這間房間之後，我立即尋找出路。

而當我尋找出路的時候，我才發現，眼前是一片漆黑，甚麼也看不到，那是真正的黑暗，連一絲一毫的光亮也沒有！

我立即斷定，這間房間一定是沒有窗子的，那麼，我該怎麼樣呢？

我是不是應該立即退回去？

外面人狗齊集，我會有甚麼出路？我還是應該立即在這間房間中另尋出路的！

我抬起腳，移開了鞋跟，取出了一隻小電筒來，我按亮小電筒，我按亮小電筒的目的，便是想找尋出路，看看是不是有被釘封了的窗子之類的出路的。

可是，當我一按著了小電筒之間，我整個人都呆住了，電筒的光芒，照在一個人的臉上！

突然之間，發現自己的對面，一聲不響地站著一個人，這實在是令人頭皮發麻地可怖，在那一剎間，我實在不知該怎麼才好。

但是，那人一動也不動地站著，對於電筒光照在他的臉上，一點反應也沒有。

我的心中，立時又定了下來，心想那不是一個人，只是一個人像而已。

然而，正當我想到那可能只是一尊人像，而開始放心之際，那人卻動了起來。

雖然他的動作，只不過是緩慢地眨了眨眼睛，但是那也已足夠了，因為這證明我前面的是一個人！因為若果是人像的話，人像會眨眼睛麼？

我後退了一步，本來，我是想以背靠住門，再慢慢作打算的。

但就在我向後退出一步間，狗吠聲已來到了門口，同時，門突然被推開了，在我的身後，傳來了幾下斷喝聲：「別動，站住！」

門一打開，走廊中的光線，射了進來，我也可以看清整間房間中的情形了！

而當我看清了整間房間中的情形之後，別說我身後有別動的斷喝聲，就算沒有，我也是呆若木雞，一動也不會動了。

天啊，我是在甚麼地方呢？

這不能算是一間房間，這實在是一個籠子！

這間「房間」十分大，但的確是沒有窗子的，全是牆壁，在我的面前，也不止一個人，只不過因爲我的小電筒的光芒，相當微弱，是以才只能照中了其中一個人而已。事實上，站在我面前的人，便有四個之多。

這四個人，全是身形矮小，膚色黝黑，看來十分壯實，身上只是圍著一塊布的土人，一望而知，是南太平洋島嶼上的土著。

如果只是那四個人，我也不會呆住的，事實上，這間房間中，至少有著上百個這樣的土人！

他們有的蹲著，有的坐著，有的躺著，有的擠在一堆，有的蜷曲著身子。

如果只是上百個土人，那也不致於令我驚嚇得呆住了的。如今，我心中之所以驚駭莫名，乃是因爲這些土人的神情，有著一種說不出來的詭異之感。

我說他們的「神情詭異」，那實在是不十分恰當的，因爲在他們平板的臉上，他們根本沒有甚麼神情，他們只是睜大了眼，間中眨一眨眼睛，而身子幾乎是一動不動地維持著他們原來的姿勢！

這算是甚麼？這些是甚麼人？我的腦海之中，立時充滿了疑惑。因爲眼前的情景，實在太詭秘了，是以我竟不知道在我的身後，發生了一些甚麼事，直到我感到，有金屬的硬物，在我的背後，頂了一頂，我才陡地直了直身子，哼了一聲。

這時，我聽得身後有人道：「轉過身來。」

我略為遲疑了一下，我已可以肯定，頂在我背後的一定是一柄槍，我是沒有法子不轉過身來的，是以我依言轉過身去。

在我的面前，提著槍的人，後退了一步，他是一個壯漢，當然，我一眼就可以看得出，這個壯漢並不是甚麼主角，只不過是一個打手而已。

我又看到了那日本人，七八條狼狗，這時正伏在他的身旁，然後，我又看到了一個穿著錦繡睡袍的大胖子，那大概就是波金先生了。

我本來，預料可以看到駱致遜夫婦的，但是他們兩人卻未曾出現。

我被槍指著，又有那麼多頭狼狗望著我，在那樣的情形之下，我當然是沒有法子反抗的。

那個大胖子打量了我幾眼，才道：「你是甚麼人？」

我聳了聳肩：「我想，你是應該知道我是甚麼人的了。」

他仍然喝問道：「你是甚麼人。」

我仍然不直接回答他：「駱致遜未曾講給你聽麼？你何必多問？」

這傢伙的脾氣可真不小，他竟然氣勢洶洶地向前衝了過來，揚起他的肥手，就向我的臉上摑來。

我若是竟然會給他摑中，那就未免太好笑了，在他的手掌將要摑到之際，我連忙揚手一格，同時，手腕一轉，我的五指，已緊緊扣住了他的手腕。

他衝過來打我，這是他所犯的一個大錯誤，他要打我，當然要來到我的身前，他是一個大胖子，一來到我的身前，便將我的身子擋住，那一柄指住我的槍，當然便不發生作用了。

而且，那七八條狼狗，如果要撲上來的話，也絕不可能不傷及他的了。

爲了我進一步有保障起見，我拉著他，向後推出了一步，令他的身子，堵在門口，我就更安全了。

我抓住他手腕的五指，力道漸漸加強，這令他額上，滲出了汗珠來。

我在反問他：「我是什麼人，現在你可知道了麼？」

他的氣焰完全消失了：「知道了！知道了！」

我冷笑了一聲：「你還不命令那些狼狗和槍手退下去麼？」

這時候，那七八頭狼狗，正發出極其可怕的吠叫聲來，所以我必須提高聲音，才能使對方聽到我所講的那兩句話。

波金先生嗓子嘶啞：「走，你們都走！」

他的身子遮住了我的視線，我看不到門外發生的事情，但是我卻聽得那日本人的叱喝下，狼狗吠聲已漸漸地遠去了。

同時，我聽得有人用十分惶急的聲音在問：「波金先生，你叫我們走，那麼誰來保護你？」

波金破口大罵了起來：「混蛋，你看不到如今，我不需要人保護麼？還不快滾？」

他這時不需要人保護是假的，那兩個槍手即使想保護他，也無從保護起，那倒是真的。

槍手答應了一聲：「是！是！」

我又道：「慢著，將一柄槍放在地上踢過來。」

波金也立即道：「快照這位先生的吩咐去做。」

一柄槍從地上滑了過來，我一俯身，將槍拾了起來，同時，也鬆開了波金先生的手。當我鬆開了他的手腕之後，這面無人色的大胖子，臉色已漸漸恢復了正常，他搓揉著被我抓成深紫色的手腕：「趁島上的軍警，還未曾包圍這屋子之前，你快走吧。」

我雙眉揚了揚：「我爲什麼要走，讓軍警來包圍這裏好了。」

我一面說，一面用手中的槍，在他的肚腩上頂了頂，他的面色又沒有那麼鎮定了，他抹著汗，道：「好，那你要什麼？」

「我要見兩個人。」

「什麼人？」

「駱致遜夫婦！」

「我不認識這兩個人！」

我冷冷地道：「如果你不想在肚子上開花的話，不要浪費時間，今天傍晚，這兩個人在你遊艇上出現過，你的記憶力是不是恢復？」

他無可奈何地點了點頭：「但是他們不在這裏，他們到我的另一所別墅中去了。」

這句話，倒是可以相信的，因爲如果駱致遜夫婦是在這所屋子中的話，那麼這時，他們自知避不過去，是一定會出來和我見面的了。

我道：「那也好，你帶我去。」

波金狠狠地道：「你走不脫的，你絕對走不脫的。」

我也毫不客氣地回敬他：「你最好現在就開始禱告，要老天保佑我走得脫，因爲我如果走不脫，我必先在你肚上開一朵花。」

波金氣得全身發起抖來，這時，他一定十分後悔剛才竟然衝過來打我的耳光了。後悔是沒有用的，我又何嘗不後悔在死囚室中救出了駱致遜這傢伙。

我命令道：「轉過身去！」

波金轉過了身，我道：「現在就去找駱致遜，由你駕車，在我押著你離開這屋子的時候，在你駕車前往的時候，如果有什麼意外發生，那麼，第一個遭殃的定然是你，波金先生。」

他哼了一聲，開始向前走去。

我跟在他的後面，才走出了一步，我便陡地想起一件事來，我忙道；「慢！」

波金的胖身子又停了下來，我問道：「這間房間中，那些人，是甚麼人？」

波金的身子震了一震，他沒有回答。

我又問了一遍，可是波金卻顯然沒有回答的意思。

這更增加了我心中的疑惑，我忍不住回頭看了一眼，那些人對於眼前所發生的一切，全然視而不見，他們之中絕大多數，仍然維持著他們原來的姿勢，至多也不過於眨眼睛而已。這是一大群白痴，實在有點使我噁心！

我決定不再追問下去，因爲在這時候，我看不出這些人和駱致遜，和我所要進行的事有甚麼關係。我只是道：「好，你不說也不要緊，你總會說的，現在，我們可以走了！」

波金慢慢地向前走著，我緊緊地跟在他的後面。

一到了樓梯口，便有四個槍手站在我們的面前，但是這四個槍手，卻立即一齊向後退去。

我和波金下了樓梯，出了這幢房子，來到了車房中。

我逼他坐上了一輛華貴房車的前面，我則坐在後面，我手中的槍，一直指著他的後腦：「鎮定一點，別使車子撞在山石上！」

他駕著車子，駛過了花園，出了大鐵門。

一出了大鐵門，我就鬆了一口氣，因爲我向後望了一眼，只看到花園中有許多人在匆忙地奔來奔去，但沒有一個人追上來。

既然沒有人追上來，當然也不會有人去通知當地警方的，因爲他們都親眼看到，波金先生的處境，大是不妙，若是甚麼風吹草動，他們會先失去了頭領！

車子在山間的道路中駛著，山路有時十分崎嶇，雖然波金的車子是第一流的豪華車輛，但有時也會有顛簸的感覺。

而每當車子過度顛簸之際，我手中的槍，便會碰到波金的後腦殼，令得波金不由自主地發出呻吟聲來。

從窗中望出去，四面一片漆黑，全是高低起伏的山影，四周圍靜到了極點。

車子似乎仍繼續在向山中駛去，終於，在前面可以看到一團燈光了。

我知道，在如今這樣的情形下，波金性命要緊，不敢再玩弄甚麼花樣的，見到那團燈光，和隱隱地可以看到前面房子的輪廓之後，我更相信了這一點。

車子終於在一幢別墅前停了下來，那幢別墅十分大，式樣也十分奇怪，四周圍沒有其他的房子。

波金按著汽車喇叭，在極度的沈靜之中，汽車喇叭聲聽來驚心動魄。

鐵門前有兩個人出現，他們齊聲叫道：「天，波金先生，是你來了！」

他們急急忙忙地將門打開，波金將車子駛進去，到了石階之前停下，這時候，已可以聽得樓上的窗子推開聲，和駱致遜的聲音問：「波金先生，有甚麼事？夜已如此深了。」

波金吸了一口氣：「有事，你的麻煩來了，駱先生！」

我一怔，立時低聲道：「你別胡言亂語。」

波金停了片刻，才又道：「我帶了一個朋友來看你，你下來！」

駱致遜像是猶豫了一下，但是他立即道：「好！」

波金雙手鬆開了駕駛盤：「我可以下車了麼？」

我忽然之間，有了這樣一個感覺：到了這裏之後，波金似乎不再怕我了！

那是爲甚麼？爲甚麼波金忽然會大膽放肆起來了？

我立即向我手中的槍看了一眼，那是有子彈的，我在一拾起槍來的時候便已經檢查過，確是有子彈的，但波金的態度既然有異，我自然也要加倍小心才好。

我道：「我先下車，你接著出來。」

波金笑了起來：「好，隨你怎麼樣。」

我打開了車門，跨出了車子，就在這時，別墅樓下，燈光亮了起來，有人打開了門，而波金也從車中，側身走了出來。

我立即踏前一步，仍然用槍指住了他的身後。

波金並不轉身，只是叫道：「駱先生！」

別墅的門打開，駱致遜夫婦一齊出現門口，波金用大姆指向我指了一指：「是甚麼人來找你了，你看到了沒有？」

他的話說得十分輕鬆，就像我是多年不見的老朋友一樣。

駱致遜自然也立即看清，在波金背後的是甚麼人了，他和他的妻子，起先是一呆，但是隨即笑了起來：「真是人生何處不相逢！」

他們這種樣子，實在叫我的心中，疑惑到了極點！

駱致遜見了我之後，竟然沒有一點吃驚的樣子，這實在是不可思議的怪事！

照說，我這時完全占著上風，可是，我卻像是完全不能控制局面一樣，他們對我，全無忌憚，這究竟是爲了甚麼原因？

我面色一沈：「駱致遜，這次，我看你再也走不脫的了。」

駱致遜攤了攤手：「笑話，我何必走？」

在那一剎間，我的腦中，突然起了一個十分怪誕的念頭：我竟然想到，眼前這個人，不是駱致遜！

第七部：從開始就跌進了陷阱

然而，那人不是駱致遜，又是甚麼人？

但如果說他是駱致遜的話，那麼，他的神態何以和我所熟知的駱致遜全然不同呢！

我用槍在波金的背後，指了一指：「進去，我們進去再說！」

波金搖搖擺擺地走了進去，看他向內走去的情形，更不像是有人在他身後用槍指著的樣子，而波金實在並不是一個膽大的人，他那種膽小如鼠的樣子，我是早已領教過的了！

進了大廳之後，波金，駱致遜兩人都笑著，不等我吩咐，就在沙發上坐了下來，他們望著我，就像是看著一個可笑的小丑一樣。

只有柏秀瓊，她雖然也沒有甚麼緊張的神態，但是她卻也沒有笑。

我仍是不明白究竟是怎麼一回事，我揚了一揚手中的槍，我道：「我們——」

我只講了兩個字，駱致遜已笑了起來：「放下你手中的槍，我們可以好好地談談。」

我冷冷地道：「我認爲要和你這樣的人好好談談，必須手中有槍才行。」

駱致遜像是無可奈何地嘆了一口氣，雙掌互擊了一下，只見一個土人模樣的人，手中托著一隻盤子，向前走了過來。

那土人是走向駱致遜而去的，而在他手中所托的那隻盤子中，所放的竟赫然是一柄手槍！這實是太駭人了，在我的手槍指嚇下，駱致遜竟公然招來僕人，送他一柄手槍，他如果不是白痴，那還能算是什麼？

我覺得忍無可忍，我立即扳動了槍扣，「砰」地一聲響，我的一槍，將那土人手中的盤子，只射得向上飛了出去，盤子中的槍，當然也落了下來。

駱致遜又笑了起來：「別緊張，衛先生，你首先得知道，在這裏，槍是沒有用的。」

我冷笑道：「我看也相當有用。」

駱致遠站了起來，挺起了胸，道：「好，你認為有用，那麼，你向我開槍吧，開啊！」

他那種肆無忌憚的挑釁，當真將我激怒了，我厲聲道：「你以為我不會開槍麼？」

「絕沒有這個意思，我希望你開槍！」

我實是非開槍不可了，那可以不將他射死，但是必須將他射傷，要不然，我就沒有法子繼續控制局面了，我揚起了手槍，又扳動了槍扣。

子彈射進了駱致遜的肩頭，又穿了出來，駱致遜的身子，搖晃了一下，他的面上仍帶著笑容。

我睜大了眼睛望著他，我對我的槍法是有信心的，而那一槍，的確是射中了他的肩頭的，而且子彈也穿了出來，但是，他卻只是微笑地站著！而且，他的肩頭上，也絕沒有鮮血流出來。

我吸了一口氣，駱致遜用力一扯，將他肩頭上的衣服，撕破了一塊。

我看到他肩頭中了槍的部份了，在他的肩頭上，有一個深溜溜的洞，但是沒有血流出來，而且，這個洞，正在迅速地被新的肌肉所填補，大約只不過三分鐘左右，已經什麼痕跡也不留下了。

他向我笑了笑：「手槍是沒有用的，我想你應該相信了。」

我望著柏秀瓊，又望著波金，駱致遜道：「不必望了，這裏所有的人，都是一樣的，我們全都服食過不死藥，兄弟，不死藥！」

我心頭猛地一震，我心頭之所以震動，倒還不是爲了不死藥，而是他講的話。

我失聲道：「你不是駱致遜？」他點一點頭道：「其實，你早應該知道這一點的了。」

我當真幾乎昏了過去，我立即又望向柏秀瓊，叫道：「駱太太！」

她冷冷的道：「這件事，我看是我私人的事，沒有必要和你解釋的。」

我像是一隻洩了氣的皮球一樣，頹然地在沙發上，坐了下來，我又失敗了！

不但又失敗了，而且敗得比前兩次更慘！

波金和駱致遜——不，他其實是駱致謙，而不是駱致遜，他們又笑了起來。我強自提高精神，道：「駱致謙，你謀殺你的兄長？」

我的質問，並沒有使我的處境好些，我只是得到一陣放肆的縱笑。

但是，我卻至少也肯定了一點，那便是，我設計將之從死囚室中救出來的那個人，我一直將他當作是駱致遜，世上所有的人也都將他當作是駱致遜，但實際上，他卻不是，他不是駱致遜，是駱致謙！

這件謀殺案，也不是駱致遜謀殺了他的弟弟，而是駱致謙謀殺了他的哥哥！

在懸崖上跌下去，屍骨無存的，是可憐的好人駱致遜，他費了近二十年的工夫，在南太平洋的荒島之中，找到了一個窮凶極惡的兇手！一個兇手！

然而，我明白了這一點，並不等於我心頭的疑惑已迎刃而解了，相反地，我心中的疑團更多了！

一個又一個疑團糾纏著，使我看不見一絲光明，我對於事實的真相，仍然一無所知！

我的心中亂成一片，這時，我心中的大疑問，可以歸結爲以下幾點：（一）駱致遜要殺害他的弟弟，是找不出理由的，但是甫從荒島歸來的駱致謙，爲什麼又要殺死駱致遜呢？

（二）案發之後，人人都以爲死者是駱致謙，這雖然可以說是由於他們兄弟倆人，十分相似的緣故，但是何以駱致遜的妻子柏秀瓊，也分不出呢？柏秀瓊當然是故意造成這種混亂的，為什麼她要這樣做？

（三）「不死藥」又是怎麼一回事，何以我一槍射中了駱致謙，而他的傷口，非但沒有血流出來，反倒能迅速而神奇地癒合，這種超自然的現象，有時在什麼東西的刺激下發生的？

這三個大疑點之下，又有無數的小疑點，是以我實在亂得一點話也講不出來。

呆了許久，我才將了一句連我自己聽來，也覺得十分可笑的話，我道：「你是一個外星人？」駱致謙反倒呆了一呆，他接著呵呵大笑了起來：「看你想到什麼地方去了！我當然是地球人，好了，你已經發現了我的秘密，你是必須被處死的，我看你也不必多問了！」

一聽得駱致謙講出了這樣的話，我不禁陡地跳了起來，可是，駱致謙又怪笑了起來：「我們全是不會死的人，你準備怎樣逃生？」

我大聲叫道：「胡說，世界上沒有一種生物，是不會死的！」駱致謙陰笑道：「可惜，你沒有什麼機會去證明你這句大錯而特錯的話了。若是你有機會的話，你可以將這裏的幾個土人中的一個，使他們的骨骼接受放射性測驗，那你就可以發現，他們每一個人，都至少有一千歲以上了，而且，他們還將繼續活下去！」

波金滿面肥肉抖動，也笑起來：「有一個最簡單的事，如果照你所說，人不能超過兩百歲，為什麼有那麼多人，對著一個人高叫萬壽無疆，而且叫得那樣聲嘶力竭呢？」

我盡量使自己心情平定，不衝動：「喜歡人家高叫萬壽無疆的，全是神經錯亂的瘋子！」駱致謙轉過頭，問波金道：「看來很難使他相信這一切了，我們的計畫，當然不會因他的破壞，我看我們可以下手了。」

波金的臉上，甚至仍帶著微笑：「好，你下手吧，他曾令我吃了不少苦頭，我自然不會憐憫他的。」

我連忙伸手指向柏秀瓊，厲聲道：「你呢？柏女士，你自事情一開始之後，便知道誰是死者，誰是生存下來的兇手，是不是？你竟將殺死你丈夫的兇手當丈夫？」

柏秀瓊冷冷地道：「我可以成為世界上最有錢的女人，丈夫已經死了，還能復生麼？」

我不由自主要揚起手來，重重地擊著我自己的額角。現在我明白了，從事情一開始起，我便跌入了駱致謙和柏秀瓊兩人安排的陷阱之中，一直到現在，我是越來越深陷進去了！

我緊緊地握著拳，一步一步地向駱致謙逼過去，我縱使不能殺死他，但是我也要好好地打他一頓。

可是，在我還未曾走到他的身前之際，他作了一個十分奇怪的舉動，他一翻手，拔出了一柄十分鋒利的匕首來，握在手中。

一見他握了匕首在手，我便不禁停了一停。

可是，他拔了匕首在手，卻不是向我刺來，而是向他自己手臂刺去的！

一點也不錯，「波」地一聲，匕首刺進了他自己的手臂，刺進去很深。

他卻仍然搖著手臂：「必須告訴你，我們是連痛的感覺也消失了的！」

我目瞪口呆地站著，我緊緊握著的拳頭，也不由自主地鬆了開來。

我本是準備打他一頓的，但是一個連匕首刺進手臂都絕不覺得疼痛的人，會怕拳頭麼？

我看到駱致謙拔出了匕首，並沒有鮮血流出，傷口又迅速地癒合，我的聲音聽來不像是我自己所發出來的一樣，我問道：「這……究竟是怎麼一回事？你們獲得了甚麼？」

駱致謙桀桀地笑了起來：「告訴過你了，不死藥！」

我喃喃地重覆著：「不死藥？」

駱致謙道：「是的，如果你不明白的話，那麼，你可以稱之爲超級抗衰老素。」

我仍然不明白，而且，這時候我發現，駱致謙十分好炫耀，如果我一直裝著不明白，那麼他是一定會將事情原原本本講給我聽。

那樣，對我並沒有多大的好處，但是我至少可以拖延一些時間了。

而且，我也至少可以知道整個事情的真相了。

我決定這樣做，所以我攤了攤手：「我仍然不明白，真的不明白。」

駱致謙道：「我可以解釋給你聽。」

柏秀瓊卻立即道：「他是在拖延時間，你看不出這一點來麼？」

駱致謙道：「當然知道，但是我們怕甚麼？這裡三公里之內沒有一個人，他就算拖上三天，也只不過是多活三天而已！」

駱致謙的話，令得我的心中，又感到了一般寒意，我甚至是沒有可能拖上三天的，但是我自有我的主意，拖上三個鐘頭，也是好的。

駱致謙道：「你想明白我的全部秘密，必須從頭說起，你有這耐心麼？」

我道：「當然有，我的目的是在拖延時間，你講得越是詳細越好。」

駱致謙笑道：「我可以滿足你這個最後願望的，我那一次失蹤，是由於我的快艇，被岸上的炮火擊中而發生的，彈片陷進了我的肩頭，在匆忙之中，我抱住了一塊木板，在海上飄流。

「由於肩頭的傷勢十分重，我在海上飄流之後不久，便失去了知覺，而當我再醒來的時候，我在一個獨木舟上面。」

「在獨木舟中的，是他們三個人！」

駱致謙講到了這裏，伸手向侍立在側的三個土人指了一指，那三個土人，我本來只當他們是波金的僕人，卻是未曾想到他們和駱致謙是早已相識的。

駱致謙繼續講下去：「獨木舟在海上飄流，我不以為我有生還的機會，他們三人中的一人，拿起一隻竹筒，示意我張開口，我看到竹筒中所盛的是一種白色的液汁，我當時也不知道那是甚麼，我張大了口，喝了兩口那種白色的液汁，苦而難以下嚥的一種液汁，我幾乎想將之吐出來！

「然而，當我喝下了這兩口液汁之後，只不過一分鐘，奇跡就來了：疼痛之感消失，肩頭上的傷口，也迅速地癒合。而且，嵌在肌肉中的彈片，也像是被一種神秘的力量所推湧一樣，自己跌了出來，我相信世上沒有一個外科醫生，能在這樣短的時間之內，令得一個傷者得到這樣好的待遇了。

「從那一剎間起，我知道我可以獲救了，而且，我立即想到，這種奶白色的液汁，一定是土人的神奇傷藥，如果我能夠知道它的製造方法，或是大量地得到它，那麼，我將成為世界上最富有的人，這還成為疑問麼？」

我冷冷地應了他一句：「這證明你是一個本性極其貪婪的人！」

他並不動氣，只是笑了笑：「你可以這樣說，事實上，誰的本性不貪婪呢？我躺在獨木舟上，我到了一個小島上。那是一個真正的小島，可以說完全與世隔絕的，它不到三英畝大，島上全是石頭，而從石頭的縫中，生長著一種奇異的植物。

「這種植物的莖，有點像竹子，但是它卻結一種極大的果實，這種果實在成熟之後，用力榨它的皮，便會流出乳色的液汁來，就是在獨木舟上，土人給我喝的那種東西，而當我在這荒島中住下來之後，我也每日飲用這種液汁。」

駱致謙停了一會，又道：「漸漸地，我發現了一項十分奇妙的事情，這個島上約有一百名居民，他們之中，沒有小孩，也沒有老人，他們經常出海捕魚，無論怎樣驚濤駭浪，他們都可以安然歸來，終於，我明白了一點：他們是不會死的！他們的島上，那種果實中擠出來的液汁，是『不死之藥』，是超級的抗衰老藥素，是功效無可比擬的人體組織復原劑！」

「我竟然發現了永生的人！而我自己，當然也是永生的人了！」

駱致謙講到這裏，略停了一停，他的臉色十分紅，可見他的心中，極其興奮。

他望著我，又道：「你知道衰老素是怎麼一回事麼？所有的生物，在新陳代謝的時候，都自然而然地產至衰老素和抗衰老素，抗衰老素遏制著衰老的生長和擴展，一個生物的生命史，可以說是衰老素和抗衰老素的鬥爭史。如果人體內，抗衰老素消失，那麼，一個十二歲的小童，就和一個八十歲的老翁沒有分別，這種例子醫藥上屢見不鮮。同時，如果抗衰老素的力量不斷得到補充，衰老素的生長，完全受到遏制，那麼，人便可以長生不老！」

駱致謙一口氣講到這裏，才揚了揚手：「我找到了長生不老的方法！」

聽到了這裏，我也不禁發怔。

駱致謙的話聽來不像是假的，世上真正有長生不老的「不死藥」！這實在令人難以相信。眼下我只能再聽駱致謙講下去，而沒有法子提出甚麼疑問來，所以我並不出聲。

駱致謙又道：「在我發現了這一點之後，我便盡我所能地搜集這種白色的汁液，當我搜集到了一大桶，而且又製成一隻極大的獨木舟之際，已經是四年過去了，我全然不知戰事已經結束，所以我還不敢出去，但是我知道，我只要回到文明世界之中，我只消一小瓶一小瓶地出售這些汁液，我就可以成爲大富翁，我終於划著獨木舟出了海，我在出海的二十天，遇到了波金。

「波金那時已經是相當成功的商人，他的遊艇在海中疾駛，撞翻了我的獨木舟，令得那一桶寶貴的不死藥，也全落進了海中，但是波金卻救起了我，使我又回到了文明世界之中，是不是，波金？」

大胖子波金點了點頭。

駱致謙又道：「我將我自己的遭遇講給他聽，可是他卻笑我是個瘋子，他說他自己對南太平洋的各島，瞭若指掌，但從來也未曾聽說過有這樣的一個小島，我也懶得與他爭辯，我和他一起到了帝汶島，他要將我送回到美國的軍事機構去，但是我卻逃走了，我是偷了他的一艘遊艇逃走的，我要回到那島上去！」

事情總算漸漸有點眉目了，我仍然一聲不響，但心中同時在想：我怎麼辦呢？

駱致謙揮著手，續道：「當我再要去尋找這個小島的時候，這個小島，像是在海中消失了一樣，我憑著記憶的方向駛去，只看到一片茫茫的海洋，我用盡了燃料，當遊艇在海上飄流的時候，再度遇到了波金先生，他使我成爲他集團中的一員。」

我問道：「甚麼集團？」

波金奸笑著：「不怕告訴你，是走私集團。」

我並不感到甚麼驚奇，這是我早就料到了的，在這樣的一個殖民地上，波金有著那樣煖赫的財勢，他的財富，當然九成九不會是循正途來的。

是以我只冷笑一聲：「很好啊，你們兩人可以說是臭味相投了。」

波金和駱致謙兩人，並沒有理會我的嘲笑，他們反倒還有點洋洋得意的樣子。

駱致謙續道：「可是，在若干年之後，我終於發現那個小島了，要到達那個小島，必須先經過一個風浪極其險惡，虎鯊、長鋸鯊、劍鯊成群出現的環形地帶，那是航海人士視若畏途的地方，然而，這種惡風浪，在每一年中，卻有幾小時是平靜的，當我上次飄流出來的時候，恰好是風浪平靜的時候。」

我又冷冷地道：「你運氣倒不錯！」

駱致謙無恥地笑著：「我的運氣一直很好，我的好運氣只是剛開始，我將成爲世界上所有人的偶像，我將成爲絕對第一的富翁，因爲我掌握了長生不老的秘訣。我只要坐在家中，銀錢便會像潮水一樣滾進來！」

我呆住了不出聲，正如駱致謙所說那樣，只要他們坐在家中，金錢便會像潮水般湧來了。世上誰不喜歡長命？尤其是有財有勢的人，更想自己可以永遠活下去。但可惜死亡十分公平，它不但降臨在窮苦人的身上，也一樣會降臨在富豪的身上，這是一切人都無可奈何的事情。

但是，如今，駱致謙和波金兩人，居然能夠打破了這種情形，全世界的豪富，即使要以他們的一半財富，來換取生命的延續，他們也是願意的！

固然，這種超自然的抗衰老素，這種不死藥聽來十分怪誕，而且，駱致謙和波金兩人，也絕不是甚麼正人君子，他們惹人討厭，使人噁心，但是平心而言、他們的這種生意，卻並沒有甚麼不正當。

他們在一個小島中發現了這種不死藥，將之賣出去，不論訂的價格多高，這可以說是一件公平交易。

但是，他們為甚麼要將這當作一件秘密，甚至在一被我發現之後，就將我處死呢？

這是我心中產生的一個新疑團。

我想了一想，問道：「這是一樁公開的生意，你們為甚麼要殺我滅口？」

波金，駱致謙和柏秀瓊三人，互望了一眼，他們的臉上，全都出現了一種狡獪的笑容來，但是三人中卻沒有一個人出聲。

我立即知道了，關於「不死藥」，一定還有一個極度的秘密。這個高度的有關「不死藥」的秘密，便是他們必須要我滅口的原因。

然則，那秘密是甚麼呢？

我苦苦思索的樣子，一定引起了他們的注意，駱致謙笑了起來：「你不必想了，你想不出來的，朋友，你的時間已到了！」

他一面說，一面發出了一個十分可怕的獰笑。

我連忙搖手：「慢著，你還未曾講到你的哥哥費盡心機找你回來，你為甚麼要將他殺死？」

駱致謙的兩道濃眉，「刷」地揚了起來，他的臉上也現出了十分憤怒的神情。

然而他才一張口，柏秀瓊便道：「別說，為甚麼要讓他知道那麼多！」

我連忙向柏秀瓊望去，她轉過了頭，不敢和我的目光接觸。於是，我又明白了，在她、駱致遜、駱致謙三人之間，也一定有著不可告人的秘密糾葛在！

駱致謙已走了過來，他雙掌互擊，一個土人又托著盤子，走了過來。在盤子上放著的，是一柄雪也似亮，鋒利之極的彎刀，有點像鐮刀，他一伸手，將刀握在手中，面上也現出十分殘酷的微笑來。

我連忙又搖手：「慢，我還有一個問題，你是必須回答我的。」

駱致謙「哈哈」笑了起來：「可以，死前最後一個問題，當然可以的。」

事實上，我這個問題雖是非問不可的，但是我在如今這樣情形之下提出來，我卻是另有作用的。

我一見他拍手召來土人，而取了那柄彎刀在手的時候，我心中不禁有了一線希望。因爲他若是用手槍來對付我的話，我絕無生路。然而，他爲了表現他自己超人的力量，竟想用力將我生生砍死！

他那樣做，其實十分愚蠢，一個自以爲掌握了絕對的權力，或自以爲占了絕對的優勢的人，往往會做出一些十分愚蠢的事。

他用刀來對付我，這無異是給我以逃生的機會！

當然，他在長期服食「不死藥」之後，連手槍子彈穿過他的身子都不怕，當然更不怕我會將他弄傷，但問題不在於這裏，而是在於如果他用槍的話，我連躲避的機會也沒有，而他用刀，我卻有機會！

這時，我向前走出了兩步，來到了一隻沙發之前，我的手按在沙發背上，才道：「你既然是不會死的人，那麼，你爲甚麼怕上電椅？」

駱致謙斜眼望著我，奸笑道：「你以爲是甚麼理由？你是在找我的弱點？以爲電流是我的弱點，可以置我於死地的麼！」

我怒道：「可是，你卻用了一個卑鄙的謊言，使我幫你從死囚室中走了出來。」

「對的，我是不死之人，電椅當然殺不死我，但是，當他們發現殺不死我之後，他們會怎樣？」

我沒有回答，事實上，世界上還從來沒有發生這樣的事情過，世上可有電椅殺不死的人？當然沒有。既然沒有這樣的人，我怎能知道如果坐電椅不死的人，將會受到甚麼樣的處罰！

駱致謙又道：「他們會改判我無期徒刑，這是名義上的判處，事實上，我將變成試驗品，他們說不定會將我一點一點的割開來，來研究我爲何不死的原因，這就是我爲甚麼要你帶我逃出來。」

我指了指他手中雪亮的彎刀：「嗯，這就是你報答我的東西，是不是？」

駱致謙獰笑道：「這是你咎由自取，如果你不是那樣多事，當我發了財後，你一定也會有好處，我的財富之多，將使我可以建立我自己的王國，或是收買一些人來從事政變，而我自己做太上皇，到那時，你只要來到我的勢力範團之中，就可以不必怕有人追捕了！」

我雙手攤了攤：「可惜我不識趣，我不甘心受騙，所以才有如此的結果，是不是？」

駱致謙楊首：「是！」

他一步一步地向我逼了過來，我站著不動，心中十分緊張。

我已經打量過了形勢，我只要能夠在波金、柏秀瓊或駱致謙未曾拔出手槍來向我射擊之前，滾翻出的話，我可以撞開大門，出這大廳。

而只要一出大廳的話，四面八方，全是黑漆漆的山巒和樹木，我的敵人將不再是這三個不死之人，而是毒蛇猛獸！

我能不能撞門而逃呢？

駱致謙又向前逼近了一步，我的兩隻手，同時按到了沙發背上。

駱致謙再向前走近一步，我已可以感到他手中那鋒利的彎刀上的閃光，已經刺痛我的眼睛了，我才陡地雙臂向前一伸，將那張沙發，向前推了出去！

那張沙發的四隻腳，是四隻圓輪，這種設計的沙發，本來是供坐的人可以隨意舒適移動的，但這時卻幫了我的大忙！

由於沙發的四隻腳是圓輪，所以當我用力一推之際，沙發以極高的速度，和相當大的力量，向前撞了過去，正好撞在駱致謙身上！

而在我一將沙發推出之後，我也不及去觀察結果怎樣，我的身子立時向後，反彈了起來，一個倒翻筋斗，翻了出去！

這時候，我又得感謝我歷年來勤練不輟的中國武術了，我在剎那之間倒翻而出，這一翻，至多只不過一秒多一點的時間而已。但是這一翻，卻使我翻到了門邊。

我用力撞開了門，來到了穿堂上，我衝向前，再撞開了大門。

也就在這時，「颼颼」兩聲響，有兩枝標槍，向我飛了過來。我的身子連忙伏在地上，那兩枝標槍，幾乎是貼著我的脊樑飛過去的，射在前面的門口。

我一躍而起，向外跳去，順手將兩桿標槍，拔了下來，一則可以當作武器，二則，我估計我自己要在深山中生活相當時日，沒有一點武器，也是不行的。

等我衝出了大門之後，我知道，我安全了！

我向最黑的地方奔去，然後，伏了下來不動。

第八部：隱蔽的世外桃源

我立即聽到駱致謙和波金的咒罵聲自屋中傳了出來，接著，便是一下接一下，四面亂射的槍聲，而我，只是伏著不動。

波金和駱致謙兩人，只是漫無目的地亂射，子彈沒有長眼睛，當然是不會飛到我的身上來的。

我聽得波金狠狠地道：「我回去將狼狗隊帶來，我們展開全島搜索。」

駱致謙道：「是，你快去，要不然，我們的計畫會遭到破壞！」

直到這時為止，我仍然不明白，何以他們非將我除去不可，何以他們一口咬定我會破壞他們的計畫。因為即使我將我所遇到的一切，全部如實地向全世界公佈，那等於是在為他們抗衰老素做廣告，使人家更容易相信不死藥的長命功效。

可是，他們卻非將我除去不可！

不死藥還有甚麼不可告人的秘密呢？

這時候，我想不出來，事實上，我也沒有心思去仔細想，因為目前的當務之急，便是先逃出去，我必須找到一條小溪或河流，然後來回涉水好幾次，才能避開狼狗的追蹤。

我悄悄地向後退去，當我認為暫時已安全的時候，我向前奔去，又滾下了一個山坡，然後站起來，繼續向前走著，直到我來到了一道山澗之前。

那道山澗的水十分深，幾及我的頸際，我游了過去，又游了回來，在岸上跳幾下，再游過去，來回了五六次，才爬上了對岸，向前再奔了出去。

直到我再也奔不動，我就走，等到我連走也走不動時，我就將手中的兩桿標槍當拐杖，撐著向前走去，直到我的身子，自動倒下來為止。

我倒在地上，仍然滾了幾滾，滾到了一塊大石頭之後，我才喘起氣來。

天漸漸亮了，我開始能夠看清我所在的地方。

我是躺在一個山谷之中，四面全是高山，樹木和許多不知名的熱帶植物在我的四周。我向我的來路看去，已沒有蹤跡可尋。

而到這時候，我還未曾聽到狗吠聲，那麼，狼狗隊一定未曾發現我的行蹤了。

那也就是說，我安全了。

我用鋒利的標槍頭，割下兩大張如同芋葉也似的葉子來，那兩張葉子，已可以將我的全身，盡皆蓋住，我就在大葉子之下，閉上了眼睛。

我太疲倦了，我需要休息，即使我不想睡，我也應該休息了。

我當然睡不著，因爲我的心中，實在亂得可以。

我怎麼辦呢？我幾乎已經得到了波金和駱致謙的一切秘密，我是不是應該設法回到有人的地方，通知警方，說駱致謙是一個逃犯呢？但是我隨即否定了這個想法。因爲這是沒有用的，波金在這裏的勢力十分大，他可以庇護駱致謙，而且，他看來不像是一個有良心的人，說不定除去駱致謙，他心中更爲高興。

那麼，我應該怎麼辦呢？

我自己編一個木筏離去麼？

這種念頭，實在是太可笑，如今我所能做，只是如何不在山中被野獸吞食，不被波金和駱致謙找到，不餓死。簡言之，我要活下去！

只有活著，才能做事！

我一直躺到中午，才朦朧睡去，只睡了一會，我又醒了過來。

我繼續向前走去，一路上，採擷著看來是可以進食的果子，嚼吃著它們。

我一直向前走著，我希望見到海，來到了海邊，我可能多一點生路。

可是一直到天黑，我還是未見到海。

等到天色完全黑下來之後，我實在已經疲乏不堪了，由於我在最後的幾里路中，發現了許多毒蛇，所以天黑了我也不敢睡覺，只是支撐著向前慢慢行走，至多在乾淨的石上坐上一會，但是卻保持著清醒。

一直到午夜時分，四面一片漆黑，我倚著一株樹，眼皮有千斤重，實在難以支持得下去了。

可是也就在此際，我看到前面的樹叢中，突然有火光，閃了一閃。

那一下閃光，使得我心頭陡地一震，我連忙緊貼著樹，一動也不動，同時，我揚起了手中的標槍，我看的出那是一個火把。

火把是不會自己來到這裏的，當然是有人持者，那麼，是不是波金和駱致謙的搜索隊呢？如果是搜索隊的話，我可糟糕了。

我定睛向前望著，火光在時隱時現，但並沒有移近來，而且也沒有什麼特殊的聲音發出來，這使得我逐漸的放下了心來。

因為若是搜索隊前來的話，那麼一定會出聲，而絕不會靜悄悄的，不是搜索隊，那麼又是什麼人呢？難道是和我一樣的逃亡者？

一想到這一點，我不禁苦笑了起來，因為這裏是囚禁著許多重型犯人的，有一兩個逃出來，自然也不是值得奇怪的事。而我之所以苦笑，是因為如果前面的人真是逃犯的話，那麼我就真的要與盜賊爲伍了！

我定了定神，慢慢地向前，走了過去。

我的行動十分小心，從這個火把仍然停在原來的地方這一點來看，我的行動，應該還未曾被手持火把的人所發覺，我一直來到了離火光只有七八步處，才停了下來，向前看去。

果然是有人持著火把，但只是一個人。

那個人身形矮小，膚色棕黑，頭殼十分大，頭髮濃密而鬈曲，除了腰際圍著一塊布之外，甚麼也沒有穿，在他的腰際，則繫著一隻竹筒，那是一個土人！

這土人正蹲在地上，一手持著火把，一手正在地上用力地挖著。地上已被他的手挖出了一個小小的土坑，可是他還在挖。

這土人的樣子，和我在波金家中，和波金的別墅中見到過的土人差不多，正由於我感到了這一點，所以我未曾立即出聲。

我的猜想如果不錯，那麼這個土人，自然也是活了不知多少年，因爲有那種超級抗衰老素在維持他的生命的。

我自然不想出聲，因爲他極可能和波金、駱致謙是一丘之貉。

我靜靜地望著他，實在不知道他是在作甚麼，而他則一直在挖著，挖得如此之起勁，過了片刻，只聽得地下發出了一陣吱吱聲來，那土人陡地直起了身子。

直到這時，我才知道那土人是在幹甚麼，因爲他的手中，這時正提著一隻肥大的田鼠！而接下來的事情，更令人作嘔，只見他用一柄十分鈍的小刀，在田鼠的頸項，用力地戳著。

小刀子鈍，戳不進去，田鼠扭屈著怪叫，終於，田鼠死了，而那土人硬扯下皮來，將田鼠放在火把上燒烤著，不等烤熟，便嚼吃了起來。

等到那土人開始嚼吃田鼠的時候，我知道他定然不是波金的一夥了。

他若是波金的一夥的話，肚子再餓，也可以等回到那別墅之後再說的，又何致於在這裏近乎生吞活剝地吃一頭田鼠．我確定了這一點，決定現身出來，我向前踏出了一步。

我的左腿先邁出去，正好踏在一根枯枝之上，發出了「拍」地一聲響。那一下聲響，使得那土人整個人都跳了起來，立時以他手中的小刀對準我。

我不知他究竟是凶惡的還是善良的，是以也立即以手中的標槍對準了他。

我們兩人對峙著，過了足有兩分鐘之久。

在這兩分鐘中，我一直使我的臉上保持笑容，那幾乎使我臉上的肌肉僵硬了。

終於，那土人臉上疑懼的神色也漸漸斂去，他居然向我也笑了一笑。

當一個文明人向你笑的時候，你或者要加意提防，但當一個土人向你笑的時候，那你就可以真正地放心了。於是，我先垂下了標槍。

那土人也放下了小刀，將手中半生不熟的田鼠向我推了一推，我自然敬謝不敏。我在他又開始嚼吃的時候，試圖向他交談。

可是我用了好幾種南太平洋各島嶼中，相當多土人所講的語言，他都表示聽不懂。然而，他對我手中的標槍，卻十分有興趣。他指著標槍，不斷地重覆著，道：漢同架，漢同架。

我也不知道「漢同架」是甚麼意思，我盡量向他做著手勢，表示我想到海邊去。至少化了一小時，再加上我在地上畫著圖，我才使他明白這一點。

而他也花了不少的時間，使我明白了，原來他也是想到海邊去的。

我發現大家畫簡單的圖畫，再加上手勢，那是我們之間最好的交談方式。在以後的一小時中，我又知道了他是從那所別墅中逃出來的！

因爲他在地上畫了一幢房子，這土人很有美術天才，那座有著特殊的尖頂的屋子，一看就知道是波金的那別墅。而他又畫了一個小人，從別墅中出來。

然後，他指了指那小人，又指了指自己的鼻尖。我便在那個小人之旁，也畫了一個小人，手中提著兩支標槍，然後也指了指那小人，又指了指自己的鼻尖，告訴他，我也是從這別墅中逃出來的。

他以一種十分奇怪的眼光望著我，那顯然是在問我爲甚麼逃出來。

我沒有法子回答他，那麼複雜的事，我自然無法用圖畫來表達。

他拍了拍腰際的竹筒，又以那種懷疑的目光望著我。我不知道那竹筒中有甚麼乾坤，也以懷疑的眼光望著他，他遲疑了一下，打開了竹筒來。

我向竹筒內一看，只見竹筒內盛的，是一種乳白色的液汁，那種液汁，發出一種強烈的，十分難以形容的怪味來，我只看了一眼，那土人連忙又將竹筒塞住，顯見得他對這筒內的東西，十分重視。我的心中陡地一動，我立即想起了駱致謙所說的一切，那竹筒中乳白色的液汁，是「不死藥」？

我望著那土人，那土人將竹筒放到口邊，作飲喝狀，然後又搖了搖手，向那尖頂屋指了指，再攤了攤手，然後，雙眼向上一翻，木頭人似地站了一會，這才又指了指那在奔逃的小人。

我明白，他是在向我解釋，他爲甚麼要逃亡的原因。可是我卻難以明白他這一連串的手勢，是代表了一些甚麼語言，他先飲不死藥，後來又指了指波金的別墅，搖了搖手，這大約是表示波金不給「不死藥」給他飲。那麼，他雙眼向上翻，木頭人也似一動也不動，那又是甚麼意思呢？

我一再問他，他也一再重覆著做那幾個動作，可是我始終沒有法子弄得懂，我只得先放棄了這個問題，我邀他一齊到海邊去，他表示高興，然後，他又在地上畫了一個小島，向那小島指了指，道：「漢同架！」

我總算明白了，「漢同架」是那個島的名稱，他是在邀我一齊到那個島上去！

我心中一動，他是那個島上的人，對於航海自然是富有經驗的了，我要離開這裏，他應該是最好的嚮導，我們可以一齊出海。

而且，「漢同架」島乃是「不死藥」的原產地，我實是有必要去察看一下的，也許到了那個島上，我就可以知道「不死藥」的秘密了。

所以，我連忙點頭答應。

在那一晚中，我們又藉著圖畫而交談了許多意見，第二天，我們一齊向前走去，我知道，在一個島上，要尋找海邊，只要認定了一個方向，總是走得到的，就用這個方法，我和那土人一齊來到了海邊。

海灘上的沙白得如同麵粉，而各種美麗的貝殼，雜陳在沙灘上，最小的比手指還小，最大的，幾乎可以做那土人的床。

我們在沙灘上躺了一會，又開始計畫起來。

我們化了三天的時間，砍下了十來株樹，用籐編成一個木筏，又箍了幾個木桶，裝滿了山澗水，我又採了不少果子，和捕捉下了幾隻極大的蟹，將之繫在木筏上，那十幾隻蟹，足夠我們兩人吃一個月的了。

然後，我們將木筏推出了海，趁著退潮，木筏便向南飄了出去。

木筏在海上飄著，一天又一天，足足過了七天。

像這樣在海上飄流，要飄到一個島上去，那幾乎是沒有可能的，可是，那土人卻十分樂觀，每當月亮升起之際，他便不住要高聲歡呼。

到了第七天的晚上，他不斷地從海中撈起海藻來，而且，還品嘗著海水，這是他們認識所在地的辦法，然後，拿起了一隻極大的法螺，用力地吹著。

那法螺發出單調的嗚嗚聲，他足足吹了大半夜，吹得我頭昏腦脹，然後，我聽到遠處，也有那種嗚嗚聲傳了過來。

我不禁為他那種神奇的呼救方式弄得歡呼起來，遠處傳來的嗚嗚聲越來越近，不一會，我已看到幾艘獨木舟，在向前划來。

這時，正是朝陽初升時分，那幾艘獨木舟來得十分快，轉眼間已到了近前。

獨木舟一共是三艘，每一艘上，有著三個土人，他們的模樣神情，和我的朋友一樣。

我的朋友——在經過了近半個月的相識之後，我完全可以這樣稱呼他了——叫了起來，講著話，發音快得如同連珠炮。

獨木舟上的土人也以同樣的語言回答著他，我們一齊上了獨木舟，一個土人立時捧起了一個大竹筒，打開了塞子，送到了我的面前。

那竹筒中所盛的，正是乳白色的不死藥！

在這半個月中，我每天都看到我的朋友在飲用不死藥，他十分小心地每次飲上一兩口，絕不多喝，我固然不存著長生不老的妄想，但是卻也想試一試，我也沒有向他討來喝，但是我的心中卻不免認定他是一個相當小器的傢伙。

這時，有一大筒「不死藥」送到了我的面前，我自然想喝上一些的了。

我向那將竹筒遁給我的土人笑了笑，表示謝謝，然後，我的朋友忽然大叫了一聲，將我的竹筒，劈手搶了過去，他搶得太突然了，以致使竹筒的乳白色液汁，濺出了一大半來！

他瞪著我，拚命地搖頭！

他的意思實在是非常明顯，他是不要我喝用「不死藥」。

這時我的心中不禁十分惱怒，他自己腰中所懸竹筒中的「不死藥」不肯給我飲用，也還罷了，我也不會向他索取，可是，連別人給我飲用，他都要搶了去，這未免太過份了。

我這時心中之所以惱怒，當然是基於我知道這種白色的液汁，乃是真正的「不死藥」之故，我曾親眼看到過這種白色液汁的神奇功效，我當然想飲用一些，使我也可以不懼怕槍傷，長生不老！

所以我不由自主，發出了一聲怒叫，一伸手，待將被搶去的竹筒搶回來。可是就在那時候，那土人突然伸手將我重重地推了一下。

那土人向我這一下突襲，也是突如其來的。我已經將他當作「我的朋友」，我當然想不到他說翻臉就翻臉，是以，當他向我推來的時候，我一個站不穩，身子向後跌去，幾乎跌出了船去。

那土人這時，也怪聲叫了起來，他一面叫著，一面揮著手，像是正在對同船的土人在叫嚷些甚麼，直到此際，我才發覺到這個土人——我的朋友，在他的族人之中，地位相當高。因爲在他揮舞著雙臂，像一個過激派領袖一樣在發表演講之際，其餘人都靜靜地聽著他。

獨木舟仍然在向前划著，突然之間，轟隆的巨浪聲，將那土人的話聲，壓了下去。

那土人的話，似乎也講完了，他向我指了一指，在我還未曾明白究竟是發生了甚麼事情之間，一個巨浪，和四個土人，已一齊向我撲了過來！

如果是四個土人先撲向我身上的話，那麼我是足可以將他們彈了開去的。

可是，先撲到的，卻是那一個巨浪！

那個浪頭是如此之高，如此之有力，剎那間，蔚藍平靜的海水變成了噴著白沫的灰黑色，就像是千百頭瘋了的狼，向我撲來。

當然，那浪頭不是撞向我一個人，而是向整個獨木舟撞來的，在不到十分之一秒的時間，獨木舟便完全沈進了海水之中！

這一個突兀的變化，使我頭昏目眩，一時之間，不知該如何才好。

也就在這時，那四個土人也撲了上來。

他們將我的身子，緊緊地壓住，他們的手臂，各箍住了我的身子的一部份，而他們的另一隻手，好像是抓在獨木舟上的。

我並沒有掙扎，因爲我知道他們不是惡意的。

他們四個人緊緊地抓住了我的身子，只不過是爲了不使我的身子離開獨木舟而已。而事實上，就算他們是惡意的話，我也沒有法子掙扎的，因爲這時侯，湧過來的浪頭，實在太急了。

我只覺得自己的身子突然縮小了，小得像一粒花生一樣，在被不斷地拋上去，拉下來。

這種使人極度昏眩的感覺，足足持續了半小時之久，我也無法知道我在這半小時之中，究竟是不是曾經嘔吐過，因爲我已陷入半昏迷的狀態之中了！

我有過相當長時間的海洋生活經驗，但這一次風浪是如此之厲害，每一個浪頭捲來，簡直就像是要將你的五臟六腑，一齊拉出體外一樣，使人難以忍受。

等到我終於又清醒過來的時候，我只覺得自己，仍然在上上下下地簸動著，但是我至少也覺出我的身子已不再被人緊抓著，我雙手動了一動，突然，我的手，碰到了泥土！

在一個曾經經歷過那樣大風浪的人而言，忽然之間，雙手碰到了泥土，那種歡喜之情，實在是難以形容的，我雙手緊緊地抓著泥土，身子一挺，坐了起來。

在那一剎間，我昏眩的感覺，也消失無蹤了。我睜開眼來，首先看到一片碧綠，我是在一個十分美麗的小島的海灘上。

那一片碧綠，乃是海水，它平靜得幾乎使人懷疑那是一塊靜止的綠玉。

但是，再向前望去，卻可以看到在平靜的海水之外，有著一團灰黑色的鑲邊，那道「鑲邊」在不斷翻滾和變幻著。

我立即明白了，那便是我剛才遇到風浪的地方，在這小島的四周圍，終年累月，有巨大的浪頭包圍著，一年中只有極短的時間，浪頭是平息的，這當然就是這個小島會成爲世外桃源的原因。

我將視線從遠處收四來，看到在我的身旁，站著不少土人，他們的樣子，看上去都是差不多的，但是我還是可以認出我的朋友來。

當我認出他來的時候，他也正向我走過來，在那一剎間，我當真不知是繼續做他的朋友好，還是不睬他的好，因爲在獨木舟上，他曾用如此不正常的手段對付我。

那土人直來到了我的身邊，向前指了一指，示意我站起來，向前走去。

我在站起身子的時候，身子晃了一晃，那土人又過來將我扶住。看來，他對我仍是十分友善。我自然也不會翻臉，但是我既然來到了這個島上，我非要飲用一下那種白色的液汁不可！

我跟著那幾個土人，一齊向前走去，那島上的樹木並不十分多，正如駱致謙所言，島上大部份全是岩石。但是，島上的岩石卻不但形狀怪異，而且顏色也十分美麗，這就使得整個島嶼，看來如同是想像中的仙境一樣。島上最多的，是巨大的竹子。

但是那種外形和竹子相類似的東西，實際上卻並不是真正的竹子。

因爲我看到它們開一種灰白色的花，和結成纍纍的果實，那自然便是製造不死藥的原料。

我從海灘邊走起，走到了一個山坳中停了下來，我估計我所看到的那種植物，它所結的果子之多，足足可以供那島上的人，永遠享受下去。

而島上的土人，幾乎也以此爲唯一的食糧和飲料，他們每一個人的腰際，都懸著一個大竹筒，不時打開竹筒來，將竹筒內的汁液喝上幾口。

我被安排在一間竹子造成的屋中，那屋子高大而寬敞，躺在屋中，有十分清涼的感覺。過了一會，有人送了一大盤食物來給我。

我一看，那盤食物，幾乎全是魚、蝦，還有一隻十分鮮美肥大的蚌，我趁機向那土人的腰際，指了一指，意思是要他將竹筒中的東西，給一點我喝喝。

可是，那土人卻立即閃身，逃了開去，而且，立即又退出了那間竹屋。

他的行動，使我十分憤怒，我忍不住大叫了起來，向外衝了出去。

我剛一衝出竹屋，就看到我的朋友，急急地向我奔了過來，使我吃了一驚的是，他的手中，竟然抱著一柄衝鋒槍。

在那一剎間，我實在不知發生了甚麼事情，我連忙縮回了竹屋中，那土人卻隨即走了進來，但是他以後的動作，卻使我十分放心。因為他將手中的衝鋒槍，放到了地上，又向我作了一個手勢，是示意我去動那槍的。

我俯身在地上拾起那柄衝鋒槍，檢查了一下。

那柄槍，一看便知道是第二次世界大戰時的物事，但是仍然十分完好，而且還有子彈，它是可以立即發射的。那土人指了指槍，又向我做了幾個手勢。他是在問我會不會使用這槍。

我點了點頭，那土人高興了起來。

我還不知道他的用意是甚麼，但是這時，我已聽到了咚咚的鼓聲，當我向外看去的時候，看到許多土人，自屋中奔出來，聚集在屋前的空地之中。

那土人在地上蹲了下來，用竹枝在地上畫出了一個魚一樣的東西，那東西顯然是在海水之下的，他又在那東西之中，畫了兩個人，這兩個人手中都是持槍的，然後，他又畫了一個島，表示這兩個人會上島來。而這兩個人中，有一個是挺著大肚子的胖子。

在他剛一畫出那魚形的東西來之際，他想表現甚麼，還十分難以明白，然而到了如今，那卻是再明顯也沒有了，他畫的是一艘小型的潛艇，而那個大肚子，當然就是波金。

他的全部意思，也變得十分易於明白，他是說，波金和駱致謙兩人，將會乘坐潛艇，持著槍，來到他們的這個島上！

而他要我拿起這柄衝鋒槍來的用意，也再也明白不過，他要我來對付波金和駱致謙兩人！

我完全明白了他的意思之後，便點了點頭，又向他畫的那兩個人指了指，再揚了揚槍，表示我完全可以對付他們兩人。

但是這時候，我的心中，也不免又產生了新的疑問。

因爲這個島上的人，全是每日不停地喝著「不死藥」的，他們當然有著極神奇的力量，是不怕槍擊的，那麼，他們何以會怕波金和駱致謙帶著槍來呢？

駱致謙曾在這島上生活過好幾年，島上的土人，當然也應該知道，駱致謙是不怕槍擊的，何以那土人還要我用衝鋒槍去對付他們兩人呢？

我將我心中的疑問，提了出來，要使對方明白我心中的疑問，這需化相當長的時間。

而等到我終於明白這一點的時候，那土人拉著我的手臂，向外便走。

我們走出了竹屋，發現許多人都坐在曠地上，鼓聲仍然沈緩而有節奏地在一下一下敲著。我看了一下，土人大約有三百名之多。

的確，他們之中，沒有老人，也沒有小孩，每一個人看來，都像是三十來歲的年紀。

當我看到了這種情形之後，我的心中，陡地想起了一件事來：那種白色的液汁，的確是極有功效的抗衰老素，可以使人的壽命，得到無限的延長，但是，可以肯定地說，它也必然破壞人的生殖能力，要不然，這島上的人口，不應該是三百人，而應該是三百萬人了。而島上根本沒有孩子，這豈不是證明島上的人，是完全喪失了生殖能力麼？

我一面想著，一面被那土人拉著，向前走去。

我不知道那土人要將我拉到甚麼地方去，我們走了好久，才來到了一個山頭之上。在那個山頭上，有四塊方整的大石，圍成了一個方形，在那方形之上，另有一塊石板蓋著。

那土人來到了大石之旁，一伸手，將那塊石，揭了開來，向我招手，示意我走向前去，去看被那四塊大石圍住的東西。

我的心中充滿了疑惑，但是我還是走了過去。

當我來到了大石之旁的時候，我不禁呆住了。我看到的物事，其實絕不算是稀奇，但是卻又絕不應該在這個島上出現的。

我，看到了一個死人！

第九部：不死藥的後遺症

那人毫無疑問地是死了，雖然他看來和生人無異，他是一個土人，膚色棕黑，頭髮鬈曲，他坐著，看來十分之安詳。

而在他的心口，卻有著兩個烏溜溜的洞。

我是帶著衝鋒槍走來的，這時，那土人指了指槍口，又指了指死人胸前的兩個洞，面上現出了十分可怖的神情來。

我立即明白了！

這島上的土人，未必知道他們日常飲用的「不死藥」，可以導致他們走上永生之路，他們可以說根本不知道這人會死亡這件事的，這個人居然死了，這當然造成他們心中的恐怖。

而這個人是怎樣死的，我也很明白，他是被衝鋒槍的子彈打死的。

衝鋒槍的子彈，如果擊中了他別的地方，他可能一點感覺也沒有，但是如果子彈穿過了心臟，那麼他就會死，也就是說，服用不死藥的人，並不是天不怕、地不怕，甚麼都難以使他致死的，他也有致命的弱點，那弱點便是心臟！

當然，駱致謙是知道這一點的，這個人，可能就是駱致謙所殺死的！

駱致謙爲甚麼要我將他在死囚室中救出來，道理也十分明顯了，因爲在高壓電流過人的身體之際，必然會引起心臟痲痺。

換言之，電椅可以令駱致謙死亡！

所以駱致謙當時的神情，才如此焦切，如此像一個將死的人，這也是他令我上當的原因之一！

我後退了一步，和那土人，又一齊將那塊石板，蓋了上去，同時點了點頭，表示明白了如何可以使波金和駱致謙死亡的法子。

那土人又和我一齊下山去，在下山的途中，我故意伸手拍了拍他腰際的竹筒，可是他卻立即將竹筒移到了另一邊。

我心中暗忖，這島上的土人，可能生性十分狡獪。

他們要利用我來對付駱致謙和波金，可是卻不肯給那種白色的汁液給我喝。

我當時就十分不高興地拍了拍他的肩頭，等他回過頭來的時候，我揚了揚手中的槍，又向他的竹筒指了指，然後，我將衝鋒槍拋到了地上！

我的意思，是誰都可以明白的，那便是，他如果不肯給「不死藥」，那麼，我將不用這柄槍去和他對付波金和駱致謙。

我這樣做，其實是十分卑鄙的，因爲對付波金和駱致謙，並不是和我完全無關的事情。但這時候，我認定了對方是十分狡獪的人，所以我也不妨用這些手段，趁此機會去威脅他。

那土人頓時現出了手足無措的樣子來，現出了爲難之極的神情。我則雙手叉著腰，等待著他的表示，同時心中不免在罵他拖延時間。

他要解決這個問題，其實是再容易不過的事情，因爲只要他將不死藥給我飲用，我必然不會再要脅他的，可是看他的情形，卻絕沒有這樣的打算。

我怕他還不明白我的意思，是以又伸手向他腰際的竹筒指了指。

他苦笑著，也指了指竹筒，作了一個飲用之狀，然後，伸直了手，直著眼，一動也不動。

這個手勢，我看他做過好多次了，可是一直不明白是甚麼意思。

我也曾思索過，他這樣做，究竟是甚麼意思呢？可是我卻想不出來，直到這時，我仍然不明白。但是，他這時又擺出了這樣的姿勢來，卻至少使我明白了一點，那就是他不給我喝「不死藥」的原因。

難道說，喝了不死藥之後，人就會直挺挺地死去麼？他想用這種謊言來欺騙我，那實在非常幼稚，也只有使得我的怒火更熾。

我堅決地伸手，向他腰際的竹筒指了一指，他這時，卻急得團團亂轉了起來，從他棕黑色的臉上，冒出了豆大的汗珠來。

我心中在想，我快要成功了！

但同時，我卻實在不明白這傢伙何以那麼緊張，因爲在這個島上，這種白色的汁液，是取之不盡，飲之不竭的天然所產生的東西，它絕不珍貴，就像是環繞著這個海島的海水一樣！

他爲甚麼那樣小器，堅持不肯給我飲用？而且，顯然是由於他的通知，這島上的土人，沒有一個肯給我飲用這「不死藥」的。

可以說，這也正是使我憤怒不已的原因之一。

我仍然站立不動，那土人突然俯下身來，他口中一面說出我絕聽不懂的話，一面又在地上畫著。

他先畫一個人在仰頭飲東西，手中持著一隻竹筒，接著，那人手中的竹筒不見了，我明白，這裏表示那人不再飲不死藥了。

然後，他畫了第三個人，那人是躺在地上的。

這三幅畫，和他幾次所作的手勢，是一樣的意思，也同樣地可惡，他是企圖使我相信，飲用不死藥，是會使我死亡的！

我瞪著他，搖了搖頭，表示沒有商量的餘地。

他急了起來，指著他所畫的三個人，又指了指他自己，而他也直挺挺地躺了下去，然後，雙眼發直，慢慢地坐了起來。當他坐了起來之後，他的雙眼仍然發直，身子也像僵了一樣。

在那電光石火的一剎間，我陡地想起了我曾經見過的一些事情來。

我突然想起的，是我第一次潛進波金的住宅，闖進了一間房間時的情形。在那間極大的房間之中，我曾看到很多土人。

我曾在波金住宅內所見到的那些土人，和「漢同架」島上的土人顯然是同種，他們一定來自這個島上，那些土人，幾乎沒有一個像是生人，他們在長時間內，都維持同樣的姿勢不變，十足是白痴。

而如今，僵直地坐在地上的那土人，看來和波金住宅中的那些土人，就十分相似。

當我一想到這一點的時候，我覺得有重新考慮那土人表達的意思的必要了。

我又仔細地看他畫的那三幅圖，第一幅，一個人在喝不死藥，第二幅，只是一個人，第三幅，那人躺在地上不動了，而他爲了強調這一點，他自己現身說法，也躺在地上不動。

這當然是他要強調說明的一點，他是甚麼意思，他想說明甚麼！

突然之間，我明白了！

那是真正突如其來的，一秒鐘之前，我還甚麼都不知道，心中充滿了疑問，但是在一秒鐘之後，像是有一種巨大之極的力量，突然將所有一切迷霧，一齊撥開，使我看到了事情的真相！

那土人的意思，並不是說飲用這「不死藥」，會造成這樣的結果，他是說，如果飲用了不死藥之後，又停止不飲，那便會造成這樣的惡果！

因爲當中有了這樣一個轉折，他要表達，當然困難得多，所以我不容易明白。

我現在明白了，長期飲用不死藥，當然可以使人達到永生之路，但是如果一旦停止——我還不知停止多少時間，那麼，人便會變成白痴，人還是活的，可是腦組織一定被破壞無遺！

這種情形，我已經見過了，波金住所房間中的那一批土人，當然是因爲得不到不死藥的供應，而變得如同死人一樣。

同時，我也知道了波金和駱致謙害怕我的真正原因。

因爲他們計畫出售的「不死藥」，你必須不停地服食它們，如果一旦停止，那麼，人就會變成白痴了！

那土人之所以無論如何不肯給我喝一點不死藥，當然也是這個原因。

因爲我除非永遠在這個島上居住下去，否則，絕不可能永無間斷地得到「不死藥」的供應。

而如果永遠在這個島上生活的話，對我這個來自文明社會的人言，那是不可想像的，在那樣的情形下，即使得到了永生，又有甚麼意思？

而且，我更進一步地想到，不喝不死藥的間歇時間，一定相當短，說不定只有幾十小時。駱致謙固然對我講過，他是離開這個島後，曾有幾年時間，找不到這個島，但是他的話，定然是不可靠的。這正像他們擁有潛艇可以來這個島上，而他未曾向我提起過一樣。

而且，在駱致謙被認為遭到了謀殺之後，在他的「遺物」之中，有一隻十分大的竹筒，當然，沒有人知道這個竹筒的用途，那是用來裝「不死藥」的。

這可以證明，他一直未曾停止過飲用「不死藥」。

就算他不怕電椅，他也有理由要逃出去，因為，他帶在身邊的不死藥，快要吃完了！

在極短的時間之內，我想通了這許多問題，我心中的高興，實是難以形容的。

我連忙將我的朋友從地上拉了起來，向他行著島上土人所行的禮節。

而他自然也知道我終於明白他的意思了，所以他咧著大嘴笑著。

這時候，我的心中十分慚愧，因為我一直將對方當作是小器、狡獪的人，而未曾想到他是如此善良，處處在為我打算。

我拾起了槍，跟著他一起下了山，回到了他們的村落之中。許多土人仍在曠地上等著，我的朋友走到眾人中間，大聲講起話來。

直到此際，我才看出，我的朋友，原來是這個島上的統治者，他是土人的領袖！

他發表了大約爲時二十分鐘的「演說」，我全然不知他在講些甚麼，只看到他在講話的時候，曾不斷地伸手指向我站的地方。

而當他講完了話之後，所有的土人，忽然一齊轉過身，向我膜拜了起來。

這種突如其來的榮幸，倒使我手足無措起來，使我不知該如何是好。

也就在這時候，在海灘的那一面，突然傳來了一陣驚天動地的槍聲。

那七八下槍聲，由於島上全是岩石的緣故，是以引起了連續不斷的回聲，聽來更是驚人，我陡地一呆，我的朋友大聲叫了幾聲，拉著我，來到了一株極大的竹子之旁，指著竹子，要我跳進去。

那段「竹子」，足有一抱粗腰，我人是可以躲在裹面的，我也想到，那七八下槍響，一定是波金或駱致謙發出來的，他們已經來了！

他們自然是想不到我也會在島上的，我躲起來，要對付他們，當然是容易得多了。

我爬進了那株「竹子」，站著不動。

土人仍然坐著，鼓聲也持續著，而有不少土人，將一大筒一大筒封住了的竹筒，搬了出來。這些竹筒中，當然是載滿了不死藥的。

半小時之後，我又聽到了一排槍聲，這一次，槍聲來得極近了。

我小心地探頭出來，看到了駱致謙和波金兩人。

別看波金是個大胖子，他的行動，卻也相當俐落，兩人的手中，都持著槍，但是，當土人開始向他們膜拜的時候，他們得意地笑著，放下了槍。

衝鋒槍變成了掛在他們的身上了。

我的朋友這時也躲了起來，另外有兩個土人迎了上來，駱致謙居然可以用土語和這兩個土人交談，那兩個土人十分恭敬地聽著。

我在這時，心中覺得十分為難。

如果我暴起發難，當然槍聲一響，子彈便可以在他們的心臟之中穿過，但是，我卻不想這樣做，至少，我要活捉駱致謙！

因為，如果我將駱致謙也殺了的話，我將永遠無法回去了，我有甚麼辦法證明我是無辜的呢？我唯一證實自己清白的方法，便是將他押回去。所以，我必須要指嚇他，使他放下武器，可是這又是十分困難的。雖然我躲在竹子中，他絕不知道我在，但是別忘記，我必須射中他的心臟，才能使他死亡！

而駱致謙對我是了無顧忌的，我一出聲，他疾轉過身來，那麼我就凶多吉少因爲他對我絕無顧忌，而且，我也不是只有心臟部位才是致命點，他射中我任何部份，都可以致我於死命，但是我卻必須直接射中他的心臟部份。

如果，只有駱致謙一個人的話，那麼我或許還容易設法，但他卻是和波金一齊來，我實是沒有辦法同時以槍口指住兩個人的心臟部份的！

所以，我只是藏匿著，在未曾想到了妥善的辦法之前，不能貿然行動。

駱致謙在不斷地喝叫著，他的神態，像是他毫無疑問地是這個島上的統治者一樣。在土人的神情上，可以明顯地看出他們人人都敢怒而不敢言。

我看了這種情形，心中也不禁暗暗嘆息。

因爲，駱致謙本來是絕無可能，也不應該在這島上佔統治地位的，土人全是服食過「不死藥」的，他們也只有心臟部位中槍，才能死亡。那也就是說，他們如果起而反抗的話，至多只要犧牲一兩個人，便可以將駱致謙完全制服的了。

但是我相信我的朋友帶我去看的那個死人，一定是駱致謙在全島土人之前，下手將之殺死的。這個島上的土人，是從來沒有「死亡」這個概念的，他們在突然之間，見到一個人忽然不動了，不講話了，僵硬了，他們心中的恐懼，實在難以形容。

在這樣的情形之下，他們除了害怕之外，不及去想其他的事，當然，他們更不會想到，反抗駱致謙是十分容易的事！

我的心中暗嘆了一口氣，駱致謙只不過射死了一個人，便令得島上的人，全都懾伏在他的淫威之下，他可以說是一個聰明人！

由我想到這一點的時候，我的心中，又為之陡地一動：駱致謙能夠用殺一個人的辦法，使得全島的土人，都屈服在他的勢力之下，那麼，我是不是可以如法炮製，也殺一個人，而令他屈服呢？

我當然不會去槍殺土人的，但是我卻可以殺死一個該死的人。

這個人，當然就是波金！

我手中的槍，慢慢地提了起來。這時，波金正在駱致謙的身旁，背對著我，離我大約有二十步，我要一槍射中他的心臟部位，那是輕而易舉的事情。

但是當我瞄準了之後，我卻暫時還不動手，我必須考慮到射死波金之後，駱致謙的反應如何！

駱致謙當然是立時提槍，轉身，向發出槍聲之處，也就是向我藏身之處發射，我應該怎樣呢？

我想了並沒有多久，便已想通了。

而且，我也覺得，這時候，我非動手不可了，因爲有好幾個土人，已經急不及待地向我的藏身之處望來，他們的這種動作，是必然會引起駱致謙的注意的，而如果駱致謙先發現了我，那就糟糕了。

我將槍口對準了波金的後心，在人的背後放冷槍，這實在是一件十分卑鄙的事情，我的心中只好這樣想，波金和駱致謙兩人，本是十分卑鄙的傢伙，我用卑鄙的手法對付他們，似乎也不算太過份。

我只有這樣想，我才有勇氣扳動了槍機。

「砰」地一聲槍響，令得所有的人，都受了震動。所有的土人，都跳了起來，波金比駱致謙更快轉過身來。在他的心臟部位，出現了一個深洞，但是卻不見有血從傷口處流出來。

他的臉上現出了一種奇怪之極，不像哭，也不像笑的奇怪神情，他張大了口，身子像是電影的慢鏡頭也似，慢慢地向下，倒了下去。

他的身子還未曾倒向地上，駱致謙也已疾轉過身來了，他的動作，一如我所料，他陡地提起了槍，準備向我的藏身處掃射。

可是，他才一將槍提了起來，我第二發子彈，也已射了出來。

又是「砰」地一聲，我的子彈，射中了他手中的槍，駱致謙雙手一震，他手中的槍落在地上，而且已經損壞，不能再用了！

駱致謙應變十分快，他立即向後退出了一步，想去拾波金的槍。可是這時，我伸手一按，已然從藏身之處一躍而出。

我一躍出來，駱致謙的面色，便變得比死人還難看，他一定以為我已經死在帝汶島上了，我的突然出現，是他做夢也想不到的事！

我的槍口直指著他的心口，再加上波金已然死在我的槍下，駱致謙是聰明人，實在不必我再開口講些甚麼，他已知道，我明白令他致死的秘密了，所以他立時站定了不動，舉起了雙手來。

我直到這時，自第一次被他欺騙以來，在心中鬱結著的憤怒，才得到宣洩。

我連聲冷笑起來，我的冷笑聲，在駱致謙聽來，一定是十分殘酷的了，因為他的身子發起抖來，我冷冷地道：「你還有甚麼話要說？」

他顫聲道：「你不是要殺我吧，你，你不是想我死在這島上吧！」

我本來是無意殺他的，但是他既然這樣想法，那就讓他去多害怕一陣也好，所以我並不出聲。

他繼續哀求著：「波金死了，這不死藥的秘密，你和我，只有我們兩個人知道，我們是可以利用它來發大財的。我們可以合作！」

我笑了起來：「駱先生，我看你的腦子不怎麼清醒了，如果要發大財的話，我一個人發，不是比與你合作更好麼？」

駱致謙完全絕望了，他面上的肌肉開始跳動，我看出他像是準備反抗，我必須先制服他再說。

我正在考慮，我該如何向土人通資訊，要土人去制服他之際，我的朋友出現了，緊接著，一大群土人一湧而上，在不到兩分鐘的時間內，駱致謙的身體都被一種十分堅韌野籐緊緊地捆綁了起來。

我鬆了口氣，放下了手中的槍，向他走了過去，駱致謙在大叫：「你不能將我留在這裏，你不能讓這些土人來處罰我，你必須將我帶走！」

我點了點頭：「的確，我會將你帶走的，我會將你帶回死囚室去。」

駱致謙竟連連點頭：「好！好！可是，你得不斷供應不死藥給我！」

我笑了起來，如今，我已徹底制服了一個狡猾之極的敵人，我心中的暢快，是難以形容的。

我冷笑道：「當然會，在將你交回死囚室之前，我不想使你變成活死人也似的白痴！」

駱致謙像捱了一棍也似地，不再出聲了。

我又道：「但是，當你再被囚在死囚室中之後，我想，你的大嫂，只怕不會再有不死藥送來給你了，你在死前，先喪失了知覺，這不是很好的事情麼？活著知道自己何時要死去，這滋味總不怎麼好的。」駱致謙有氣無力地道：「你，原來甚麼都知道了！」我哈哈大笑了起來道：「當然甚麼都知道了，來，我們該走了！」我轉過身，來到了「我的朋友」面前，向他指手劃腳，表達我的意見，我要他派獨木舟，送我和駱致謙兩人離開這個島。

他聽明白了我的意思之後，卻只是斜睨駱致謙，並不回答我。

駱致謙在他的凝視之下，急得怪叫了起來：「衛斯理，你……不能答應他將我留在這裏。」

我故意道：「將你留在這裏？那也沒有甚麼不好啊，你可以不斷獲得不死藥，你可以長生不死，我相信他們本是不死之人，當然不會有死刑的。」

駱致謙喘著氣：「不，不，我寧願跟你走，跟你回到文明世界去。」

我冷冷地道：「這裏本來就很文明，很寧靜，我想，就是從你來了以後，才開始亂起來的，他們要怎樣懲罰你，我當然不會阻止他們的，等他們懲罰了你之後，我再帶你回去好了。」

駱致謙道：「別再拿我消遣了，我已寧願回去接受死刑了，你還捉弄我作甚麼。」

我實是想不出他爲甚麼害怕，因爲他曾告訴過我，他是連痛的感覺都沒有的，那麼，他怕甚麼呢？這裏的土人，會用甚麼刑罰來對付他呢？我向他走了過去，向他提出了這個問題。

他額上的汗珠，一滴滴地向下落來：「你別問，你再別問了。」

我厲聲道：「不，我非但要問這個問題，而且還要問別的很多問題，除非你能夠一一回答我，要不然，我就先讓你留在這裏。」

駱致謙立即屈服了，他一面喘氣，一面道：「在……這個島上，有一個山洞，山洞的裏面，有一個水潭，水潭中生著一種十分凶惡的小魚，是食人魚的一種，他們會將我的雙腿浸在水潭中！」

我冷笑道：「那怕甚麼，你根本連痛的感覺也沒有，而且，你的肌肉生長能力也十分快疾的。」

駱致謙苦笑道：「不錯，我不怕痛，但是眼看著自己的腳一次又一次地變成了森森的白骨……不，你千萬別將我留在這裏！」

我聽了之後，身子也不禁一震，打了一個寒顫！

這種處罰，只是見於神話之中的，卻不料真的有這樣的事情，這的確是受不了的。

我轉向我的朋友，再一次提出了要他立即派獨木舟送我和駱致謙離開這裏。那土人這次點了點頭，但是他卻走了過去，狠狠地吐了一口痰，吐在駱致謙的臉上，這才揮手高叫。可能由於我堅持要將駱致謙帶走，他對我也生氣了，並不睬我。

但是那「統治者」的土人對我的生氣，並沒有維持了多久，便又開始向我比手勢了。

有兩個土人，抬著駱致謙，我則和我的朋友一齊，向海灘走去。來到了海灘之後，已有一排獨木舟在，我的朋友親自上了一艘相當大的獨木舟，在那獨木舟的兩旁，有鳥翼也似的支架。

有著這種支架的獨木舟，不會在波濤中翻倒。但是我想起我來的時候所經過的巨浪，我的心中，仍不免駭然。

我在臨登上獨木舟之前，仍未曾忘記向我的朋友要了一個竹筒「不死藥」。

那一竹筒「不死藥」，和駱致謙一樣，被綁在獨木舟之上，我當然不是要用這一筒不死藥來牟利，而是我要使駱致謙保持清醒，假使他變了白痴，那無疑是我在自己找自己的麻煩。

我已經完全替以後的行動作好了計畫，離開了這個島之後，我估計在海上飄流的時間不會太長，而我一獲救之後，第一件要做的事情，便是設法通知在黃老先生家中避難的白素，告訴她，我要回來了，一切都可以恢復以前一樣！

一個人，一直在過著那樣的日子，並不會覺得特別舒服的，但一旦失而復得，那就會覺得這種日子，格外可貴，格外幸福了。

第十部：喝了不死藥

幾十個土人，將獨木舟推下海中，獨木舟上，約有二十個人，獨木舟一出了海，十來支槳，一齊划了起來，去勢十分快。

一小時後，獨木舟已來到了巨浪的邊緣了，此起彼伏的巨浪，在消失之前，都有一剎間的凝滯，看來像是一座又一座，兀立在海中心的山峰一樣。

獨木舟到了這時候，已不用再划槳了，那些巨浪，使得海水產生了一般極大的旋轉力，令得獨木舟像是被人拉著一樣，一面打轉，一面向著巨浪，疾衝了過去，終於，撞進了巨浪之中！

從獨木舟撞進了巨浪的開始，一切都像是一場惡夢，和我來的時候相同，開始我還勉力掙扎著，我相信如果沒有幾個土人壓在我身上的話，我一定被拋下海中去的了。

但是，過不多久，我便又昏眩了過去。

等到我醒過來時，已經脫出了那環形的巨浪帶，已在風平浪靜的海面之上了。

「我的朋友」已開始在解下另外兩隻較小的獨木舟，他顯然是準備向我告別。

我站了起來，他指著幾個竹筒，告訴我那裏面是清水。

他又伸手指著南方，告訴我如果一直向南去，那麼就可以到達陸地。其餘的幾個土人，在我的獨木舟上，豎起了一枝桅，放下了帆。

這些土人，都是天才的航海家，因爲他們的帆，全是用一種較細的野籐織成的。可是效果卻十分好，而且，他們立即使得獨木舟在風力幫助下，向南航去。

我的朋友和我握著手，所有的土人，全都跳上了那兩艘較小的獨木舟，向前划去，他們越去越遠，我很快就看不見他們了。

我打開了一個竹筒，自己喝了一口清水，並且用一點清水，淋在頭上，鹽花結集在臉上的滋味，實在不是怎樣好受的。

但駱致謙當然未曾受到這樣的待遇，我只是倒了一口不死藥在他的口中，以免他在「抗衰老素」得不到持續補充的情形下，變成白痴。

我在獨木舟上躺了下來，獨木舟繼續地向南駛著，船頭上「拍拍」地濺起了浪花。我先睡了一覺，在沈睡中，我卻是被駱致謙叫醒的。

我乍一聽到駱致謙的怪叫聲，著實吃了一驚，連忙坐起了身子，直到我看到，駱致謙仍然像粽子一樣地被捆縛著，我才放心。

駱致謙的聲音十分尖，他叫道：「我們要飄流到甚麼時候，你太蠢了，我和波金是有一艘小型潛水艇前來的，你爲甚麼不用這艘潛艇？」

我冷笑了一下：「當我們離開的時候，你爲甚麼不提醒我？」

駱致謙道：「我提醒你，你肯聽麼？」

我立即道：「當然不聽，潛水艇中，可能還有別的人，我豈不是自己爲自己增添麻煩？我寧願在海上多飄流幾日——」

我才講到這裏，心中便不禁「啊」地一聲，叫了出來。我沒有利用那艘潛艇逃走，是因爲怕節外生枝。但是如果潛水艇中還有別的人，他們久等波金不回的話，是一定會走上島去觀看究竟的。

那樣，豈不是給島上的土人，帶來了災難？

我一想到這一點，立即想揚聲大叫，告知我的朋友，可是我張大了口，卻沒有任何聲音發出來。這時已經太遲了，那一批土人，不是正在和巨浪掙扎，便是已經回到了他們的島上，就算我叫破了喉嚨他們也聽不到！

在刹那間，我可以調整風帆，向相反的方向航回去，但是，我卻無法使獨木舟通過那個巨浪帶，我躊躇了片刻，才道：「潛艇中還有甚麼人？」

駱致謙的臉上，開始現出了一絲狡獪的神情來：「還有一個人，他是二次世界大戰時，一艘日本潛艇上的副司令。」

我望了他一會：「你是有辦法和他聯絡的，是不是？你身上有著無線電對講機的，可是麼？」

駱致謙點頭道：「是的，可是，我如果要和他聯絡的話，你必須先鬆開我身上綁的野籐。」

我又望了他片刻，這時，我沒有槍在，我在考慮，我鬆開了綁後，如果他向我進攻，我便怎樣，我只考慮了極短的時間，因爲我相信，我雖然沒有槍，但是我要制服他，仍然是可以的。

所以，我不再說甚麼，便動手替他鬆綁，土人所打的結，十分特別，而且那種野籐，又極其堅韌，我用盡方法，也無法將之拉斷。

我化了不少功夫，才解開了其中的幾個結，使得野籐鬆了開來，駱致謙慢慢地站直了身子，伸手進入右邊的褲袋之中。

在那一剎間，我的心中，陡地一動，駱致謙的身上，可能是另有武器的！

我想到這點，身子一聳，便待向前撲去，可是，已經遲了，我還未撲出，駱致謙手已從褲袋中提了出來，他的手中，多了柄手槍。我突然呆住了，我當然無法和他對抗，而在獨木舟之上，我也絕沒有躲避的可能的！

我僵住了，在那片刻之間，我實在不知該怎麼辦才好。但是駱致謙卻顯然知道他應該怎樣做的，他手槍一揚，立時向我連射了三槍！

在廣闊的大海中，聽起來槍聲似乎並不十分響亮，但是三粒子彈，卻一齊射進了我的身中，我只覺得肩頭，和左腿上，傳來了幾陣劇痛，我再也站立不住，身子一側，跌在船上。而我的手臂，則跌在船外，濺起了海水，海水濺到了我的創口上，更使我痛得難以忍受。

我咬緊了牙關，叫：「畜牲，你這畜牲，我應該將你留在島上的！」

我不顧身上的三處槍傷，仍掙扎著要站了起來。

可是，駱致謙手中的槍，卻仍然對準了我的胸口，使我無法動彈。

駱致謙冷冷地道：「衛斯理，你將因流血過多而死亡！」

我肩頭和大腿上的三個傷口，正不斷地在向外淌著血，駱致謙的話一點也不錯，這時候，我的情況如果得不到改善，我至多再過三十分鐘，便要因爲失血過多而喪失性命！

而我實在沒有法子使我的情形得到改善。

我就算這時，冒著他將我打死的危險，而將他制服，那又有甚麼用呢？我也絕無法使我三個重創的創口，立時止血的。

而且這時候，我傷口是如此疼痛，而我的心中，也忽然生出了臨死之前所特有的，那種疲乏之極的感覺，我實在再也沒有力道去和他動手了！

我只是睜大了眼睛，躺在獨木舟上，喘著氣。

駱致謙笑了起來，他的笑聲十分奸：「有一個辦法，可以使你活下去。」

我無力地問道：「甚麼……辦法？」

我已來到了人生道路的盡頭，我只感到極度的，難以形容的疲倦，我只想睡上一覺，我甚至於不再害怕死亡，我只想快點死去，當然，我更強烈地希望可以避免死亡！

所以，我才會這樣有氣無力地反問他的。

駱致謙並不回答我，他只是打開一隻竹筒「不死藥」，倒了小半筒在竹筒中。

他將那竹筒向我推來，直推到了我的面前：「喝了它！」

我陡地一呆。

駱致謙又道：「喝完它，你的傷口可以神奇地癒合，陷在體內的子彈，會被再生的肌肉擠出來，別忘記這是超特的抗衰老素，和增進細胞活力的不死藥！」

我的雙手，陡地捧住了竹筒，並將之放在口邊，我已快沾到那種白色的液汁

然而，就在這時，我卻想到了一點：我開始飲用這種白色的液汁，我就必須一直飲用下

去！

而如果有一段時間，得不到那種白色液汁的話，我將變成白痴，變成活死人！

這種可怕的後果，使我猶豫了起來，但是，卻並沒有使我猶豫了多久！

因為在目前的情形下，我沒有多作考慮的餘地！

如果我不喝這「不死藥」，在不到十分鐘之內，我必然昏迷，接踵而來的，自然就是死亡。

而我飲用了「不死藥」，盡管會惹來一連串的惡果，至少我可以先活下來。

我張大了口，一口又一口地將「不死藥」吞了進去。不死藥是冰冷的，可是吞進了肚中之後，卻引起一種火辣辣的感覺，就像是烈酒一樣。

我直到將半筒不死藥完全吞了下去，我起了一種十分昏眩的感覺，我的視覺也顯然受了影響，我完全像一個喝醉了酒的人。

我看出去，海和天似乎完全混淆在一齊，完全分不清，而眼前除了我一個人之外，我也看不見別的甚麼東西，我的身子像是輕了，軟了似的，只覺得自己在輕飄飄地向上，飛了上去。

漸漸地，我覺得自己的身子，彷佛已不再存在，而我的身子，似乎已化為一股氣，和青濛濛的海，青濛濛的天，混在一起了！

我想看看我傷口在服食了不死藥之後，有了甚麼變化，可是當我回過頭去的時候，我卻看不見自己的身子！

看不見自己的身子，這是只有極嚴重的神經分裂的人才會有這種情形，他們會怪叫「我的手呢？」「我的腳呢？」其實，他的手、腳，正好好地在他們的身上，只不過他們看不見而已。

那麼，我已經因爲腦神經受到了破壞，而變成一個不可救藥的瘋子了麼？

可是，我自己卻又知道那是不確的，我不會成爲瘋子，雖然我暫時看不到自己的身子，但是我的頭腦，卻還十分清醒，一切來龍去脈，我還是十分之清楚！我索性閉上了眼睛，過了不知多久（在那一段時間中，我可以說根本連時間也消失的），我才覺得自己的身子，在漸漸地下降。

那種感覺，是彷彿自己已從雲端之上，慢慢地飄了下來一樣。

終於，我的背部又有了接觸硬物的感覺。

我再睜開眼來，我首先看到了駱致謙，他正在拋著手中的槍，看來對我，已沒有敵意。

我連忙再看我自己，我身上的傷口，已完全不見了，就像我從來也未曾中過槍。

但是，我卻又的確是中過槍的。

不但我的記憶如此，我身上的血跡還在，證明我的確曾中過槍。

我勉力站了起來，仍有點暈酡酡的感覺，但是我很快就站穩了身子。駱致謙望著我：「怎麼樣？」我使勁地搖了搖頭，想弄明白我是不是在做夢。我非常之清醒，我不是在做夢。

但是在喝了「不死藥」之後，那一種迷迷糊糊的感覺，我卻實在記不起來了，我苦笑了一下，並沒有回答。

駱致謙「哈哈」地笑了起來：「感覺異常好？是不是？老實說，和吸食海洛英所獲得的感覺是一樣的，是不是？」

他連問了兩聲「是不是」，我只好點了點頭。

因爲他所說的話，的確是實在的情形。

駱致謙十分得意，指手劃腳：「我相信那島上的土人，在最早飲用這種液汁之際，是將它當作麻醉品來用的，古今中外，人都喜歡麻醉品，而你也會立即喜歡這種東西的！」

在那一剎間，我只覺身上，陣陣發冷！

我飲用了不死藥！

我將不能離開不死藥了，如果不喝的話，杭衰老素的反作用，就會使我變成白痴！

我呆呆地站著，一動不動，駱致謙則一直望著我在笑，過了一會，他才道：「你不必沮喪，來，我們拉拉手，我們可以成爲最好的合夥人！」

我看到他伸出手來，我可以輕易地抓住他的手，將他拋下海去的。可是我卻沒有這樣做，因爲，這時將他拋下海去，又怎麼樣呢？

我已經喝下了不死藥，我已成了不死藥的俘虜，從今之後，我可以說沒有自由了。

而駱致謙如此高興，竟然認爲我會與他合作，那自然也是他知道這一點之故。

當然，我固然未曾將他摔下海去，但也沒有和他握手。

我心中只是在想，在我這幾年千奇百怪的冒險生活之中，我遇見過不知多少敵人，有的凶險，有的狡猾，有的簡直難以形容！

但是，我所遇到的所有敵人中，沒有一個像駱致謙那樣厲害的，我一次又一次地失敗在他的手中到如今，我似乎已沒有反敗爲勝的可能！

駱致謙看到我不肯和他握手，他收回了手去，聳了聳肩：「不論你是不是願意，我看不出你還有第二條路可走。」

我的神智漸漸地恢復鎮定：「我還是可以先將你送回去接受電椅。」

駱致謙卻一直帶著微笑：「不，你不會的，你已喝了不死藥，和一般人想像的完全相反，一個永不會死的人，絕不是幸福的，他的內心十分苦悶、空洞和寂寞，一想到自己永不會死，甚至便會不寒而慄，我沒有錯，我說中了你的心坎，是不是？」

我的身子，又不由自主地震動起來。

駱致謙又說對了！

的確，當以前，如果我想到自己永不死的時候，或許會覺得十分有趣，認爲那是一件十分幸福的事情，因爲在以前，這樣想，只不過是空想而已，幾乎一切都是美好，但是如今卻不同了！

如今，我只要保持著不斷地飲用「不死藥」，我的的確確可以成爲一個永遠不死的人，但是每當想起這一點的時候，我實在忍不住心寒！

當你和你最親愛的人，一齊衰老的時候，你並不會感到怎樣，但是試想想，如今我將看著我四周圍的人，包括我最親愛的人在內，老去，死去，而我卻依然一樣，這能說是幸福麼？這實在使人噁心！

駱致謙望著我，徐徐地道：「是不是！」

「是不是」好像是他的口頭禪，我只是無精打採地望著他。

駱致謙繼續道：「在心靈上，我們絕不是一個幸福的人。一個有著這種心情的人，總是希望有一個和他同樣遭遇的人，可以同病相憐，互相安慰的。我是這樣，你，也是這樣的！」

他講到這裏，又停了停，才總結道：「所以，你將不會送我回去接受電椅！」

我仍然無話可說。

我之所以無話可說，是因爲他講得對，我如果是一個人，那麼我心中這種空洞的感覺將更甚，有一個人做伴，那會比較好得多。

但是，我卻又是一個反抗性極強的人，當我想及駱致謙是利用這一點在控制我的時候，我卻自然而然地想要反擊他的話。

我停了好一會，才冷笑了一聲，道：「你想得有點不對了，當然，我需要一個和我有同樣遭遇的人，但我爲甚麼一定要選你？」

我以爲駱致謙在聽了我的話之後，一定要大驚失色了，卻不料他若無其事，「哈哈」大笑，由於他笑得前仰後合，是以連獨木舟也幾乎翻了過來。

我大聲喝道：「你笑甚麼？」

駱致謙道：「你想得倒周到，但是你卻未注意兩件事，第一，如果我不能避免坐電椅的命運，在我坐電椅之前，我一定將一切全都講出來，你想想，那會有甚麼樣的結果？」

我不禁打了一個寒戰。

的確，如果駱致謙將一切全講了出來，那麼我必然成爲一個和所有人完全不同的人，所有的人，一定會將我當作怪物，我將比死囚更難過了！

駱致謙冷笑著：「你以爲我是爲甚麼將我大哥推下山崖去的？當我向他講出我的一切之際，他就說，他要將這一切宣佈出去，他這樣講，或者不是惡意，但是我已經感到極度的害怕，所以才將他推下去的！」

駱致謙這幾句話，總算解開了我心中的一個疑點，那便是爲甚麼駱致謙要殺死駱致遜。但是當然我心中還有許多別的疑問，例如事情發生之後，他身份被誤認，或是柏秀瓊的態度等等，全是疑問。只不過在如今這樣的情形之下，我卻是沒有心情去追問他。

而駱致謙又冷笑了兩聲，才道：「第二，你更忽略了，你是沒有選擇的餘地的！」

我一怔，不明白他這樣說是甚麼意思，可是，他的手，卻已向海面指去，我循他所指的方向望去，看到一艘小型的潛水艇，正從海中浮了上來。

我這才知道，駱致謙的確是用無線電聯絡，通知了那艘潛艇了。

第十一部：我會不會成為白痴

那艘潛艇的式樣十分殘舊，是第二次世界大戰時遺下來的東西，但是看它從水中浮上來的情形，它卻分明有著十分良好的性能。

由於潛艇在近距離浮上海面，海水激起了一陣一陣浪頭，獨木舟左右傾覆著，我和駱致謙都幾乎跌進了海中去。這本來倒是我一個跳海逃走的好機會，但是，我能逃脫潛水艇的追蹤麼？

是以，我只是略想了一想，便放棄了這個念頭。

不多久，整艘潛艇都浮了上來，潛艇的艙蓋打開，露出了一個人的上半身來。那是一個十分瘦削的日本人。

駱致謙向那日本人揚了揚手：「你回駕駛室去，我要招待一個朋友進來。」

那日本人立時縮了回去，駱致謙將獨木舟划近了潛艇：「你先上去。」

我並不立即跳上潛艇，只是問道：「你究竟想我做些甚麼？」

駱致謙一面笑看，一面玩弄著手中的手槍，顯然是想在恐嚇我，同時，他道：「關於細節問題，可以在潛艇中商量的，上去吧。」

我凝視了他的手槍一會，他的槍口正對準了我的心臟部份，我如果不想心臟中槍，跌進海中去餵鯊魚，那就只好聽他的命令了。

我一縱身，跳到了潛艇的甲板上，他繼續揚著槍，於是，我就從潛艇的艙口之中，鑽了進去，駱致謙跟著，也跳了進來。

這是一艘小潛艇，在當時來說，這一定是一艘最小型的潛艇了。而這種小潛艇，在第二次世界大戰之中，當然不是作攻擊用，而主要是用來作爲通訊，或是運送特務人員的用處的。它至多只能容五個人。

但這艘潛艇雖然小，而要一個人能夠操縱它，使它能夠順利航行，也是一件不容易的事情，這個日本人一定是機械方面的天才。

進了潛艇之後，我被駱致謙逼進了潛艇唯一的一個艙中，我們一齊在多層床之上，坐了下來，駱致謙仍然和我保持著相當的距離，和以槍指著我。

我的心中十分亂，但是我還能問他：「你究竟準備將我怎樣？」

駱致謙道：「我要你參加我的計畫。」

我冷冷地道：「將不死藥裝在瓶中出賣！」

「是的，但那是最後的一個步驟了，第一，你必須先和我一起回到漢同架島上去，將那島上的土人，完全殺死，一個不留！」

我的身子，劇烈地發起抖來，我立時厲聲道：「胡說，你以為我和你一樣是瘋子麼？」

駱致謙也報我以冷笑：「但是你也不必將自己打扮成一頭綿羊，你沒有殺過人？最近的例子是波金，他就是死在你的手下的。」

我立即道：「那怎可同日而語？波金是一個犯罪分子，而島上的土人——」

駱致謙不等我講完，便猛地一揮手，打斷了我的話頭：「別說了，就算波金是一個犯罪分子，你是甚麼？你是法官麼？你自己的意見，就是法律麼？你有甚麼資格判定他的死刑而又親自做劊子手？」

駱致謙一連幾個問題，問得我啞口無言！

我早已說過，在我幾年來所過的冒險生活中，遇到過各種各樣，形形色色的對手，但是沒有一個像駱致謙那樣厲害的。

然而，此際我更不得不承認，駱致謙的機智才能，只在我之上，不在我之下！

在我發呆之際，駱致謙已冷笑道：「你不願動手也好，我一個人也可以做到這一點，全部殺死他們，對他們來說，也沒有甚麼損失，他們那樣和歲月的飛渡完全無關地活著，和死又有甚麼分別？」

我的呼吸，陡地急促了起來，因爲我從駱致謙的神態中，看出他不是說說就算，而是真的準備那樣去做的，這怎不使我駭然？

駱致謙竟要在如此寧靜安詳的島上，對和平和善良的土人展開大屠殺，世上可以說再也沒有像他那樣既冷靜而又沒有理性的人了。

我心中在急促地轉著念，我在想，這時候，如果我能將他手中的槍奪過來的話，那麼，或者還可以挽救這場駭人聽聞的屠殺。

但是，駱致謙顯然也在同時想到了這一點，因爲，剛當我想及這一點，還沒有甚麼行動之際，駱致謙已陡地站了起來。

他向後退出了一步，拉開了門，閃身而出，他的動作，十分快疾，在我還未曾有任何行動之前，他已然退到了艙外了。

他手中的槍，仍然指著我的心口：「你最好不要動別的腦筋，我可以告訴你，我在軍隊中的時候，是全能射擊冠軍，而且，當我發覺你真的一點也沒有和我合作的誠意之後，你是死是活，對我就一點意義也沒有了，你可知道麼？」

我呆了一呆，他的話很明白了，如果我再反抗，那麼，他就不再需要我，要將我殺死！

他話一講完，便「砰」地一聲，關住了艙門。

我立即衝向前去，門被人在外面鎖住了，我用力推，也推不開來。

我四處尋找著，想尋找一點東西，可以將門撬開來的，我這時也不知道自己即使撬開了門之後，該作如何打算，但是我卻一定要將門打開。

我找到了一柄尖嘴的鉗子，用力地在門上撬著，打著，發出「砰砰」的聲音來。

但是，我發出的一切噪音，卻是一點反應也沒有，只是從船身動盪的感覺上，我知道潛水艇是在向下沈去，沈到了海中。

那也就是說，駱致謙已開始實行他的第一步計畫了，他要到漢同架島上去，去將土人全都殺死！那些土人，不但絕沒有害他之意，而且，多年之前，還曾經是他的救命恩人！

我一定要做點甚麼，但是如今這樣的情形之下，我卻又實在無法做甚麼！

我仍然不斷地敲著門，叫著，足足鬧了半小時，艙門才被再度打開，我立即向外衝出去，可是我才一衝出，我的後腦，便受了重重的一擊。

我眼前一陣發黑，重重地仆倒在地。

我被那重重地一擊打得昏過去了！

我雖然昏了過去，可是，或許是因爲我已服食了「不死藥」的緣故，我的感覺是十分異常的，我的眼看不到東西，四肢也不能動，也沒有任何感覺，耳中也聽不到甚麼聲音，但是，我卻感到自己十分清醒。這的確是十分異特的感覺，因爲好像在那一剎間，靈魂和肉體，似乎已經分離了！

但是這個靈魂，卻是又盲又聾，甚麼也感不到的。那種情形，才一開始的時候，是感到異特，可是等到感到了甚麼知覺也沒有的時候，那卻使人覺得十分痛苦和恐怖，因爲這正像一個人四肢被牢牢地縛住，放在一個黑得不見天日的地窖中一樣！

我的思想不但在繼續著，而且還十分清醒，這一陣恐懼之後，我自己又告訴自己，這是短暫的現象，我已昏了過去。但是由於我曾服食過超級抗衰老素的緣故，我的腦細胞一定受了刺激，所以在昏了過去之後，使我還能繼續保持思想。我這樣想著，才安心了些，我只好聽天由命。由於我根本一點感覺也沒有，所以我也不知道在我昏了過去之後，駱致謙究竟是怎樣對付我的。我自然也無法知道我究竟昏過去了多少時候。

等到我又有了知覺的時候，是我聽到了一陣又一陣的尖叫聲。

我的聽覺先恢復，那一陣陣凄慘之極，充滿了絕望，可怖的尖叫聲，傳入了我的耳中，在初時聽來，聲音似乎是來自十分遙遠的地方。

但是，當我的聽覺漸漸恢復了正常之後，我卻已然聽出，那聲音是在我的身旁不遠處發出來的！

而且，不但是那一陣陣的慘叫聲，而且，還有一下又一下的連續不斷的槍聲，和子彈尖銳的呼嘯聲，這一切驚心動魄的聲音，令得我的神經，大爲緊張，我陡地睜開了眼睛來。

在我未睜開眼睛來之前，我已然覺得十分不妙了，而當我睜開眼睛來之後，我雙眼睜得老大，老實說，我是想立時閉上眼睛的，但是我竟做不到這一點——我看到的情形，使我全身僵硬，以致我根本無法閉上眼睛。同時，我也幾乎無法思想。

我從來也未曾親眼目睹過如此瘋狂，如此殘忍的事情過，駱致謙手中執著手提機槍，他在不斷地掃射著，子彈呼嘯地飛出，射入土人的體內，本來，島上的土人，只有在心臟部份中槍，才會引起死亡的。

但這時，駱致謙卻根本不必瞄準，因爲他只是瘋狂地、不停地掃射。每一個土人的身上，至少被射中了二十粒以上的子彈。

在那麼多的子彈中，總有一粒是射中了心臟部位的，因之當我看到的時候，曠地之上，已滿是死人，有十幾個還未曾中槍的，或是未被射中致命部位的，只是呆呆地站著。

看他們的樣子，他們全然沒有反抗的意思，事實上，只怕他們根本不知該怎樣才好。

並不需要多久，那十幾個人也倒下去了。

槍聲突然停止，槍聲是停止了，因爲我看到，駱致謙執住了槍機的手，已縮了回去，他已在伸手抹汗了。但是我的耳際，卻還聽到不斷的「達達」聲。

那當然是幻覺，幻覺的由來，是因爲我對這件事的印象，實在太深，太難忘了。

過了好一會，我才能開始喘氣，我喘氣聲，引起了駱致謙的注意，他轉過身，向我望來，並且露出了狼一般的牙齒，向我獰笑了一下：「怎麼樣？」

我激動得幾乎講不出話來，我用盡了氣力，才道：「你是一個……一個……」

正在我不知該用甚麼形容詞去形容他的時候，他將槍口移了過來，對準了我，但是我還是大聲叫了出來：「你是一個發了瘋的畜牲！」

駱致謙突然又扳動了槍機！

但是，他在扳動槍機的時候，手向下沉了一沉，使得槍口斜斜向上，是以十多發子彈，呼嘯看在我頭頂之上，飛了過去。

我站了起來，向他逼近過去，那時候，我臉上的神情，一定十分可怖，因爲他也出現了駭然的神情來，尖叫道：「你作甚麼。」

就在他發出這一個問題之際，我已陡地向前，一個箭步竄了出去，跳到了他的面前，同時厲聲叫道：「我要殺死你！」

他揚起手中的手提機槍，便向我砸了下來，可是我出手比他快，我的拳頭，已重重地陷進了他腸部的軟肉之中，這一拳的力道極重，駱致謙可能不知疼痛，但是他卻無法避免抽搐，他的身子立時彎了下來，同時，他手上的力道也消失了。

所以，當他那柄手提機槍砸到我的時候，我並不覺得怎麼疼痛，我甚至沒有停手，就在他身子彎下來之際，我的膝蓋又重重地抬了起來，撞向他的下頦。

他被我這一撞，發出一聲怪叫，扎手扎腳，拋開了手中的槍，身子仰天向下，跌了下去，我立時撲向他的身上，將他壓住。

如果說駱致謙用機槍屠殺土人的行動是瘋狂的，那麼，我這的行動，也幾乎是瘋狂的。

我在一撲到了他的身上之後，毫不考慮地使用雙手，緊緊地掐住了他的脖子，我用的力道是如此之大，以致我的雙手完全失去了知覺。我的心中，只有一個意念，那便是：我要掐死他，我一定要掐死他！

我手上的力道，越來越強，我從來也未曾出過那麼大的大力，我相信這時候的大力，可以將一根和他頸子同樣粗細的鐵管子抓斷！

他的頸骨，開始發出「格格」的聲響，他雙手亂舞，雙足亂蹬，可是，在他的足足掙扎了五分鐘之後，他的掙扎卻已漸漸停止了。

同時，這時候，他張大了口，舌頭外露，雙眼突出，樣子變得十分可怖。

我見到了這種情形，心中第一件想到的事，便是：他死了。但我接著又想到，他是不會死的。

當我接連想到了這兩個問題的時候，我的頭腦清醒了許多，我進一步地又想到，他不能現在就死，那對我極之不利。

當我想到了這一點的時候，我雙手突然鬆了開來，身子也跌在地上。

剛才，我出的力量實在是太大了，因之這時我甚至連站立起來的力道也沒有。在我的雙手鬆了開來之後，駱致謙仍然躺著。

他兩隻凸出的眼睛，就像是一條死魚一樣地瞪著我，他全然未動，是以我根本無法知道他是死了，還是仍然活著。我喘了幾口氣，掙扎著站了起來。我的視線，仍然停在他的臉上。連我自己也不知道過了多久，我才看到他死魚般的眼睛，緩慢地轉動了起來，他沒有死，他又活了！

他眼珠轉動的速度，慢慢地快起來，終於，他的胸口也開始起伏了，然後，他以十分乾澀難聽的聲音道：「你幾乎扼死我了！」

他活過來了，任何人，在頸際受到這樣大的壓力之後十分鐘，都是必死無疑的了，但是駱致謙卻奇跡也似地活了過來。

看來，除非將駱致謙身首異處，他真是難以死去的！他手在地上撐著，坐了起來。

他臉上的神情，也漸漸地回復了原狀，他也站起來了。

他站起來之後，講的仍是那一句話，道：「你幾乎掐死我了！」

我吸了一口氣，道：「我仍然會掐死你的。」

他苦笑了一下，跌跌撞撞地向前走出了兩步：「看來我們難以合作的了。」

一面說，一面向前走著，我不知道他向前走來，是什麼意思，是以只靜靜地看著他。可是，突然之間，我明白他是作甚麼了！

也就在那一剎間，駱致謙的動作，陡地變得快疾無比了，但是我卻也在同時，向前跳了過去，他迅疾無比地向前撲出，抓了機槍在手，但是，我也在同時跳到，雙足重重地踏在他的手上。

我雙腳踏了上去，令得他的手不能不鬆開，我一腳踢開了機槍，人也向前奔了出去。駱致謙自然立即隨後追了過來。

可是他的動作，始終慢我半步，等他追上來的時候，我已經握槍在手了。我冷冷地道：「別動，我一扳機槍，即使你是在不死藥中長大的，你也沒命了。」

駱致謙在離我兩碼遠近處停了下來，他喘著氣：「你想怎樣？」

我回答道：「先將你押回去，再通知警方，到帝汶島去找柏秀瓊！」

駱致謙道：「你準備就這樣離開？」

我向曠地上橫七豎八的屍首望了一眼：「當然，你以爲我還要做些甚麼？」

他徐徐地道：「我是無所謂的了，反正我回去，就難免一死，可是你，你準備帶多少不死藥回去？我可以提議你多帶一點，但是你能帶得多少？就算你能將所有的不死藥完全帶走，也有吃完的一天，到那時候，你又怎樣？你知道在甚麼樣的方法下，可以製成不死藥？」

他一連串向我問了好幾個問題，可是這些問題，我卻一個也答不上來。

他又笑了笑：「我想你如今總明白了，沒有你，我可以另找夥伴，可以很好地生存下去，但如果你沒有了我，那就不同了。」

我呆了好一會，他這幾句話，的確打中了我的要害了，我後退了幾步，在一個已死的土人的腰際，解下了一個竹筒來，仰天喝了幾口「不死藥」。

我連自己也不知道爲甚麼在這樣的情形下，會有這樣的行動。那就像是一個有煙癮的人一樣，他是不知道自己爲甚麼會放下一切，而去點燃一支煙的。

駱致謙看到了這等情形，立時「桀桀」怪笑了起來：「我說得對麼？」

我陡地轉過身來，手中仍握著槍：「你不要以爲你可以要脅到我，我仍然要將你帶回去，我一定要你去接受死刑！」

他面上的笑容，陡地消失了，他的臉色也變得難看到了極點。他頓了一頓，道：「你一定是瘋了，你難道一點不為自己著想？我告訴你，土人全部死了，只有我一個人，才會製造不死藥！」

我又吸了一口氣：「你放心，我不會乞求你將不死藥的製法講出來的。」

說實在的，那時候，我對自己的將來，究竟有甚麼打算，那是一點也說不上來的。但是，我卻肯定一點，我要將駱致謙帶回去！

我在土人的身邊，取下了一隻極大的竹筒，將之拋給了駱致謙，我自己也選了一隻同樣大小，也盛了「不死藥」的竹筒。

然後，我用槍指著他：「走！」

駱致謙仍然雙眼發定地望著我，他顯然想作最後的掙扎，因為他還在提醒我：

「你真的想清楚了，你將會變成白痴。」

我既然已下定了決心，那自然不是容易改變的，我立時道：「不必你替我擔心，我自己的事情，我自己有數，你不必多說了。」

駱致謙的面色，實是比這時正在上空漫布開來的烏雲還要難看，他慢慢地轉過身去，背對著我，又站了一會，才向前走去，我則跟在他的後面。

在到達海灘之前的那一段時間中，我心中實在亂得可以，我將我自己以後可能有甚麼的遭遇一事，完全拋開，只是在想著，到了海邊之後，當然我是用潛艇離開這個小島了。

但如果仍是由那個日本人來駕駛潛艇，我就必須在漫長的航程中同時對付兩個人，這是十分麻煩的一件事。我自己多少也有一點駕駛潛艇的常識，如果由我自己來駕駛，那麼問題當然簡單得多了。

我已然想好了主意，所以，當我們快要到達海邊上，那日本人迎了上來之際，我立即喝道：「你，你走到島中心去！」

那日本人開始是大惑不解地望著我，接著，他的肩頭聳起，像是一頭被激怒了的貓一樣，想要撲過來將我抓碎。但當然，他也看到了我手中的槍，是以他終於沒有再說甚麼，依著我的吩咐，大踏步地向島中心走去。

那日本人沒有出聲，可是駱致謙卻又怪叫了起來：「那怎麼行，你會駕駛潛艇麼？」

我並不回答他，只是伸槍在他的背部頂了頂，令他快一點走。

我們一直來到海邊上，潛艇正停在離海邊不遠處，我有了三次失敗在駱致謙手中的經驗，這次小心得多了，我出其不意地掉轉了槍柄，在駱致謙的頭上，重重地敲了一下。

他連哼都未曾哼出聲，便一個筋斗，翻倒在地上，我找了幾股野籐，將他的手足，緊緊地捆縛了起來，再將他負在肩上，向潛艇走去。

到這島上來的時候，我是昏了過去，被駱致謙抬上來的，可是這時，卻輪到他昏過去，被我抬下潛艇的了，我的心中多少有點得意，因爲至少最後勝利是我的！

我將駱致謙的身子從艙口中塞了進去，然後，我自己也跟著進去，將駱致謙鎖在那間艙房中，替他留下了一筒「不死藥」。

而我，則來到了駕駛艙中，檢查著機器，我可以駕駛這艘舊式潛艇的，而且，我發現潛艇中的通訊設備，十分完美，只要我能夠出了那巨浪地帶之後，我就可以利用無線電設備求救的。

我先令潛艇離開了海灘，然後潛向水去，向前駛著，當潛艇經過巨浪帶的時候，在海底下，暗流也是十分洶湧，潛艇像搖籃也似地左右翻滾著，我直擔心它會忽然底向上，再也翻不過來了。

但這一切擔心，顯然全是多餘的，潛艇很快地便恢復了平穩，而且，我也成功地使潛艇浮上了水面，於是，我利用無線地求救。

求救所得的反應之快，更超過了我的想像，我在一小時之後，便已得到了一艘澳洲軍艦的回答，而六小時之後，當大海的海面之上，染滿了晚霞的光采之際，我和駱致謙，已登上這艘澳洲軍艦了。

軍艦的司令官是一位將軍，我並沒有向他多說甚麼，只是將由國際警方發給我的那特別證件，交給了他檢查，同時，我聲稱駱致謙是應該送回某地去的死囚，而我正是押解他回去的。

司令並不疑及其他，他答應盡可能快地將我們送到最近的港口。

司令完全實現了他對我許下的諾言，二十四小時之後，我們已經上岸，而且立即登上了飛機，我也在起飛之前，實現了我當時許下的願望：我和白素通了一個電話，告訴她，我將要回來了。

在長途電話中聽來，白素分明是在哭，但是毫無疑問，她的聲音是激動的、高興的。

第三天中午，我押著駱致謙回來，出乎我意料之外的，在機場歡迎我的，除了白素之外，還有警方特別工作室主任傑克中校！

傑克中校顯然十分失望，因爲他是想我永世不得翻身的，想不到我卻又將駱致謙帶了回來，但是他卻不得不哈哈強笑著，來表示他心中的「高興」。

駱致謙立時被移交到警方手中，載走了。

好了，事情到了這裏，似乎已經完結了，但是還有幾個十分重要的地方，卻是非交待一下不可的，尤其請各位注意的，是最後一點。

要交待的各點是：

（一）駱致謙立即接受了死刑，死了。

（二）柏秀瓊在帝汶島，成了白痴，因爲她服食過不死藥，而又得不到不死藥的持續供應。駱氏兄弟十分相似，但是她是知道墜崖而死的是她的丈夫，然而，她是個十分精明——實在精明得過份了的女人，所以，在她的丈夫死後，她竟和駱致謙合作，欺騙我，將駱致謙救了出來，她以爲是可以藉此成爲世界上最富有的女人的，結果卻只是一場春夢。

（三）在我回來之後的第三個月，有一則不怎麼爲人注意的新聞，那是說，在南太平洋之中，忽然發生海嘯，海嘯來得十分奇怪，像是有一個島國因爲地殼變動而陸沈了，可是這地方，似乎沒有被人發現過有島嶼。由於那裏的風浪特別險惡，是以除了空中視察之外，無法作進一步的檢查，而空中視察的結果則是：海面恢復平靜，不見有島嶼，但似乎有若干東西，飄浮海面之上。

當我聽到了這個消息之後，我知道，「漢同架」島陸沈了。也就是說，地球上只怕再也找不到由那種神奇的植物中所提煉出來的抗衰老素——不死藥了。

（四）第四點，也是最後的一點，要說到我自己了。

我在和白素團聚之後，我不得不將「不死藥」的一切告訴她，我秘密地和幾個極著名的內科醫生、內分泌專家接頭，將這種情形講給他們聽！

幾個專家同意對我進行治療，他們的治療方法是，每日以極複雜的手續，抑制人體內原來分泌抗衰老素的腺體的作用，使我體內的抗衰老素的分泌，恢復正常，而在必要時，他們還要替我施行極複雜的手術。

那種手術，是要涉及內分泌系統的。他們這幾個專家認爲，如果抑制處理的治療措施不起作用的話，那麼，就要切除一些的分泌腺。

內分泌系統，一直是醫學上至今未曾徹底瞭解的一個系統，他們能不能成功地切除我身體之內的一部份內分泌腺，而我體內的一部份分泌腺被切除之後，會附帶產生甚麼的副作用呢？

儘管要對我進行治療的全是專家，但他們也要我在一廂情願接受治療的文件上簽字。

當我在這個文件上簽下了我的名字的時候，我心中不住地在苦笑著。

我究竟變成一個甚麼樣的人呢？

我相信白素的心中，一定更比我難過。

雖然她竭力地忍著，絕不在我的面前有任何悲切的表示，而且還不斷地鼓勵我。

但是，我是可以看得出她心中的難過的，當她和我在一起的時候，她臉上雖然掛著笑容，但是她的手指，卻總是緊緊地扭曲著，表示她心中的緊張，而我，除了按住她的手之外，絕沒有別的辦法去安慰她，這實在是我不願多寫的悲慘之事。

我是否可以沒有事，既然連幾個專家，也沒有把握，而在那一段漫長的治療時間中，我必須靜養，與世隔絕。

結果會怎樣呢？其實大可不必擔心，我是連續小說的主角，當然逢凶化吉，不會有事的！

（完）

天外金球

序言

「天外金球」是早期的衛斯理故事，寫得相當長，這次重新校訂，會把它刪去一些，但長篇小說，伏線甚多，往往牽一髮而動全身，刪改起來相當困難，只好盡力而為，希望能有好效果。

所謂「早期」，是指接近二十年前的作品，「天外金球」寫在一九六六年，距今恰好二十年，二十年，對人來說，是整整一代，二十年前出生的人，現在已經長大成人了。二十年前的舊作，自己再看一遍，在設想上竟一點也不覺得和時代脫節，更沒有落後之感，倒也很值得自己對自己浮一大白。

「天外金球」的地理背景，雖未言明，但十分鮮明，自然，小說的幻想成分高，不必太斤斤計較事實，看小說若要什麼都追究起事實來，那是煮鶴焚琴，十分煞風景的事。

倪匡

結果是：經過大幅刪改，看過舊版的人，一定會在吃驚之餘，發現整個故事的結構，一點也沒有受影響，反倒更乾淨俐落了。

第一部：一群逃亡者的要求

這一件事情，若是要系統地敘述起來，應該分為前、後兩部分：前一部份，是白素在歐洲到亞洲的冒險經歷，曲折動人。而在她以為事情已經完畢，從冒險地區回來之際，我有機會知道白素冒險的經過，卻給我發現了一點小小的破綻。

而這點小小的破綻，在經過了仔細的推敲之後，竟愈來愈擴大，最後，完全推翻了白素已然得出的結論，我們兩人，再一起到那個充滿神秘氣氛的地方去，才算有了真正的結果。

所以，在敘述這一件事的時候，整整上半部，我——衛斯理，是不在場的，那時，我正忙著別的事情。主人翁是白素。

這件事情的上半部分，不是第一人稱，而是第三人稱——她——為主的。請看慣了我幾次敘述的朋友原諒。

巴黎的雨夜。巴黎迷人，再加上雨夜，自然更使人迷戀，白素駕著車，卻絕不留意雨中的巴黎景色。

她和她父親一起到歐洲來，可是她的父親白老大一來，就被幾個舊朋友拖住，去研究縮短新釀的酒變陳的辦法，他們計畫如果實現，那麼才釀好一個月的酒，品嚐起來，就像是已在地窖中藏了一百五十年一樣。別以爲這個研究課題簡單，它卻包括了化學、物理學、生物學、微生物學、酶學等等的專門學問在內，所以幾個專家夜以繼日地將自己關在實驗中，再不見人。

那個雨夜是她決定在歐洲逗留的最後一夜，她準備回酒店去，略爲收拾一下就直赴機場，可是，當她的車子，才一來到酒店門口停下，酒店的侍者，替她拉開車門的時候，兩個穿著相當陳舊的西服的中年人，卻搶先一步，迎了上來。

白素剛下車，那兩個中年人便已到了她的身前，其中的一個，說的是生硬的中國語：「白小姐？」白素向兩人略打量了一下，從這兩人的衣著來看，他們無疑窮途落魄。

他們有可能是中國人，但也有幾分像蒙古人。別人遇到這種不速之客攔住了去路，一定會十分不高興，但是白素只是略一奇怪：「是的。」不料她的話才出口，那男子就突然踏前一步，將抓在手中的一條藍色的緞帶子，掛在白素的頸上。

白素在那一剎那之間，陡地想起，那種緞帶子，那中年人的動作，都像是一個素有神秘地區之稱的地方的一種禮節。那中年人在做這個怪動作的時候，面上的神情十分虔誠。

白素低頭，望了一望頸際的緞帶子：「兩位有事情找我？」

那中年人道：「是。」

白素微笑道：「那我們進酒店去再說如何？外面風大，也不適宜於講話。」

白素心中疑惑，因為她雖然肯定這兩個人沒有惡意，而且是有求於自己。但是這兩個人的行動，身分，都十分神秘，而且，他們究竟要求自己做甚麼事情呢？

白素住在酒店的三樓，那是很大的套房，有三間臥室和一個客廳，如今只是白素一個人住著，她將兩人讓進了會客室，兩人坐了下來，樣子十分拘謹。

白素脫下了皮大衣，在他們的對面坐下：「我不喜歡人家講話轉彎抹角，兩位有甚麼事情，不妨儘快地告訴我，我還準備乘夜班航機離去。」

那兩個中年人忙道：「是，是，白小姐，我們請你看一張地圖。」

白素更加愕然：「一張地圖？」

一個中年人道：「是的！是的！」他一面說，一面小心翼翼地取出了一個油紙包來，解開那個油紙包，出乎白素意料之外的，包內的竟是一個金盒子，那不但是一隻金盒子，而且盒子上，還鑲滿了各種寶石，鑲工極其精緻，砌成一隻獅子的圖案。

白素是珠寶鑒定的大行家，她一看到這隻盒子，便沒有法子不發怔，因為那上面一顆大紅寶石和一塊大翡翠，都是國際珠寶市場上最吃香的東西，時價是絕不會在五十萬英鎊之下，在兩個衣著如此之差的神秘客身上，卻有著那麼價值鉅萬的寶石金盒，真是太不可思議？

那中年人，用手指按下了一粒貓兒眼，盒蓋便自動彈了起來。

從那隻金盒上的花紋和盒上的機關來看，這隻盒子，無疑是出自中古時代，波斯著名的金匠的傑作。那就是說，這隻盒子是古董，它的價值，遠在它所包含的金質、寶石之上！

而這一類東西，不是收藏在各國的帝王之家，便是在幾家著名的博物院中，何以竟會在這樣兩個人的身上出現，而且這兩個人又輕易地將之在陌生人面前展露？

金盒的盒蓋彈開，那中年人小心地，從盒子中，拈出一疊折得十分整齊的紙來——紙已經發黃，而且邊緣還相當殘破，一望而知，年代十分久遠。

一個中年人道：「白小姐，我們是一群逃難的人。」

白素反問：「逃難的人？這是甚麼意思？」

那中年人用低沉而緩緩的聲調道：「我們的亡命，是轟動世界的大新聞，我們是歷盡了艱辛才逃出來的，白小姐不知道麼？」

白素知道了，但是白素也驚愕之極。

她在一見到那兩人的時候，曾經估計他們是蒙古人，但他們不是，白素不禁暗罵自己糊塗，因為在一下車，他們將緞帶子掛在自己頸上的時候，就應該知道他們是甚麼人，那是他們特有的禮節！

他們自稱是逃難的人，而他們的那次逃亡，舉世轟動，是政治和宗教的雙重逃亡。

白素呆了半晌之後才道：「原來你們是受盡了苦難的人。」

那兩個中年人道：「我們本來想找令尊幫忙，令尊曾經在我們的地方，做過我們的貴賓。」

白素忙道：「是，那是多年以前的事情了，但是他還是津津樂道，他說你們的地方，是世界上靈學研究的中心，是世界上唯一以精神凌駕於一切之上的神秘地區，我和我哥哥，都給他說得心嚮往之。」

那中年人忙道：「白小姐如果見到如今我們的地方所遭受的摧殘，那你一定不會再心嚮往之了，你想想，如果可以忍受的話，我們怎會背井離鄉跑出來，去寄人籬下呢？」

白素也不禁給他講得慘然，長嘆了一聲。

三個人靜默了好一會，那中年人才道：「可是令尊說他沒有空，並且說他老了，也不能再做甚麼事了，他要我們來找白小姐，說白小姐的身手、本領，還在他自己之上，所以我們才冒昧來求的。」

白素苦笑了一下：「那麼，你們究竟想要我作甚麼呢？」

那兩個人道：「我們這次逃難十分倉皇，到了非走不可的時候，也就是生死存亡的關頭，而我們還得躲避騎兵、飛機的追襲，幸虧沿途有人幫忙，才算逃出了虎口，但是，由於出走時的倉猝，有一件十分重要的東西，忘記攜帶了！」

白素皺了皺眉頭，並不出聲。

那兩個人頓了一頓：「所以，我們想請白小姐代我們去將那件東西取出來。」

這一個要求，是白素萬萬意料不到的！

那中年人說著，把那張紙在几上攤了開來，從它不規則的形狀看來，白素知道那不是一張紙，而是一張羊皮。

白素連忙向那張羊皮看去，只見羊皮上，有許多藍色和紅色的線條，乍一看不知是甚麼東西，看得久了，勉強像一張地圖。

這時，另一個自袋中取出了一隻小小的金盒子來，揭開了盒蓋，將小盒子放在几上。

盒子中是四顆鑽石，每一顆鑽石，都在十克拉以上，而且顏色極純，在燈光下發出眩目的光彩。

那中年人道：「這四顆鑽石，是我們送給白小姐的。請你把我們遺下的東西取出來。」

白素呆了一會，苦笑著，道：「我有那麼大的神通？你們不是不知道那地方的情形。」

那中年人嘆了一口氣：「白小姐，我們是請你勉爲其難。」

白素攤了攤手，道：「我實在無能爲力，你想，你們那地方，現在有多少武裝部隊在？我一個人，就算帶一顆原子彈進去也不行！」

那兩個中年人互望了一眼，面上現出了極其難過的神色來。

他們沒有再說甚麼，只是每一個人都沉重地嘆了一口氣，然後收拾好了東西，就默默地離開。白素也感到十分不舒服，她在兩人走了之後，在房間中踱了幾步，走到寬大的陽臺上。

她站在陽臺上，向下看去，只見那兩個人剛好從酒店的大門口走了出去。

白素想起未能給他們兩人以任何幫助，心中正在十分難過，忽然之間，只見對面街，又有兩個人，向這兩個中年人迎了上來。

那兩個人，到了中年人的面前——他們的出現，並未引起白素多大的疑惑，因為白素估計，那四個人可能是同伴，可是，自對面街迎上來的兩個卻來得太近了，而且，那兩個中年人略停了一停，然後又向後退了一步，像是突然之間，受了震驚。

但是他們只退了半步，便停了下來。

白素自上面望下去，可以十分清楚地看到四個人的動作，但是卻看不到他們面上神色的變化。

然而，白素卻下意識地感到，在那兩個中年人後退半步的時候，他們的面上，一定現出了十分吃驚的神色來。

那兩個人再逼前半步，便分了開來，一邊一個，站到了那兩個中年人的身旁，然後，一齊向前走去。

這一切，只不過是大半分鐘的事情，他們四人，迅即轉過了街角，看不見了。

然而，就在那大半分鐘的時間內，白素已足可以看得到，那兩個中年人，是受了自對面街迎上來的人的要挾而離開去的！

白素沒有多作考慮，立時轉過身，衝出了房間，她來不及用升降機，從樓梯衝下去。她未能答應那兩個中年人的要求，心中已感到一股說不出來的歉意，而今那兩個中年人又分明遭到了危險，她絕沒有坐視不救的道理。

白素的動作十分快，她轉過了街角，便看到一輛大型的汽車，恰好發動，而車中，那兩個中年人正被另外兩個橫眉怒目的漢子，夾在當中。

出乎白素意料之外的，那兩個人，竟也是黃種人！

白素呆了一呆，她幾乎要以為自己弄錯了，但是，她還是在那輛汽車剛一開始滑動的時候，便射出了兩枚小小的飛鏢。

那種飛鏢是由她自己設計的一種特殊裝置發出來的，鋒銳的尖端，可以射穿一公分厚的鋼板！那兩枚飛鏢，射穿了汽車的兩個後胎，使那輛車子，猛地震動了起來。

白素連忙趕了過去，可是她才踏前一步，自汽車中便有一柄手槍從窗口伸了出來，緊接著便傳來了「拍拍」兩聲響。

白素早在槍口揚出車窗之際，便突然一個打滾，滾向前去。

那兩槍並未曾射中她，子彈直嵌入對面街的牆中。

白素滾出了幾呎，立時跳了起來。這時，汽車的車門打開。

被打開的車門，是在和白素滾向前去相反的一面，坐在司機位上的一個人，以及夾著那兩個中年人的兩個人，自打開的門中，向外跳了出來。

等到他們跳出來時，白素已然撲到了車邊，那三個人並沒有甚麼動作，他們只是迅速地向前，奔了出去，白素本來是想向前追過去的。

可是，當她看到車廂中那兩個中年人時，她便站定了腳步。

車廂中的兩個中年人，面上的肌肉可怕地抽搐著，他們顯然是在忍受著極度的痛苦！

而他們的胸口，各有一個子彈孔，鮮血就在子彈孔中流了下來。

白素的頭剛一探進窗口，一個中年人頭一側，喘著氣：「他們沒有得到，所有的東西，我們……仍然放在你的房中……的椅墊下，白小姐，你要幫助……我們……」

白素實在沒有勇氣去拒絕一個臨死的人的要求，她急忙點了點頭。

那人的面上，竟現出了微笑來，然後死去。

這時候，有一個法國男子來到白素的身後，放肆地伸手抱住了白素的纖腰：「小姐，有甚麼要我幫忙的？」

白素身子一轉，便已轉到了那男子的背後，伸手一推，將那男子的頭，推進了車窗：「有的，你去通知警察吧！」

她講完了這句話，連忙退了開去，至於那男子見了車中的那兩個死人之後，是如何地驚異以及他如何答覆警方的盤詰，白素都不理會了，這也可以作爲他輕薄的一種懲罰。

白素在人群中穿出去，到了酒店之中，在椅墊下找到了那幾件東西：一隻鑲有寶石的金盒、羊皮圖，那放有四顆鑽石的小盒子和一封信。

事情的變化來得太突然，她既然已向那個垂死的中年人點過頭，那麼她非捲入這個漩渦之中不可了！

她以最快的速度收拾了自己的行李，而將那兩個中年人留下的東西，藏在身上，又由樓梯下樓，避免被人察覺，上了自己的車子。

她絕不想被法國警方找到，是以她鎮靜地，以正常的速度，向機場駛去。

到了機場，她才和白老大通了一個電話。

白素知道她目前的處境十分惡劣，她希望在她的父親處得到幫助！

可是，白老大的回答是甚麼呢？

白老大的回答是：「別來打擾我，我正在替全世界的酒鬼作服務，在作驚人的研究！」

白素嘆了一口氣。放下了電話，當她一轉身，準備走出電話間時，卻看到在不遠處站著的兩個人，正迅速舉起了他們手中的報紙！

這兩個人分明是在監視她的！她離去得如此之快，但居然已經受了監視！

她向機場附設的餐廳走去，坐了下來。她剛一坐下，立時便發覺那兩個笨拙的跟蹤者，也跟了進來。

白素並不理會他們，咖啡來了之後，她慢慢地呷著，她想起那兩個中年人遺下的東西中，有一封信在，那封信不知是甚麼意思？

照說，在公眾場所，去看一封明知有著十分重要關係的信，十分不智。

但是也正因爲在公眾場所，監視她的人可能認爲她在看的是一封無關重要的信，而不加注意。

白素打開了信，信是用英語寫的，可能是在白素答應他們所請之後，才交給白素的。信中寫著：

一、請立即動身，到加爾各答甘地路十九號的住宅中，和宗贊博士接洽，他會轉告你詳細的一切。

二、請小心，佛會保佑你，你若是成功了，那你替我們做了一件無上的功德。

三、四顆鑽石，阿姆斯特丹方面的專家估價是八十萬英鎊，如果要出售，請和阿姆斯特丹的晨光珠寶店店主接洽。

白素看完了之後，將第一條上提及的那個地址記住，然後，將那信撕成了極碎的碎片，離開了餐廳，上了飛機。

等到她在飛機上坐定之後，她才覺得真正安全了，她在考慮，飛機在下一站停下的時候，她便要轉機，直飛到加爾各答去。

飛機的搭客陸續上來了，在白素旁邊坐下的是一個中國人。

那人約莫四十上下年紀，風度十分好。空中小姐將他引到座位上的時候，稱他是「周法常博士」。這個名字令得白素肅然起敬。

因爲誰都知道周博士是一位著名的科學家。

周博士似乎不怎麼喜歡講話，一上飛機就在閉目養神，一直等到飛機上升，空中小姐也忙過了一陣子之後，周博士才睜開眼來，將他手中的一本書，放在白素的膝蓋之上。

這突如其來的舉動，令得白素陡地吃了一驚。

白素首先向這本書看去，一看之下，她更是難以相信自己的眼睛！

在那本書的封面之上，用中國字潦草地寫著：白小姐，我們要談一些話，請別吃驚！

第二部：研究神宮地圖

白素在極度的驚愕之中，反倒顯得十分鎭定，她將那本書放回在周博士的身上。然後才道：「好吧，由你先開始好了。」

周法常道：「為了你自己的安全著想，將得到的東西拿出來。」

白素伸了一個懶腰，放低了坐椅的背，轉頭朝著窗外，不去理睬周法常。

從表面上來看，白素十分鎭定，像是根本不將事情放在心上。

然而，她的內心，卻異常焦急。

她知道，對方已張開了一張大而嚴密的網，自己已經置身在這張網中。在網邊未曾收緊的時候，自己或者還可以左衝右突一陣。

但是，一等網收緊了之後，就只有束手就擒的份兒！

該如何衝出這張網呢？

而且，使人懷疑的是，何以對方對那兩個人交給自己的東西如此重視？那兩個人所說的，有一件極重要的東西留在他們的地方，忘了帶出來，那又究竟是甚麼東西呢？

白素的腦中，亂成了一片，飛機飛得如此平穩，但是她卻像是處身在驚濤駭浪之中一樣，難以平伏心中的思潮。過了許久，她偷偷轉過頭去，卻看到周法常正目光灼灼地望著她。

白素一面在迅速地轉念，一面緊緊地抓著手袋。

她知道對方要的東西，並不是那四顆鑽石，而是那一張地圖！

那張地圖，自己該放在甚麼地方才好呢？

她突然站了起來，向洗手間走去。當她在窄窄的飛機走廊中穿過的時候，她發現至少有六七雙眼睛，在注意著她。

對方在飛機上布置了那麼多人，這本是在她的意料之中的，她到了洗手間，將那隻寶盒，打了開來，將那張地圖，儘量地捲小，摺成了一團，塞進了她的髮髻之中，藏了起來。

當她自覺得沒有甚麼破綻的時候，她才走了出來，回到了座位上。

周法常有禮貌地讓開了些，給她通過，甚至他的臉上，還帶著十分客氣的微笑！

白素的心中，仍然十分亂，她藏起地圖，然而那絕不是根本應付的辦法！

因爲如果她落到了他們的手中，地圖就在她的頭髮中，焉有找不出來的道理？

白素在思索著，下了飛機之後，在羅馬，他們將如何對付自己呢？

白素甚至希望飛機永遠在飛行中，永遠也不會到達羅馬。

但是那究竟是十分幼稚的想法，飛機還是依時到達了羅馬機場！

她可以有六個小時的休息，然後再搭乘另一班飛機到土耳其的安卡拉去。在安卡拉，再轉飛印度的加爾各答，去找她要找的人。

白素在巨大的飛機滑行在跑道上的時候，才再度開口：「你甚至不知道你向我要的是甚麼東西，是不是？」

周法常道：「那倒不至於，我知道那是放在一隻寶盒之中的一張地圖，根據這張地圖，就可找到一種東西。」

白素冷然道：「那是甚麼？」

她在問的時候，雖然充滿了毫不在乎的神氣，但是她心中著實想知道那究竟是甚麼。

周法常道：「那我真的不知道了。」

飛機停下，機門打開，白素慢慢地向前走著，當她來到了閘口的時候，前面並排在走著的三個人，轉過頭來，對她發出了不懷好意的陰險笑容，令得白素陡地站住了腳步。

也由於她是突然之間站住的，一輛行李車駛了過來，幾乎將她撞中！

行李車的司機高叫一聲：「小姐，小心！」

白素轉過頭去，也就在那一瞬間，她的心中，陡地亮了一亮！

她猛地向前衝去，手中的皮包，用力向上，摔了過去，打在那司機的面上，那司機絕對防不到如此美麗的一位東方小姐，在忽然之間，會有這樣的行動，他的身子突然向後一仰。

白素再向他的胸口頂了一肘，司機便從座位上直跌了下來，白素跳上了行李車，向前一直駛了出來。剎那之間，機場之中，大亂而特亂了起來。

白素駕著行李車，橫衝直撞，當然，她不可能衝出機場去，警車從四面八方圍了過來，她立即被帶上了一輛警車，直駛警局。

白素絕不反抗，十分合作。到了警局之後，她才提出了要求：「我要見米蘇警長。」她堅持她的要求，直到她見到了羅馬市警局的局長，也是意大利警政上極有地位的米蘇局長。她的第一句話就是：「局長先生，我是衛斯理的未婚妻。」

（一九八六年按：那時衛斯里和白素還沒有結婚！）

米蘇局長愕然，看來他不知是應該致歉好，還是表示驚異的好。

衛斯理當然不是甚麼要人，但是卻曾在年前，替意大利警方，做了一件大大的好事，使得縱橫歐洲的黑手黨精銳損失殆盡。

這件事，使衛斯理在意大利警方的檔案中成爲一個特殊人物，意大利警察總監督曾下過一項特別的命令，那就是衛斯理以後就算在意大利境內犯事，也要受特別的處理。

這些事，白素是全知道的。所以，那個機場行李車的司機才會捱了打（事後，在警局中，白素在那位司機的臉頰上吻了一下，表示歉意，那位司機說願意每天都捱上十次打），白素才會來到了警局，才會堅持要求見米蘇局長。

因爲唯有這樣，才是擺脫追蹤的最好也最簡單的方法！

在白素會見了米蘇局長的兩小時後，她化裝成一個女警。

然後，她登上例行的巡邏車，並不是向機場，而是直到那不勒斯。在那不勒斯坐上船，去的地方更妙了，她回到了法國，在馬賽登陸。

然後，她再從馬賽到巴黎。這是在捉迷藏？的確是在捉迷藏，只不過那不是小孩子的遊戲，而是殘酷的生死之鬥！

在白素又回到巴黎的時候，某方人員在向印度猛撲，撒下了天羅地網，等候白素鑽進網中去。可是白素在他們萬萬想不到的地方，她仍然在巴黎。

白素在巴黎郊外的一幢洋房深居簡出，她每天最主要的工作，便是研究那幅地圖。

當她在酒店中，第一次看到這幅地圖時，覺得上面只是許多交叉的線條，紅色藍色，看來令人莫名其妙。然而當她再度展開地圖時，她看到的地圖上，有著一行她所不認識的文字。

她不得不去打擾她的父親，由於要研究使新酒在短時期內變得香醇的辦法，白老大和幾個志同道合的同志，正終日在醉鄉之中過日子。

但白老大還是認出了那行字來，那行字是：神宮第七層簡圖。

（「神宮」是筆者杜撰的一個名詞，那純粹是爲了行文的方便之故，但事實上，將那座宮稱之爲「神宮」，也十分恰當。）

雖然說是「略圖」，但也看得人頭昏腦脹。在地圖的右上角，一個紅色的小方框中，有金色的一點。那一點金色，可能是真用金粉點上去的，因爲它金光燦然，十分搶眼。

而在那個小方框之旁，又另有一行小字，白老大看了半天，總算也將之認出來了，那是：神賜的金球，天賜給的最高權力的象徵，藏在這裏。

這兩行字經白老大翻譯出來了之後，白素除了苦笑之外，實在不知道做甚麼好！她當然明白，那兩個人要她潛入去取的，就是那個所謂「神賜的、天賜的最高權力的象徵」的金球了。那本來就是宗教氣氛濃於一切的地方。宗教領袖被迫逃亡，如果竟沒有「神賜的權力象徵」的話，那麼在他的流亡生涯中，對本土的影響自然要減少。相反地，如果逼走宗教領袖的對頭，得到了「天賜的權力象徵」的話，自然也易於收拾局面。

這一件東西，關係的確極之重大！

白素在那幢不受人打擾的洋房中，專心一致地研究那地圖。半個月下來，她已經初步看懂了那地圖上的一些奇怪符號。

那地圖上的紅線，白素假定是明的通道，而藍線則是暗道，因為藍線錯綜複雜得多，幾乎連著每一小方框（小方框，白素假定那是房間）。而圈形的符號特多，大大小小都有。因為那是神宮，所以白素假定那是神像。而小方框的缺口，當然表示那是門了。

在眾多的藍色的線條中，有一條之旁，有一個箭頭，白素假定那是起點。而那是在兩個大圓點之中的。也就是說，白素的假定成立，那麼白素在進入神宮的第七層之後，從兩個大神像當中，便可以找到暗道的入口處。

白素仍然不免苦笑，因為問題是在於，她幾乎沒有可能進入神宮！

神宮建築在那個地方的一座山上，這座神宮，稱之為「神的奇蹟」是絕不為過的，它的宏偉壯麗，比埃及的金字塔不遑多讓。

而那地方，可以說是世界上最神秘的地區之一，全是險峻的山路，而且那地方是一個戰場，想進入這個地方，到達神宮，是難以想像的事情！

雖然她絕不是輕諾的人，而她也的確曾經在那個人臨死之際答應過人家，但是她仍然不準備履行諾言，她自覺是有權利這樣做的，因為這根本是不可能做的事情。

她只是準備在到了加爾各答，見到了那封信上要自己去見的那人之後，將地圖和鑽石交給那人之後，便算結束了這件事。

二十天後，白素幾乎不帶甚麼行李，她只是利用了兩個假的小腿肚，將那張地圖，和四顆鑽石，分別藏了起來，而將兩隻盒子，留在巴黎一家銀行的保險箱中。

那種假的小腿肚，和人的膚色完全一樣，貼在小腿上，令得她原來線條美麗的小腿看來稍為肥胖一些，可說天衣無縫。

白素坐夜班飛機離開巴黎，她仍然採取那條航線，這一次，在整個飛往羅馬的航途中，絕沒有人來騷擾她，因爲她不但曾經化裝，而且使用了一個新的護照，連名字也改了。

從羅馬到安卡拉的途中，也安然無事。

一直到了加爾各答，白素相信自己已成功地擺脫了跟蹤。

但她在步出加爾各答機場之際，仍然有點提心吊膽。她知道在印度，和她此行敵對的一方，勢力更大，她若不小心提防，只怕每跨出一步，便可能跨進一個陷阱之中。

加爾各答對白素來說，是一個陌生的城市，她召來一輛出租汽車，要司機駛向在巴黎的時候，那男子留下的信中所告訴她的地址。

白素在上了車子之後，心情輕鬆，因爲她一見到那個要找的人之後，只消簡單地說明自己的來意、身份，再將那地圖交給那人，就再沒有責任了！

當出租汽車停下來的時候，她抬頭向外看，那是一幢很殘舊的房子，門關著，在門旁不遠處的一株大樹下，有一個老人，正垂著頭在打瞌睡。

白素下了車，走到門前敲門，敲了沒有幾下，並沒有人來開門，門卻「呀」地一聲打開了。

外面的陽光十分強烈，門內黑暗，以致在一剎那間，她幾乎甚麼也看不見。白素連忙機警地退出了一步。

這時，她眼睛已漸漸能適應比較黑暗的光線了，她看到，門內像是一個皮匠的作坊，有許多皮匠使用的工具。有一個樓梯，通向樓上，而另有一道樓梯，則通向下面的地窖。

白素慢慢地走了進去，沉著聲音道：「有人麼？」

她的聲音，在空洞的房屋中，聽來有一種異樣的味道。她連問了幾遍，並沒有人回答她。

白素來到了樓梯口，向上望去。

上面靜悄悄地，也沒有人聲。白素略為猶豫了一下，便向上走去。她到了樓梯的盡頭，發現一扇房門，出乎她意料之外的，那竟是一扇十分堅實的橡木門。

白素又在門上，敲了幾下，裏面沒有人回答，她輕輕地握著門把轉了一轉，門又應手而開，白素將門推開，向室內望去。

那房門的底層，是如此陳舊凌亂，但是那扇橡木門之後，卻是一個相當華麗，堪稱極之舒適的一間房間，所有的傢俬，都是第一流的。房間中沒有人。

白素退了出來，回到了底層，然後，她向地窖走去，才走了幾步，她就覺得陰暗無比，不得不在牆上摸索著向下走去，居然給她摸到了一個電燈開關，將燈亮著了。

地窖中堆滿了各種各樣的雜物，在正中，有一塊五呎見方的空地。那空地上有一張椅子，椅子上有一個年輕人坐著。

那年輕人立時道：「我知道了，你是白素小姐，我叫薩仁，在巴黎求你的兩個人中，有一個是我的叔父。」

白素的神情，顯然不太相信那年輕人的話。

薩仁急道：「白小姐，我帶你去見我的伯父，由我伯父的引見，你可以見到我們的領袖。」

白素仍然不出聲。

薩仁嘆了一口氣：「白小姐，你已答應了幫忙我們，我是領你走進去的嚮導，因爲幾乎所有的道路全被封鎖了，有一條小徑，只有極少數人知道，所以要我帶你進去，你還不信我麼？」

白素並沒有想了多久，便點了點頭，薩仁先向地窖走了下去，白素連忙跟在他的後面。

在兩大堆麻袋之中穿了過去，那地方只不過呎許來寬，兩旁的麻袋堆得老高，像是隨時可以倒下來。

他們兩人斜側著身子，穿出了十來呎，前面便是一隻大箱子。

薩仁毫不猶豫地打開了那個大箱子的蓋，跳了進去。白素也跟了進去。

原來那是暗道的出入口，箱子沒有底，有一道石級，一直向下通去，通到了後來，下面是一潭污水。白素呆了一呆：「這是甚麼地方？」

薩仁道：「這是一條下水道，必須從這裏通出去，雖然髒一些，但這是唯一的出路，你怕老鼠麼？這裏有很多大老鼠。」

白素「哼」地一聲：「當然不怕。」

他一面說，一面已向污水中走了下去，白素也跟了下去，水只不過呎許深，發著一種難聞之極的穢味，走出了三十來碼，又有一道石級通向上。

薩仁和白素走上了石級，頂開了一塊石板走出來，那是一條陋巷。

陋巷中並沒有人，薩仁和白素急急地向前走著，一直轉過好幾條街，薩仁才停了下來：「白小姐，如今你可相信我了？」

白素略想了一想：「很難說。」

薩仁又道：「那地圖，可是在你身上麼？」

白素一聽得薩仁忽然提起了這個問題，她陡地警惕了起來：「不在。」

薩仁沒有再問下去：「那麼，你可願跟我到一處地方去？」

白素道：「那要先看這是甚麼地方。」

薩仁低聲道：「那地方可以稱作是一個行動委員會，是專為拯救那個金球而設立的。派出六個人到巴黎去，請求令尊的幫助，也是這個委員會的決定。」

白素望著薩仁坦誠的臉：「好。」

又走出了幾條街，薩仁打開了停在街邊的一輛車子的車門，駕車向前駛去。一直到一幢大洋房面前，停了下來。

那洋房有一個很大的花園，當兩人還未走到洋房的石階之際，便有人迎了上來。

白素跟著他們兩人，進入了一個大廳，看到有七八個人坐著，這七八個人，都穿著十分特異的服裝。

白素本來一直還心存懷疑，可是，當她一看到這七八個人中的一個中年人之後，她的心就定下來了。因為她曾不止一次地在報上看見過這個中年人的相片。這個中年人，是這次政治性、宗教性的大逃亡中第二號重要人物，在這裏，我們不妨稱之為章摩。

那位章摩先生趨前來，與白素握手。

章摩先生道：「白小姐，我與令尊一向是很好的朋友，這次他爲甚麼不來？」

白素忙道：「家父說他的精力不夠，是以不能應你的邀請，他是特地叫我來婉辭你的要求，那幅地圖和一切，我現在就還給你。」

白素一面說著，那幾個人的面色，便一直在轉變著，等她講完，章摩先生驚訝地道：「白小姐，這是甚麼意思，你不是答應我們了麼？」

白素聽了這話，面上頓時紅了一紅。

章摩先生道：「你已經答應過的，是不是？」

白素只得道：「不錯，但是那時候，我是爲了不致使那位朋友在臨死前感到失望的緣故。我根本不打算捲入這個漩渦之中。」

白素講到這裏，停了一停。

她發現所有的人，全都以一種十分異樣的眼光在望著她。她自然知道，自己的話，一定已令得對方十分不高興，甚至對她的人格產生懷疑了。

但是白素卻仍然不打算改變她自己的主張，她繼續道：「我覺得這件事由我去做是不適合的，你們來自那地方，有的人還曾在神宮之中居住過，進行起來當然比我方便得多了。我想，我也沒有對不起你們的地方。」

白素俯下身，在她被污水弄得十分骯髒的小腿上，取下了那幅藏在假腿肚中的地圖，放在章摩先生坐位旁的茶几之上。

章摩先生伸出了一隻手，按在地圖上。

白素在講話，和將地圖交出來的時候，沒有一個人出聲，人人都以一種難以形容的目光望著她。

白素取出了地圖之後：「各位，我要告辭了！」

在她轉過身去的時候，她看到有兩個中年人，似乎張口欲言，但是章摩先生卻舉起了手，阻止了這兩個中年人說話。

白素不管這一切，毅然向門口走去。

當她來到了門口的時候，才聽到了章摩先生叫了一聲：「白小姐！」

白素站住了腳步，由於她根本不準備再逗留下去，是以她只是停住了身子，並不轉過身來。

章摩先生的聲音，自她的身後傳來：「白小姐，我們的族人，對於一個講了話而又不算數的人，是十分鄙視的。」

白素的臉上又紅了起來。她十分鎮定地道：「我可不是你們的族人。」

章摩先生的話卻十分圓滑，他道：「我相信你們一定也是同樣的，言而無信，這是好事麼？但是，我們沒有責怪白小姐的意思，真的一點也沒有。」

白素深深地吸了一口氣：「那我要謝謝你了。」

章摩先生嘆了一口氣，白素聽得她的身後，又有腳步聲傳了過來，同時，薩仁的聲音響了起來：「由我來送你一程。」

第三部：會見大人物

白素倔強地搖了搖頭：「不用了。」

她一講完，頭也不回，便向外走去，急步地穿過了那個相當大的花園，從鐵門中走了出去，一口氣走過了兩條馬路，才停了下來。

她覺得剛才，在那個大廳之中所遇到的那幾個人的眼光，雖然令她感到十分尷尬，但是如今總算是一身輕鬆了，不必再提心吊膽了。

她略略想了一想，便決定先在酒店中休息一晚，然後，就離開這裏。

她召了一輛車子，到了一家中型的酒店門前，走了進去，要了一個套房，然後用升降機，到了五樓，進了她的房間。

她需要買許多應用的東西，於是，在侍者剛一退出去之後，她又按鈴。幾乎是立即地，房門又被推了開來。

白素正在驚訝於何以這裏的侍者如此沒有禮貌之際，一個冷冷的男子聲音，已響了起來，道：「白小姐，我們終於見面了！」

白素陡地轉過身來。

在她面前的人，已用槍指住了她！不但如此，門外又奔進四個人來，手中都有著槍！

白素無法反抗，被五個人擁著離開，上了一輛車子。

車子在十分鐘後，停在一幢十分巍峨的建築物之前，那是一間總領事館，車子直駛了進去。白素一看到車子來到了總領事館，心便猛地一震，立時想站了起來，但是她的左右，卻都有武器指住了她！

白素這時候，心中的焦急，實在是難以言喻的。

照理她是不應該這樣震動的。

白素被帶到三樓，在上樓，和在走廊中走動的時候，幾乎每隔幾步，便有警衛在。

白素已經看出，自己要去見的那個人，一定是一個非同小可的重要人物！

最後，來到了三樓的一間房間面前，一個警衛推開門，白素跨了進去。

那是一間光線十分柔和的辦公室，十分寬大。在一張極大的辦公桌後面，坐著一個人。那人方臉，大耳，雙目神光炯炯，神色十分威嚴。

在近門的牆邊，站著兩排，一共八個彪形大漢。

白素乃是柔道和中國武術的大行家，她一看到那八個人站立的姿態，便知道對方也是那方面的行家。這八個人的身上，都顯然沒有別的武器了。

他們八個人，當然是負保衛大人物的重任的，可是被保衛的卻又不放心他們，所以不讓他們帶武器，白素看了這種情形，心中不禁好笑。

她走前了幾步，在房間的中央，停了下來，一個老者站了起來：「白小姐，請坐，我來介紹你認識——」

他頓了一頓：「這位是張將軍。」

「張將軍」，那只是一個十分普通的稱呼。然而在如今這樣一個特殊的環境之中，白素幾乎是一聽到這三個字，便知道他是甚麼人了！

簡單地來說，他是一個姓張的將軍，但是他卻是統治著一片廣大的地區，數十萬人的統治者。他操著這數十萬人的生死，而他的部下，這時也正在屠殺著意圖反抗他和他所隸屬的那個集團統治的人。

這樣一個重要的人物，居然會秘密地離開了他所統治的地區而來到這裏，這無論如何，是大大地出乎白素的意料之外的事。

白素略帶僵硬地道：「張將軍？是爲我而來的麼？」

張將軍開口了，他的聲音聽來卻使人有一種滑稽的感覺，和他威武的相貌，十分不合，他道：「可以說是的。」

有一名大漢搬過了一張椅子，白素坐了下來。

張將軍的面上，現出了怒意，他手握拳頭，在桌上重重地敲了一下：「你竟然無知到去幫助一群叛徒，真是太無知了。」

白素抗聲道：「我是應該幫助他們的，而實際上，如今我卻並未曾幫助他們！」

張將軍陡地站直了身子。

他甚至於還未曾講話，原先貼牆而立的八名漢子，已一齊走向前來。

白素也站了起來，她已準備迎接最大的不幸了。

那八個大漢，來到了白素的身邊之後，並沒有甚麼動作，他們在等待張將軍的命令。

張將軍目光如炬地望著白素，足足有兩分鐘之久，在那兩分鐘之中，白素幾乎窒息。

然後，張將軍坐了下來：「好了，那張地圖，你必須交出來。」

「我已經還給人家了。」

「你以爲我會相信麼？」

「信不信只好由你們！」白素忽然笑了起來：「你們要地圖，是不是想在神宮中去找那金球？如果是的話，那麼我曾研究過那張地圖，研究了很長的時間。」

張將軍望著白素好一會，才道：「你的意思是，你記得那張地圖？」

白素道：「可以這樣說，我將那張地圖的一切細節全都講出來，那麼事情便可以和我無關了，是不是？」

張將軍手按在桌子上，他笑了起來：「如果我們對你不夠了解的話，那麼我們一定相信你了。但因爲我們對你了解，知道你是不會做這樣出賣朋友的事情的，所以我們立即可以肯定，你將胡亂替我們繪製一張地圖，然後謀脫身！」

白素瞪大了眼睛，不禁無話可說了。

她心中不得不佩服眼前這個將軍是一個極其精明的人！

因爲剛才白素那樣說法，她的目的正是想要胡亂畫一張地圖，使他們信以爲和那真的地圖一樣，從而將她放走的。

然而，她的話才一提出來，她心中想的事，便已被對方知道了。在這樣的情形下，她還有甚麼別的話可以說的呢？她只得解嘲地道：「你們若是這樣想法，那就只當我沒有說過這些話好了。」

張將軍站了起來，離開了他的坐位，向前走了幾步，那八個守衛大是緊張，其中四個，立時奔到了張將軍的身邊。

張將軍揮著手，看來他的樣子十分得意，他道：「剛才你說，你可以憑記憶而繪出地圖來，現在，我決定將你帶到神宮去。」

白素陡地叫了起來：「甚麼？」

張將軍道：「將你帶到神宮去，在那裏，你必須爲我們指出，我們亟需得到的東西是在甚麼地方。要不然，你將受到極其可怕的待遇——這種待遇，我講你是不會明白的，必須你親眼看到了，你才會知道，所以你一定會和我們合作的。」

白素的面色青白，一聲不出。

她的心中，思潮起伏，亂成了一片，在一片紊亂中，她多少有點覺得滑稽。因爲，在這以前，她只當要進入那個地區，到達神宮，幾乎是不可能的事情。她做夢也想不到，她會和那個地區的最高統治者一齊進去，一齊到達神宮！

張將軍的手掌，用力地敲在桌子上：「我們立即啓程！」

四個大漢擁著白素，向門外走去，另外四個大漢保衛著張將軍，跟在後面。

一路向外走去，一路只聽得不斷的「敬禮」之聲，出了總領事館的門口，一輛大卡車已停在門口。

大卡車前站著兩個人，一見他們出來，立時拉開了車門。車門很厚，像是保險庫的門。而整輛大卡車，也可以說等於一個保險庫。

車廂中佈置得十分豪華，有四張沙發和空氣調節，張將軍走了進去，坐在一張沙發上，仍然是四個大漢保衛著他。

而另外四個人，則監押著白素，白素上了車廂，也老實不客氣地坐了下來。車門關上，和外界的一切，全都隔絕了。

約莫過了二十分鐘，便聽得傳音器中傳出了聲音：「報告，到機場了。」

張將軍道：「駛進飛機去！」

車子又開始向前駛動，不一會，果然車子傾斜了起來，白素知道，車子一定已駛進一架巨大的運輸機的機艙之中。

白素想不到那輛卡車竟直接駛進了飛機的艙中，在這樣的一個車廂中，她面對著九個敵人，如何反抗？

白素心中不禁苦笑！她實是難以想像，如果自己到了張將軍的統治勢力範圍之內，她將如何去適應那個特異的環境。她雖然沒有在那種特異的環境之中生活過，但是她卻知道，那是甚麼樣的一個環境！

白素一想到這裏，忍不住要不顧一切地起來反抗，然而這時候，車廂內卻起了一陣一陣輕微的震動，白素知道，飛機已起飛了！

無可奈何，她索性閉上眼睛，力求鎮定。

飛機飛行了十多小時，在這十多小時中，白素享受著極其豐盛的食物，食物是直接在車廂的食物櫃中取出來的。

然後，在車廂的輕微震盪上，白素知道飛機已然著陸。過了不多久，車子又開始開動，開動了不多久，便停了下來。

白素被四個大漢押著，下了車廂。她被推著向前走，走進了一間陳設得十分華麗的房間之中。

兩張寬大的沙發上，已各坐著一個人。坐在左首那張沙發上的，正是張將軍。右首沙發上的那個人，是一個普普通通的人，小個子，頭髮已有些花白了，看上去有些慈眉善目的感覺。

那矮小的中年人開口了，他道：「將軍，也該讓白小姐單獨休息一下了，明天還要起程呢！」

張將軍站了起來，和那矮小的中年人，一起向外走了出去。

破例的是，張將軍的身邊，除了那矮小的中年人之外，沒有別的衛士，而那矮小的中年人，動作十分緩慢，顯然也不能起到保衛張將軍的作用！

這是一個絕好的制住張將軍的機會！

那時，張將軍和那中年人，已來到了門口了，白素猛地跳了起來，向張將軍撲了過去！她在撲出去的時候，連下一步的步驟都想好了，她準備一手箍住張將軍的脖子，然後，立即奪過他腰際的手槍，那麼，她就可以控制一切了。

然而，就在她向前撲去之際，眼前突然人影一閃，幾乎是立即地，她的手腕，已被人抓住！

白素也立即知道，她遇上了技擊的大行家，但這時她想反抗，卻已遲了，她匆忙地劈出了一掌，然而這一掌還未曾劈中任何人，她的身子已被一股大力，湧了起來，向外拋跌了出去。

等到她跌倒在地毯上，立時一骨碌翻起身來時，她才看到，那以如此快疾的動作，將她摔倒的，不是別人，竟正是那個小個子。

這時，那小個子和張將軍正並肩而立，望著剛狼狽從地上站起來的白素。

那小個子笑嘻嘻地道：「給你一個教訓，你也是技擊專家，剛才我那一摔，如果用的力道大些，你會有甚麼結果？」

白素又是生氣，又是沮喪，一句話也講不出來。

從剛才小個子的身手看來，他分明是一個武術造詣極高的高手！

白素立即道：「你是誰？」

那中年人笑了起來：「你當然記不得我了，但是有一年過年，我卻還見過你的，那時你只四五歲，穿著一件小紅襖，可愛得很，你的父親說他最喜歡你，當然，這一切，你全都不記得了。」

白素「哦」地一聲：「原來如此，你現在已變成新貴了。」

那小個子搖了搖頭道：「你言重了！我相信你父親一定曾向你們提起過我，我姓錢——」

白素一聽到「我姓錢」三個字，心中陡地一震，那三個字，像具有一股極大的力量一樣。

在她發呆時，小個子和張將軍退了出去。

白素呆呆地站了片刻，又頹然坐了下來。

她坐了下來之後，好一會都沒有動彈。

小個子一講出了「我姓錢」這三個字，白素便已然知道他是甚麼人了。

她從小就聽得她父親白老大講過，在全中國的各幫各會之中，從來沒有人不服他，敢和他反抗。只除了一個人。那個人本是白老大的助手，姓錢，叫錢萬人，身懷絕技，和白老大不同的是，他不像白老大那樣，有著好幾個博士的頭銜。

在白老大的一生之中，只有錢萬人一個人，敢於和他作對，白老大要運用全副精神去對付他，才能將他趕走，聽說他去從軍了，以後便沒有消息。但是白老大卻還時時記得他。

白老大記得他的原因，是因為錢萬人的中國武術造詣，絕不在他之下。白素知道，不要說剛才錢萬人是出其不意地將她摔出去的，就算是講明了動手，她也不會是對手！

錢萬人在張將軍的手下，那對白素來說，簡直比被加上了手鐐和腳銬更糟糕。

她呆坐了片刻，才在一張長沙發上躺了下來。她甚至於不作逃走的打算了，因為對方既然要將她押解到神宮去，豈會放鬆對她的監視？

白素迷迷濛濛地睡了一晚，第二天天還未亮，她又被押上了車子，這一次，車廂中只有兩個人，一個是白素，另一個則是錢萬人。

錢萬人老是寒著一張臉，坐在對面，白素說不出來的不自在！

當天晚上，在經過了近十五小時的飛機航程之後，白素覺得車子又在地面上行駛了，路面可能是凹凸不平的山徑，因為車子震得厲害。

等到車子再停下來的時候，車門打開，錢萬人領著白素走了出去，她向四面看去，只見崇山峻嶺，高不可及，有好幾個山峰上，都積著皚皚的白雪。

那些山峰的雄偉峻峙，全是白素所從來未曾見過的，白素立即知道那是甚麼山脈，因為世界上絕不可能有第二座山脈，如同這個山脈那樣地雄偉、壯觀，使人想到宇宙之浩大，而人是多麼的渺小。

大卡車在崎嶇的山路上，再向前去，是一條大卡車開不進的小路。

在小路口子上，停著四輛小型吉普。

三輛小型吉普上，全是武裝的兵士。一看到了那些兵士的制服，白素便涼了半截。

因爲她明白，自己已到了甚麼地方了！

另一輛空的吉普車，在一個兵士的駕駛之下，倒退了回來，停在白素和錢萬人的旁邊。

白素默默地跨上了車子，才道：「派這許多人來押運我，不是小題大做了麼？」

錢萬人笑道：「這許多人不是來押解你的，這裏不很平靜，你是知道的，到處都是流竄的武裝反叛，我們不得不小心些。」

白素冷笑道：「你倒肯承認這一點，那說明你們的統治，是多麼不得人心！」

白素上了車，錢萬人坐在她的旁邊，兩輛滿載兵士吉普車在前開路，一輛殿後，車子所經過的山路曲折、陡峭，足足一天，全在趕路。

第二天，要趕的路，甚至連吉普車也不能走了，約有六十名兵士，在兩個軍官的率領之下，和錢萬人、白素兩人，一齊騎著馬，向前馳著。

到了傍晚時分，馬隊在一座極大的寺院之前，停了下來。那座寺院本來一定極其輝煌。但這時在黃昏的斜陽中看來，卻說不出的蒼涼。

那座寺院的一大半全都毀了，可以看得出，是最近才毀在砲火之下的。因爲在廢墟上，還未有野草生出來。寺院所留下的，只是一小部分。

在那一小部分的寺院建築上，還可以看出這座寺院原來的建築，是如何地驚人，在斷牆上，可以看到寺院的內牆，有一部分，竟全是塗上金粉的！

在寺院未曾被毀於砲火的那一部分中，也有著駐軍。錢萬人在軍隊中的地位顯然十分高，因爲一個少校帶著警衛員迎了出來，一看到錢萬人，便立即敬禮。

那一座寺院，即使是殘餘部分，也給人十分陰暗神秘的感覺，所有的神像，全都給搬走了，許多神龕都空著。

白素被單獨安排在一間小小的房間中，她所得到的，只是一盤飯菜，一盞小小的菜油燈和一條軍毯。

那間房間，甚至是沒有窗子的。由於寺院是在高山上，高山的氣溫十分低，所以也不覺得怎樣。白素考慮，這間房間，可能是僧侶的懺悔室。

白素在地上的羊皮褥子上躺了下來，望著油燈的豆火，心中說不出有甚麼感覺來。到了午夜時分，槍聲又響了起來。

這一次，不但有槍聲，而且還有砲聲夾雜著，看來那是反抗者的一次大規模的進攻。

砲聲愈來愈近，每一次砲聲之後，地面都震動著。白素跳到了門前，用力地撼著門，但門是緊鎖著，白素剛待退回來的時候，忽然聽到地上，發出「格」地一聲響。

那一聲響，在槍聲和砲聲之中聽來，十分低微，但是由於那一下聲響來得十分近，幾乎是同白素自己，跌了一件甚麼東西在地上一樣，所以令得白素突然間吃了一驚。

她連忙低頭，向發出那「格」的一聲響的地方看去，可是卻並看不到甚麼。

白素呆了片刻，那「格」地一聲響，又傳了過來。

聲響是從地下傳來的！

白素不知道何以在地下會有聲音傳上來，她連忙跨出了一步，吹熄了油燈。

那間不過四公尺見方的小房中，立時變得一片漆黑，到了甚麼也看不到的程度。白素又沿著牆，向前跨出了幾步，佇立在牆角中。

白素站定之後，屏住了氣息，一動也不動，過了不多久，又聽得「格」地一聲響，令得白素驚異莫名的是，在這一下響之後，地板之上，居然出現了一線光亮！

那真的是一線光亮，才出現的時候，只不過有三呎來長。慢慢地，光線加寬了，寬到了一吋左右。

第四部：改變主意神宮涉險

白素已足可以看清，地上一塊三呎見方的大磚，被慢慢地頂了起來：那是一個暗道的出入口！

接著，一個人的上半身出現了，他一手執著槍，一手執著手電筒。他還未曾發現白素，白素也不出聲。

那人從暗道中出來，轉身，就在那人一轉身的時候，那人看到了她！他陡地一震，手中的手提機槍，立時揚起。

而地道中又有人鑽了上來。從地道中上來的第二個人，竟是一個僧侶！手中，也持著槍，神色十分緊張。

一看到那個僧侶，白素便明白了！

那是反抗者的游擊隊，他們一定是這所寺院原來的主人，所以他們知道有這條暗道。而寺院外面的進攻，吸引了駐軍的注意力，另外一股人，則由暗道進入寺院，裏外夾攻。

白素這時候卻處境尷尬，因為她兩面不討好。她將如何向從地道中鑽上來的反抗者解釋她是同情他們的呢？

白素眼看著一個人一個人，自地道中穿了上來，而等到上到第四個人的時候，那僧侶持著槍，走向前來，竟以十分流利的英語問道：「你是甚麼人？你是軍眷，還是軍隊中的工作人員？」

她忙道：「都不是，我是他們的俘虜，是張將軍將我自印度押回來的。」

那僧侶呆了一呆，立時用他們本族的語言講了幾句話。這時候，那小室之中，幾乎已經擠滿了人，大家聽到了那句話之後，起了一陣騷動。

白素又道：「我絕不是你們的敵人，我在印度的時候，見過章摩先生和薩仁先生。」

白素的話，又引起了一陣震動，一個年輕人把一柄槍，塞到了她的手中。白素接了過來：「你們裏外夾攻的計畫很好，但是人數少，要大量利用手榴彈。」

那僧侶將白素的話，翻譯了一遍，人叢響起了一陣贊同的低呼聲。那僧侶又道：「我們有手榴彈，每人大約有八枚。」

白素道：「那我們還等甚麼？」

她端起了手中的手提機槍，向那扇門，掃出一排子彈，一腳踢了出去，那扇門整個地坍了下來。

在白素身後的兩個年輕人，陡地竄了出去，他們的身手，十分矯捷，在地上打著滾，滾出了六七呎，手臂連揮，已拋出了四枚手榴彈。

四下震耳欲聾的巨響過處，牆壁震動，大地顫抖，濃煙迷漫，白素俯著身子，向前衝了出去，許多人跟在她的後面，衝出了那條走廊，只見前面濃煙之中，全是手忙腳亂、倉皇失措的人影！

駐在廟中的駐軍雖然多，但是因爲廟外的攻擊十分劇烈，所以都在忙於防守，忙於向廟外還擊，卻未曾料到在這時候，一群勇不可當的健兒，從廟宇的中心，向外攻了出來！

白素掃出了幾排子彈，手榴彈也被紛紛拋出，廟內的手榴彈爆炸聲一起，廟外的攻擊更厲害了，幾下隆然的砲聲過處，廟牆被攻坍了，驚天動地的吶喊聲，自外面傳了過來。

聽那陣陣的喊聲，圍在廟外的，怕不有一千人以上！

而鑽進廟來的雖然只有七八十人，那七八十人，卻如同插入心臟的一柄尖刀一樣，發揮了最大的戰鬥作用，東衝西突，所向無敵！

廟內的士兵，有一部分中了槍，有一部分被手榴彈炸死，還有一部分被坍下來的牆壓住了動彈不得。更有一部分，正在急急忙忙地進行「光榮撤退」。

白素東奔西突，她想要尋找錢萬人，可是錢萬人卻不知道到甚麼地方去了。

不到半小時，圍在廟外的人便衝了進來，他們盡可能地撿拾著武器，七八門山砲被拉著向山下拖去，這座已毀壞得不像樣子的廟宇，當然不利固守，勝利了，便立時撤退。

白素跟著人潮，退出了破廟，她的身上，也多了好幾柄槍，在人叢中，她遇到了那個僧侶。

那僧侶向白素豎了豎大拇指：「打得好，你跟我們一齊回根據地去，好不？」

白素道：「如果你們歡迎的話，我當然去。」

那僧侶哈哈地笑了起來，用他們的語言將白素的話高聲叫了一遍，圍在他們周圍的人，也都夾雜地大笑了起來，那僧侶笑道：「他們在笑你居然講出了這樣的話來，你是我們最忠實的朋友，怎會不歡迎你去？」

白素也笑了起來，她感到在她周圍的那些人，豪爽、粗獷，和他們相處，絕不需要客套。

許多人一齊簇著下山，到了山坡上，便自動排成了五隊，每一隊有兩百多人，一齊以極快的步伐，向山下走去。

不一會，五隊人便穿過了一條峽谷。才一出峽谷，便看到一隊馬隊，成一字排開，在前面相候，兩騎馬者策鞭向前奔來。

千餘人突然高叫了起來，他們叫的甚麼，白素聽不懂，但是看他們的神情，一定是在高呼勝利，而策騎前來的兩個人，自然是這一群人的首領。

就著微弱的星光，白素向前看去，只見那兩個人，全是三十歲左右的年輕人，他們的面色沉重，衣著粗陋，但是卻仍然可以看得出他們是十分有教養的人。

白素被一群人簇擁著，來到了那兩個人的面前，那兩人便從馬上下來。那僧侶向那兩個人，講了幾句話。

那兩人一齊轉向白素，其中的一個，以標準的牛津腔英語道：「歡迎，歡迎，我是薩仁的堂兄。你覺得奇怪麼？我是牛津大學的法律系的學生。」

白素知道這地方的一些貴族子弟，都十分有教養，所以她並不覺得奇怪。而她一聽得對方是薩仁的堂兄之後，她更感到安心，她忙道：「那好極了，你們和薩仁先生可有聯絡麼？」

那年輕人點頭道：「有的，我們收到薩仁的報告，說你被綁入了使館之中，可能已被他們帶進這個地區來了，我們正在計畫著救你，想不到這次偷襲，居然一舉兩得，那真值得慶祝！」

白素也感到十分快慰，在暢談中，有人牽過了馬來，給白素騎上。

白素和那兩個年輕人並轡向前馳去，又穿過了好幾道峽谷，經過了一段窮山惡水的山路，然後，眼前豁然開朗，那是一個大山谷。

在東面的峭壁上，有飛瀑濺下，山谷中綠草如茵，溪水潺潺，在幾條小溪邊上，紮著許多帳篷，有許多婦女正在極端簡陋的設備之下作炊。

婦女和兒童一看到大隊人馬開到，都歡呼著迎了上來，但是人人都以十分奇異的眼光望著白素，那兩個年輕人中的一個，大聲講了幾句話，顯然在介紹白素的身份。

歡呼聲隨之而起，許多女孩子，手拉著手，圍著白素跳起舞來，唱著一種單純的，但是十分動聽的歌曲。一個老翁和一個老婦人，走了過來，將他們雙手捧著的緞帶，掛在白素的頸上。

這時候，天色已然大明，白素心情激動，她想講幾句話，但是卻又不知道講甚麼才好，她只是輪流地抱住了圍在她身邊跳舞的女孩子，吻了又吻。

一個十分整潔的帳篷，被準備爲白素的休息之所。白素在帳篷中坐下，喝著一種味道酸澀十分難喝的茶，這是那個地方的人待客的厚禮。在這樣艱難的環境之下，他們居然還能用這種慣常的禮節來款待貴賓，使得白素不得不裝出喜歡喝的樣子來，將那一碗實際上極其難喝的茶，吞下肚去。

然後，那兩個年輕人走進帳篷來。

他們——白素已知道他們一個叫格登巴，一個叫松贊，兩人全是牛津大學的學生，是這一股游擊力量的領導人，他們坐了下來，第一句話便道：「白小姐，我們將儘可能將你護送到神宮去。」

白素一聽得那句話，便陡地一怔。

她道：「我到神宮去？」

松贊道：「是啊，薩仁的訊息這樣說，他還示意要我們兩人中的一個，陪你一起去。」

白素又呆了半晌，才道：「我有一件事不明白，可以問一問？」

格登巴忙道：「你只管說，在我們之間，絕無顧忌，你只管說好了。」

白素想了一想：「照我看來，你們、薩仁以及其他的許多人，都是極其機智、勇敢的人，爲甚麼你們不到神宮去取你們要取的東西，而要託我這個外人呢，那是爲甚麼？」

松贊和格登巴兩人的眼中，都露出了坦白誠懇的神色來：「其實很簡單，我們試過，但失敗了，我們犧牲了不少人，都無法進入神宮，所以我們才想到了令尊。」

白素苦笑了一下。

松贊續道：「可是令尊卻不能來，但是我們完全相信令尊的委派，我們相信你會成功的，你一定會成功的，我們深信。」

白素又苦笑了一下：「你們將我估計得太高了，你們會失望。」

松贊和格登巴互望了一眼，才道：「白小姐，如果你真不想去的話，那麼我們將儘可能地安排退路，讓你可以在一條秘密的道路回印度去。」

白素呆了片刻：「在印度的時候，我的確已將這件事情推掉了，如果不是你們這次突擊行動將我救了出來，我不知道會有怎樣的結果，所以——」

白素講到這裏，頓了一頓，才緩緩地道：「所以我改變了主意，我雖然明知成功的希望微乎其微，但是我仍然要去試一試。我想，我一個人前去，還比較好一點，我需要一些東西，你們可能辦得到？」

兩人忙道：「白小姐只管說好了。」

白素道：「第一，我一路前去，需要你們這方面的人的幫助，和得到你們的掩護，有甚麼東西，可以使你們的人一見到我，就將我當作自己人？」

松贊想一想：「我們將你要前往神宮的消息傳出去，然後，我把這個戒指給你！」

松贊一面說，一面將手指上一隻十分大的戒指除了下來：「這戒指上，刻著我的家徽，你戴著它，便會得到所有我們族人的幫助，除非他是奸細。」

白素接過了那隻戒指：「我還要兩柄手槍，和充分的子彈。」

兩人道：「那容易。」

白素道：「我還要略爲化裝一下，要一匹駿馬，以便我上路。」

松贊卻搖頭道：「關於駿馬，我看不怎麼方便，你如果騎馬的話，那更容易引人注目。」

白素道：「好的，那我放棄騎馬，你們能供給我一張秘密道途的詳細地圖？我想我必須抄小路去接近那個城市。」

松贊道：「那可以的，這裏就有一張地圖，有兩條路可供你選擇。」

他一面說，一面拿出了一個竹筒，從竹筒之中，抽出了一張地圖，攤了開來。

那張地圖上的兩條通道，都畫得十分詳細，是用一條紅線來代表的，沿途甚麼地方有對方的軍隊、對方的哨站，以及甚麼地方有游擊隊、有廟宇、有村莊，全都註得十分詳盡。

白素看了一遍，道：「我決定走那條近路。」

格登巴點頭道：「是的，我們就設法通知這條路上的自己人，你將要經過，要他們給你協助。」

白素走出了帳篷，松贊和格登巴兩人，跟在後面。

這個山谷中的所有人，顯然都知道白素將為他們去做些甚麼事，因之白素才一走出帳篷，所有的聲音都停止了，所有的動作也都停止了。

正在用手抓吃食物的人，也都停了下來，沒有人講話。每一個人的臉上，卻都流露著極其欽仰的神色。即使在小孩子的眼中，也可以找到那樣的神色。

白素緩緩地在人叢之中穿過，她的腳步十分沉重，她的心情也是一樣，一直到出了那個山谷，她才吁了一口氣，轉過頭來。

松贊和格登巴兩人，仍然在她的身後。

白素向他們望了一眼，才道：「你們放心，我一定盡我所能，完成這件事。」

松贊和格登巴兩人的眼圈，忽然紅了起來。他們可以說全是極其勇敢的鬥士，眼圈發紅和他們是不相稱的。但是他們的確有想哭的神情。而且他們立即轉過了身去：「白小姐，你多保重。」

白素的心中，也興起了一股莫名的豪邁、蒼涼的感覺。在忽然之間，她感到幾千年之前，人們在易水之灘，高歌風蕭蕭兮易水寒，壯士一去兮不復還之際的心情，究竟是怎樣的了。

白素趁著兩人轉過身去的時候，大踏步地向前走去，當她走出了相當遠的時候，好像還聽得松贊和格登巴兩人在背後叫她。

這是山巒起伏、小徑盤錯、極其遼闊的地區，白素一路上小心提防，但是她卻並沒有遇到甚麼人。到了黃昏時分，她取出了乾糧，在一條小溪之旁，用溪水送著乾糧，填飽了肚子。

那條小溪在地圖上也有註明，地圖上還說明，沿著小溪向前去，是一道瀑布，而在瀑布的左側，有一片十分平斜的山坡。那個山坡上，有一座廟宇和一個小小的村落。

太陽在她的左首慢慢地沉了下去，等到太陽隱沒在高山的後面之際，天地之間，仍然充滿了一種十分柔和的橙黃色的光輝。這種光輝，令得遠處積雪皚皚的高峰、近處潺潺的小溪以及山坡上形形色色不知名的花都蒙上了一重十分神秘的色彩，置身其中，恍然在神話世界中一樣。然而那種橙黃色的光輝，卻轉眼之間，就消失了，代之而充塞天地的是昏朦朦的黑夜。

她化裝成一個當地土著婦女，連夜趕路，一路上憑著有枚戒指，十分順利。三天之後，她已看到了那座神宮！

那時白素有六七個婦女護衛著她，當斜陽西下時分，白素看到了那座宏偉無匹建築在山巔之上的神宮！

夕陽照在那座宏偉得難以形容的神宮之上，反射出奇妙的金輝，襯著四周圍積雪皚皚，但是也被晚霞染得通紅的山峰，使得每一個看到它的人，都不由自主屏住了氣息！

這座神宮，不是世界上最高的建築物，但卻是世界上建造在地勢最高的高原上的建築物。它有著悠悠的歷史，在以往的歲月中，它經過不斷地加建、擴建，所以才形成了如今這樣的規模。

這是曠世無儔的一座宮殿，而且這座宮殿，似乎有著一股神奇的力量，使得即使在遠遠瞻仰它的人，心中也升起了一股莫名的神秘之感！

白素呆呆地站了許久，她也未曾覺察到她身邊的那些婦女，甚麼時候已離了開去。等到她再向前走去的時候，天色已然一片混沌了，她走出了沒有多遠，便看到一個婦人扶著一個拄著木杖、行動顯然已十分不便的老者，迎面走了過來。

那個老者一到了白素的面前，便道：「你來了，你終於來了，我們所有的人都知道你一定會來的。」

白素一聽，便知道那是接應自己的人，她忙也低聲道：「老太爺，城裏查得嚴？」

那老者嘆了一口氣：「嚴，嚴到了極點，但我們無論如何會使你安全的，你跟我來，扶著我。」

白素連忙走到那老者的身邊，扶著那老者，向前慢慢地走去，天色更黑暗，進入了這個城市後，白素的第一個感覺便是，這個城市的所有大街小巷中，都瀰漫著一股十分難聞的氣味。然後她又發現，幾乎家家戶戶，都是漆黑而沒有燈光的，一股蕭瑟的鬼氣，直逼人的心坎。

白素和那老者，在黑暗的陰影之中，踽踽而行，那兩個中年婦人，跟在後面，他們一直在小巷之中，穿來穿去，過了足有二十分鐘，才算是進了一間屋子。

在屋子內部，那種難聞的氣味，更加刺鼻，白素竭力使自己習慣於這種氣味。

在剛一推門進去的時候，屋子的內部，仍然是漆黑的，但是，當那老者咳嗽了一聲之後，一道門打開，有燈光向外洩來。

白素這才看清，自己雖然進入了屋子，但只不過是站在一個小室之中，要再走進那道門，才是真正的屋子的內部，那道門一打開，那老者便領著白素，一齊走了進去。

屋子的內部很小，擠滿了人，足有二十多個。

所有的人，都是圍著一張破舊的圓桌而坐的，人和人擠在一起。白素一走進來，每一個人都站起，向白素望來。

眾人之中，一個五十歲左右的僧侶，高舉雙手，以沉緩深邃的調子，低聲誦念起來。

那僧侶在誦念一些甚麼，白素聽不懂，但是白素和屋內這些人，在感情上已然打成了一片，她卻可以在那低緩的聲音中，聽出這些人心中的情緒，聽出大地所發生的苦難的呻吟。

屋內的所有人，都跟著唸了起來，人雖然多，但是所發出的聲音，卻仍然是那樣地低沉。過了三分鐘左右，誦念的聲音停止了，在白素身邊的那老者才低聲道：「剛才，我們是在為你祝福。」

白素感動地道：「謝謝各位，我也為各位祝福。」

那老者翻譯了白素的話，那二十多個人才又坐了下來。那老者道：「我們等了許久，我們每晚等在這裏，等候你到來，我們終於等到了。」

白素吸了一口氣：「事不宜遲，我還是快點進入神宮的好。」

那老者肅然起敬：「通往神宮的道路，都遭到嚴密的封鎖，這裏的人，準備分成三股，造成小小的騷亂，吸引霸佔神宮的士兵的注意力，你爬懸崖上去。」

白素吃了一驚：「爬懸崖上去？神宮在那麼高的山頭上，我爬得上去麼？」

那老者沉聲道：「這是唯一的辦法了，我在年輕的時候，曾爬過神宮的峭壁，從下面攀到神宮的底層，大約要一天的時間。」

白素忙道：「那樣說來，我到明天天明，仍然未能到達？」

那老者沉默了半晌，白素焦急地望著他，那老者的回答卻是出人意表的，他道：「白小姐，我們已經誠心誠意地爲你祝福過了。」

白素聽了那老者的話，不禁大爲愕然。

她明白，那老者的意思是：她必須設法在天亮之前，進入神宮內部，如果不能在天亮之前進入神宮的話，那就只有靠菩薩保佑了。

那老者道：「白小姐，我們要出發了。」

白素毅然道：「好，出發吧。」

那老者向屋中的那些人揮了揮手，低聲囑咐了幾句，那些人分成三批，向外走了出去。白素跟在那老者的後面，也向外走去。

白素和那老者兩人，儘量利用街角的陰影，遮蔽著身子，向前迅速地移動著，等到他們兩人，走出了三四里之後，便伏了下來不動。突然之間，白素覺出自己來到了一個巨大的陰影之中，她呆了一呆，擡頭向上看去。

只見自己已到了一座極其陡峭的峭壁之下，在那峭壁之上，則是一座高大宏偉到了難以形容的建築物，這時，正像一頭碩大無朋的怪獸一樣，蹲在山頭。

整座建築物中，幾乎一點光亮也沒有！

白素看了片刻，才低下頭來，道：「我們——」

然而她一句話未講完，便已住了口。因為她發覺老者不知在甚麼時候，倒在地上，白素連忙俯身下去察看。

那老者蒼白的臉色，十分刺目，白素托起了他的頭來，那老者睜著眼，口角流著白沫，他最後一分氣力，也已經在剛才奔跑之中用盡，他只是顫抖著，伸手向上，指了一指，便呼出了他最後一口氣。

白素將他的身子，慢慢放在地上。她沒有多化時間去處理那老者的屍體。

她迅速地奔向峭壁，然後，開始向上攀去，她準備好的爬山工具十分特殊，那是兩隻尖銳的鋼爪，鋼爪可以插進任何石縫中和抓住人的手指所不能抓住的石塊。

她的身子迅速地向上攀登著，她自已以爲向上攀登的速度已十分快疾。但是，向上望去，卻仍是路遠迢迢！

她的雙臂，漸漸地感到了酸麻，但是她仍然堅持著，一點也不休息，一直到她攀到了一塊凸出有五六呎的大石之上，她才坐了下來，喘了一口氣。

她翻過手，看腕上的錶，已經凌晨四時了。直到這時，她才覺出自已遍體是汗，給清晨的晨風一吹，冷得一連打了幾個寒戰。

她抬頭向上看去，要在天亮之前，攀到峭壁之上，進入神宮，看來並不是不可能的事。

這給予白素十分振奮的鼓勵，她只休息了五分鐘，便繼續向上攀去，當東方漸漸有曙光出現、遠處積雪的山峰有奇妙的柔和的銀光冒出來之際，白素已經成功地攀上了峭壁。

神宮的外牆，離開攀壁的邊緣，只不過三四呎。白素向前跨出了一步，背貼著神宮的後牆而立。然後她又用最快的速度，攀到了最低的一個窗口之旁。

窗子上橫著鐵枝，白素雙手緊緊地握住了鐵枝，用力地向外拉著。鐵枝被她拉得漸漸地動搖。

她咬著牙，猛地向外拉，「拍」地一聲，一根鐵枝離開了石塊！

她立時在鐵枝被拉開的地方，閃身進去。

那石牆十分之厚，白素穿進了鐵枝之後，在厚厚的牆上滾了一滾，滾下了牆陡地跌了下去，她根本不知道自己攀進來的是甚麼地方，裏面是一片漆黑。

她只是根據常理來推測，猜想窗子離地面，大概不會超過八呎的。

可是，當她的身子向下直落了下去之際，卻是筆直地落下去的。

當她下降的速度加快之際，白素心中暗叫了一聲不妙，她連忙縮起了身子。

因爲她估計不正確了，從窗口到地面，已至少有二十呎左右，從那麼高的地方落下來，如果不是善於控制肌肉的話，那非受傷不可。

白素的身子縮成了一團，她的肩部便首先碰到了堅硬的岩石。白素連忙向側一滾，就著那一滾，卸去了向下跌來的力道，一躍而起。

雖然她滾得十分巧妙，但是她跌下來的地方究竟太高了，未曾跌斷骨頭那已是極不容易的事情，她的肩頭首先著地處，仍不免極其疼痛。

她假定自己所在的地方是一個地窖，那麼她必須走出這個地窖再說。

她向前走著，藉著一個小小的電筒照明，電筒的光芒所及之處，她看到的只是灰黑色、潮濕的大石。有時，電筒光芒會得到一大堆圓形的亮灰色小點的反射。那是一大群大得異乎尋常的老鼠的眼睛。

她一直向前走出了十來碼，才找到了一扇石門。那扇石門有一根很粗的鐵柱門著，鐵柱是早已生銹了的。

白素來到了門前，用力地拔著那根鐵柱。手上和身上全沾滿了鐵銹，才將鐵柱拉開。她推開了門，閃身而進，背靠著門而立。她等了片刻，才又打亮了小電筒。

電筒的光芒擴散開去，可以使她看清，那也是一個純由巨大石塊砌成的巨窖，大得似乎無邊無涯，小電筒微弱的光芒，根本不能探出究竟來。

和她才一進來的地窖不同的是，這個窖中，有著許多箱子和簍子，都十分大型。

那些大箱子，大簍和大罐中放的是甚麼，白素當然不想知道，她猜那是神宮中的物資，說不定有幾百年來未有人動過了，因爲地窖之中，充滿了陰濕的霉味。

白素的身子向前移動著，她爬上了一叢大箱子，在箱頂上伏了下來，仔細傾聽著，包圍她的是潮濕和黑暗以及細微的咬嚙聲。

那種咬嚙聲，不斷地繼續著，當然是巨大的老鼠所發出來的，那種聲音給白素的感覺，就像是有甚麼在咬她的神經一樣。

她等了許久，除了老鼠所發出的聲音之外，卻再也未曾聽到別的聲音。

白素知道自己至少暫時是安全的了，她從箱子上爬下來，向前走著，她必須小心使用電筒，不使電筒中的電源斷絕，所以她大部分時間是在黑暗之中摸索前進的。

她是在一座古老悠久而神秘出名的神宮的底層，像幽靈一樣地漫遊著，這使得她的心頭生出了一股極其神異譎奇的感覺。

她走了近十分鐘，才算看到了一堵石壁，而沿著那堵石壁，走出了四十多碼，才又看到了另一扇門。

這時，她比較有時間去選擇，她先將耳朵貼在門上，向外傾聽著。她聽不到甚麼聲音，可知從這扇門中通出去是安全的。

她想了片刻，才輕輕地推著那扇門，然後，又以一根細而硬的鐵枝，自門縫中穿出去撬著。終於，她弄開了那扇門。

第五部：暗道迷蹤神秘莫測

她推門而出，眼前仍是一片黑暗。

當她按亮了電筒之後，她不禁吸了一口氣，在她面前，仍是一大間地窖。然而，地窖中卻放滿了佛像。那些佛像，只是隨便地放著的，有幾座甚至斜倒在地上或蓮座之上。

佛像有石的、銅的、木的種種，大小不一，但是毫無例外的，則是幾乎所有的石像上，都鑲嵌著各種各樣的寶石。

電筒的光芒，十分微弱，但是在一團昏黃色的光芒之中，反射出來的各種寶光，卻令人目爲之眩，白素立時熄了電筒，但是她的眼前，仍是充滿了各種顏色的異彩！

白素呆了半晌，才慢慢地穿過那許多價值連城的佛像，向前走去。

不多久，她便發現了一道鐵梯，那道鐵梯通向上面，白素抬頭向上望去，看到鐵梯的盡頭處，似乎有一塊石板可以頂起來，使人離開地窖。

白素迅速地爬上了鐵梯，到了鐵梯的盡頭處，又側耳細聽了片刻。

她聽不到有甚麼聲音，是以她便開始用手去托那塊看來可以移動的石板。白素用了相當大的力量，那塊石板才略被她頂得起了吋許。

石板才一被頂起，立時一道光亮，直射了下來。

那道光亮，猶如是一道突如其來的閃電一樣，嚇得白素陡地吃了一驚，一鬆手，石板又落了下來。石板一落下來，她的眼前，重又成了一片黑暗，白素心頭怦怦亂跳，因為她絕未曾想到，從這裏出去，會是曠地！

她以為身在地窖，如果出去的話，一定是神宮的底層，是以那突如其來的陽光，使得她大大地吃了一驚。

她定下了神來，再度將那塊石板慢慢地頂起。

石板被頂起三吋左右之後，便向外張望，她的眼睛要好一會才能適應外面的光線，首先看到一堵石砌的高牆。在牆腳下，滿是兩三呎長的野草，沿著牆有一排石壇，壇上全是石刻的佛像。

外面很靜，似乎沒有甚麼人，白素將石板頂得更高一些。

等到她肯定外面沒有人的時候，她用力將石板托高，身子打橫躍了出來，放下了石板，一躍向前，躍上了石壇，在一座佛像和石壇之前，躲了起來。

這時，她才看清，自己冒出來的地方，是一個天井。

這天井的四面，全是高牆，只有一條小巷，可以通向別處。

在神宮之中為甚麼會有這樣的一個天井，白素不明白，她知道，已經正式地進入神宮了！到了那小巷的口子上，向前走去。小巷的盡頭，是一道木門。

白素輕輕一推，那道木門便發出「吱」地一聲響，被她推了開來。

神宮內十分寂靜，那「吱」地一聲，已足以令得她緊張起，她身形一閃，閃進了門。

門內十分之陰暗，她要過上半分鐘，才能夠看淸目前的情形。那顯然是一個廟堂，許多座佛像，端莊地坐在佛龕之中。

而這些佛像也顯然許久沒有人去照料它們了，因為它們的身上，全是積塵。但儘管佛像上滿是塵埃，鑲嵌在佛像上的各種寶石，仍然閃耀著神秘而奇異的光芒。

白素貼著一尊又一尊的佛像，慢慢地向前走著，出奇的沉靜，使得氣氛更加神秘。

她穿過了那座廟堂，到了另一扇門前，她側耳聽了一聽，門外有腳步聲傳來。

白素不敢再向前走去，她在這個廟堂之中，找了一個隱蔽的地方，躺了下來，嚼了幾口乾糧。

她的確需要休息一下，因此她在躺下來之後不久，就進入了半睡眠狀態。她是被一陣腳步聲驚醒的。

她坐起身向外望去，只見一小隊士兵正穿過廟堂，向前走去。白素從士兵的手中全拿著電筒這一點上來推測，天色已經黑了。

一等那一小隊士兵穿過了廟堂，白素立即自佛像之後跳出來，向前奔去，奔進了另一扇門，外面也是一座廟堂，一間廟堂接著一間廟堂，白素真不知道自己怎樣才能找到樓梯，怎樣才能到達七樓！

她奔出了幾步，又聽得到前面有腳步聲傳了過來，白素連忙將身子隱在陰暗的地方，她聽得一個人在大聲呼叫，正是錢萬人的聲音！錢萬人在大肆咆哮：「一定是她，她一定已混進來了，你們搜了一夜，也未曾搜到，已經盡了力麼？」

另一個聲音老大不願意道：「當然盡全力了，可是你應該知道，神宮中有上萬間房間，還有無數不知的暗道，哪能這麼容易找到。」

錢萬人繼續咆哮：「可是你們有兩師人！」

對方顯然也不耐煩了：「不錯，我們有兩師人。」

錢萬人叱道：「那是恥辱，兩師人而捉不住一個反動分子，那是恥辱。」

這時，白素也可以看到那兩個人了，錢萬人走在前面，在他後面跟著一個將官，穿著少將的制服。

錢萬人又道：「應該展開更大規模的搜索，每一層，以一營人爲單位。」

少將轉身走開，錢萬人卻仍然停在廟堂之中，他來回踱了幾步，一腳踢開了一尊佛像，在佛座上坐了下來。他背對著白素，離開白素只不過六七呎！

白素在剎那之間，感到了那是一個極好的機會！

她可以根本不必偷偷摸摸地尋找登上七樓的道路，她可以要挾錢萬人，將她帶到七樓去！

當白素一想到這一點的時候，她的心情又頓時緊張了起來，她考慮了一下，考慮是不是可以行得通。如果她不採取這個辦法的話，她又有甚麼辦法可以登上七樓？

白素考慮的結果是：立即行動！

她在這樣想時，由於心情緊張，氣息不禁粗了些，錢萬人身形一挺，似有所覺，這時，忽然又有腳步聲傳了過來，白素身子一縮，縮到了佛像之後，一小隊士兵，快步地走了過來。

那一隊正在向前走來的士兵，看到錢萬人，一齊停了下來，錢萬人劈手奪過了班長手中的衝鋒槍，向著白素藏身的佛像，掃出了一排又一排的子彈。

子彈在廟堂之中呼嘯著，發出驚心動魄的聲響，那一尊大佛像，在剎那之間，便變成了蜂巢，終於，發出了轟地一下巨響，倒了下來。

佛像一倒，錢萬人身子俯伏著，一面不斷掃射，一面喝道：「亮著電筒！」

每一個在神宮中巡邏的士兵，身邊都帶有強力的手電筒的。錢萬人的命令一下，十幾支手電筒一齊亮了起來，向前射去。

手電筒的光芒照耀之下，在那尊倒下來的佛像之後，並沒有人影。

錢萬人呆了一呆，他感覺極其敏銳，可以肯定剛才背後有人，甚至可以肯定那就是他要找的白素，所以他又命令：「散開來，搜索，召集更多的人來，圍住這個廟堂。敵人是持有武器的，行動要小心。」

那班長奔了出去，不到十分鐘，至少有一百多人，湧了進來，每一尊佛像全都被推倒，刺刀在每一個窟窿中刺著，有些窟窿根本是躲不進一個人去的，但是搜索的兵士，卻仍然不肯放過。

錢萬人只當自己一梯子彈掃出，白素便必然難以倖免。如果說白素能夠躲過他的掃射，那已是不容易的事情了。

可是如今，白素卻不但躲過了他的掃射，而且竟突如其來地失蹤了。

錢萬人實是難以想像白素究竟到甚麼地方去了，因爲前半分鐘，白素還是在他身後的。而在這半分鐘之內，他至少掃出了百餘發子彈，白素能夠利用這半分鐘時間，做些甚麼呢？

她怎麼能夠逃得出去呢？如果她不是逃走了，她又是到甚麼地方去了呢？

當一百多個人搜索了十五分鐘而沒有結果之後，錢萬人便知道，白素一定是在一條甚麼暗道中逃走了，但是暗道在甚麼地方呢？

錢萬人來到了那尊佛像之後，和幾個軍官仔細地搜索著，可是他們卻找不到暗道的所在地。

白素像是完全消失在空氣中了一樣！

錢萬人知道，白素還是在神宮之中，但是她在神宮的甚麼地方？卻不得而知！

白素究竟是到甚麼地方了呢？

恰如錢萬人所料，白素進入了一條暗道之中。

而白素之所以能進入那條暗道，也是十分偶然的一個機會，要不然，她一定束手就擒了！

當她一閃身，閃到了佛像後面的時候，用力向佛像一推。她本來是想將那座大佛像推倒，造成一場混亂，然後趁機離去的。

但是，她雙手用力一推之下，卻推開了一扇暗門，那佛像，竟是空心的！白素連忙跨身而進，那時候，驚心動魄的槍聲已然響起來了。

白素一進入佛像的內部，身子立即向下跌了下去，一連跌進了幾塊翻板，她猜想自己是穿過了佛像的底部，又穿過了佛座，直向下跌去。

白素所不知道的是，暗道的製作精巧，在人一跌下去之後，原來是活動的翻板，立時便不能再動，所以錢萬人無法找到暗道的入口。

白素直向下跌著，她雙手亂抓，想抓到一點東西，但是卻又抓不到。

她的眼前一片漆黑，她只得像才跌進神宮那時一樣，蜷屈著身子，儘量放鬆肌肉，等到碰到實地的時候，不致於傷得太重。

然而，出乎她意料之外的是，當她終於跌下去、碰到了東西之際，碰到的卻不是堅硬的岩石，而是柔軟的墊子！白素的肩頭先碰到墊子，她的身子甚至向上彈了起來。

白素心中大喜，身子一挺，立時站直。

可是，她的身子才一站直，左側「呼」地一聲，生出了一股勁風，像是有人撲了過來！

這比跌下來的時候，下面竟是有著柔軟的墊子，更加使白素驚愕！

而這時候，眼前一片漆黑，根本看不清向她撲來的是甚麼人。她的身子突然一側，順手一帶，將那個撲向她的人，帶得滾過一邊。

也在這時候，她敏銳的感覺又告訴她，在她身子的四面八方，都有人向她撲了過來，向她作大包圍。白素立即將身子向旁閃去，才一閃，她的右腿，便突然被人抱住。白素連忙揚起腿來，向上猛地一抖，她希望藉著這一抖之力，將抱住自己右腿的人，抖了出去。

可是，那人抱得十分緊，白素揚腿踢出，並未曾將他拋出。

相反地，由於她的右腿被人緊緊地抱住，重心不穩，人已陡地倒下，剛一倒下，便有人將她的頭部壓住。白素雖然竭力掙扎著，但是對方的人實在太多了，她終於被雙手緊緊地反縛了起來。

然後，又有一條濕漉漉的毛巾，塞進了她的口中，令她作聲不得。

她被幾個人抬著，向前走去，曲曲折折地向前走了許久，才停了下來。一路上一直沒有人講話，也沒有人著燈，而那些人的行動，又一點聲音都沒有，使得白素有自己已落在一群幽靈手中的感覺。

好不容易等到停了下來，才聽得「察」地一聲響，眼前亮了一亮，一盞小油燈被點上了。那盞小油燈的光芒，實在是微弱得可憐，可是在漆也似黑的環境中，也足夠使人看清周圍的情形了。

白素首先看到的，是一張又一張，滿是皺紋，皮膚粗糙，但是卻又神情堅定的臉，約莫有三五十人之多。坐在放在一塊大石上的油燈之旁的，則是一個五十多歲左右的中年人，他的身上，披著一塊老羊皮，露出了一隻手臂，那條手臂上，滿是隆起的盤虬的肌肉。

他望著白素，所有人都望著白素。

每一個人的臉上，都出現了十分驚訝的神色來。有兩個人，低聲地叫了一句。他們叫的是甚麼話，白素聽不懂，但是白素卻可以知道，那是由於他們絕未料到自己的俘虜是女子而發的。那個中年人顯然是這群人的首領，他站了起來，來到了白素面前，拿掉她口中的濕巾，面上的神情，極之難以形容，他搖著頭，道：「菩薩啊，你不會是……不會是白小姐吧？」

白素聽得對方稱她爲「白小姐」，連連點頭：「是的，我是。」

那中年人一面頓足，一面連聲道：「該死！該死！」他轉過頭去，不斷地罵著幾個人，那幾個人的臉上，現出十分惶恐的神色，低著頭一聲不出。

白素忙道：「你也不必怪他們了，當時的環境那樣黑暗，他們怎知道我是誰？」

那人仍是滿面怒容：「若不是現在正需要用人的時候，我要斬下他們的雙手來，他們竟敢這樣子對付我們的恩人！」

白素吃了一驚，搖手不迭：「千萬不要那樣，我也算不上是你們的恩人，他們也沒有犯了甚麼錯。」

那中年人一面說，一面解開了白素手腳上的牛筋，那幾個人則輪流過來，俯伏在白素的前面，倒令白素不知怎樣才好。

鬧了半晌，白素才有機會講話，她問道：「你們是怎麼能夠在這裏存身的？」

那中年人道：「我們一直在這裏存身，我們本來管理神宮的暗道，敵人來了，我們就躲在暗道之中。我們和外面有聯絡，前兩天，我們接到信鴿的消息，詳細地介紹了你，可是我們無法和你聯絡，卻不料……」

白素連忙搖手道：「別再說它了，我問你，在暗道之中，可能通到樓上去麼？」

那中年人道：「懂得暗道的人，可以四通八達，而不懂的人，則往往會在暗道中走不出去，而餓死在暗道之內，白小姐，講出來你或者不信，我們的工作，就是收拾暗道中不時發現的死屍，甚至骸骨。」

白素心中感到了一股寒意，她忙道：「難道神宮中的僧侶也會不明暗道？」

那中年人有點驕傲地道：「當然，得靠我們來帶路，我們的神聖職務是世襲的，我們有了孩子，當孩子開始能行走的時候，便讓他在暗道中行走，所以，我們不需要任何燈光，便可以在暗道來往。」

白素聽了之後，更是暗暗稱奇，心想這一批人，不但是世界上最奇怪的游擊隊，他們還毫無疑問地有著世界上最奇怪的職業！

她喜道：「那麼，你們一定知道金球在甚麼地方的了？是不是？」

那中年人卻嚴肅地搖頭道：「不，我們絕不知道暗道中的一切東西，我們連碰都不去碰那些東西的。」

白素心中明白，在神宮的暗道之中，不知藏著多少價值連城的寶物，這些人一定都是百分之一百的忠誠者，所以才會獲選擔任這樣的要職。

白素道：「那麼，請你帶我到七樓去，我受了委託前來取一件東西。」

那中年人向白素行了一個禮：「是，我親自領你前去。」

白素又忍不住心中的好奇，問道：「神宮中的軍隊，難道沒有發現暗道！」

那中年人道：「當然有，可是他們在漆黑的暗道中轉來轉去，仍然不能出去，大多數人被我們解決了，他們除非將整座神宮炸毀，否則，他們永遠統治不了神宮中的暗道！」

白素到這時候，才完全放心，她又道：「那麼，一定有一條暗道，可以通出神宮之外的了？」

那中年人聽了，面上不禁現出猶豫的神色來，支支吾吾，並不回答。

白素呆了一呆，又問道：「我取得了東西之後，必須立即由暗道離去，可有這樣的一條暗道？」

那中年人又支吾了半晌，終於道：「有是有的，可是……可是……」

白素不耐煩道：「可是怎樣，你不妨直說。」

那中年人嘆了一口氣：「可是那卻是我們處理死人的一條通道，我們發現了死人或是骸骨，便是由那裏拋下去的！」

白素聽了，不禁倒抽了一口冷氣，好半晌都說不出一句話來。

好一會，她才繼續道：「那條暗道，是通到甚麼地方去的？」

那中年人道：「是通到一個山洞中去的，從那個山洞，可以沿著一條極窄的隧道爬出去，出去之後，是市郊的一處荒野。」

白素點了點頭，道：「好的，等我取到了東西之後，你再帶我從那條路出去。」

那中年人用一種十分恭敬的態度道：「是……」

白素道：「好，我們該到七樓去了。」

那中年人又道：「請你跟我來。」

他一面說，一面已向前走了出去，在轉了一個彎之後，眼前完全是一片漆黑。那中年人將一條帶子，交在白素的手中，以便白素可以跟著他走。

在她前面的那個中年人，像是長著夜眼，走得十分迅速，轉彎抹角，過了好一會，才聽得他道：「我們要從一道鐵梯向上爬，白小姐小心。」

白素答應了一聲，她一手仍抓著那條帶子，因爲這時如果不是那個中年人在帶著路，她當真不知在這無邊的黑暗之中，如何才好。

向上攀了兩丈多，便又開始在暗道上行走。大約每攀上一次之後，一定要在暗道中走上近十分鐘，才繼續向上攀去。

終於，那中年人道：「白小姐，我們現在是在七樓的暗道中了。」

白素忙道：「我看過七樓暗道的地圖，那是以一尊大神像作入口處的，是不是？」

那中年人道：「不錯，那是一丈八尺高的聖母菩薩像，我先帶你到那地方去，然後你再指點我，要到甚麼地方去取東西。」

他們又向前走去，轉了幾個彎，那中年人道：「到了。」

白素的記憶力不算壞，而她在法國的時候，又曾有半個月的時間去研究那張地圖，是以她對於七樓的暗道十分熟悉，也記得那「金球」放在甚麼地方。

是以，她隨即道：「我們背對著入口處，應該向左，一直向左轉，轉上七次，然後有一條斜道，是微微向上通去的。」

那中年人道：「不錯。」

白素又道：「然後是向右轉，轉上……九次，又由一條斜通道向下，便會到一間小暗室之前，我要取的金球，便是在那小暗室之中。」

那中年人道：「你所說的暗道途徑是對的，但是否有小暗室，我們卻不知道，因爲這不是我們責任範圍之內的事情。」

白素道：「請你帶我去，我很想早一點將事情辦完，可以離開這裏。」

那中年人又繼續向前走去，這次，雖然在黑暗之中，但是白素仍然可以覺出他所走的途徑，正是剛才自己所說的途徑。她因爲對這個路徑比較熟悉，所以走起來要快得多。

二十分鐘後，當他們在一個三十度的斜面之上滑下之後，那中年人便道：「白小姐，你需要照明麼？」

白素忙道：「當然需要，不然我怎麼看得見？」

第六部：功成身退金球百變

那中年人道：「你需要照明的話，請你允許我暫時離開去，我不能看地道中的藏物。」

白素道：「既然規矩那樣，你避開去好了。」

白素等了片刻，才按亮了小電筒。小電筒的光芒並不亮，這時已使得白素有身處白天之感了。首先令她感到驚訝的是，暗道之中，十分之乾淨！

而且，暗道不是像地窖那樣，是由大石塊砌成，而是由一小條一小條的木塊，拼湊起來的，有的地方，小木條還拼出許多凸出來的花紋。

那些木塊，由於年代久遠的關係，都已經呈醉紅色。但是，卻絕沒有腐蛀的現象。

就在白素的面前，暗道凸出了一角來，有一個獅形的金鈕，連著一個鑲滿了寶石的金環。

白素抓住了那個金環，拉了一下。

「格」地一聲，一塊三呎見方的木門被拉了開來。

白素在向前一看間，又忍不住深深地吸了一口氣！

白素絕不是貪婪成性的人，但是她在文明社會中長大，知道金錢財富的價值，在見到了驚人的財富之後，引起令人產生暫時窒息的感覺，乃是正常的事情。

這時，當她拉開了那三呎見方的空間，那空間分成九格，每一格是一立方呎左右。

由於分成九格，是以呈井字形。

白素一看到這九格空間，便想起地圖上的一個小小的「井」字，和在那「井」字中間的一個小金點，那表示她要來取的金球，是在那九格空間的當中一格。

可是，這時，白素向當中那一格看去，那一格卻空無一物！

（讀者諸君如果不善忘的話，當可記得白素在對我敘述她的經歷之際，我發現有一個破綻，就是這個破綻，使我和她再入神宮，又經歷了一場意想不到的經歷，這個破綻，便是那九格的正中一格，並沒有金球！）

白素呆了一呆，但是她隨即爲其它八格中的東西所吸引，那八格中的東西，可以說，除了可以在這裏的神宮中見到之外，其它任何地方都見不到，就是這幾立方呎空間中的東西，便可以使土耳其托卡博皇宮相形失色，可以使最有經驗的珠寶商人嘆爲觀止！

不必多費筆墨去形容那些稀世奇珍了，總之白素呆了約有一分鐘之久！

然後，她才又想到，她要取的那個金球，並不在這九格的當中一格！

白素定了定神，仔細觀看，她發現後面的木板，可以移動，當她伸手推開那塊木板之際，她小電筒隨之向後照去。

她看到了一條圓形的管道。

那管道像是甚麼蟲蛀出來的一樣，但是直徑卻有十吋左右，當小電筒的光芒直射過去之際，她看到了一股異樣的金光。

本來，白素已然失望。當她看到了那一股異樣的金光之際，她的心中，陡然爲之一喜。她儘量將身子俯向前去，伸手入那個管道之中，幸運得很，她的手指可以碰到那發出金光的圓形物體。而且，還可以將那圓形物體慢慢地勾了出來。

當白素將那個圓的金球，從那管道之中勾出來的時候，她的心中那種感覺是突如其來的，她忽然感到：這兩呎左右的管道，像是這隻金球蛀蝕出來的一樣，因爲大小剛好吻合！而且，管道的不規則形狀，看來也正是像被甚麼東西蛀出來的一樣。

但是，白素卻立即放棄了這個想法，因爲這究竟是十分無稽的，一隻金球，就算傳說是天外飛來的，也不應該有蛀蝕木格和岩石牆頭的力量！

一吋一吋地移動，還得小心那金球滑下去，因爲金球的表面，十分平滑。白素足足化了十多分鐘，才算將那隻金球取了出來。

她將那隻金球捧在手中，那金球的直徑，大約是一呎，白素剛一將之托在手上之隙，還不覺得怎樣，可是她突然之際，想起以黃金的重量而言，這樣大小的一隻金球，至少在一千斤以上，自己是絕對沒有這個氣力可以捧著它動的。

可是，如今這隻金球，捧在手上，卻只不過五六磅重，可以說十分輕巧，就算金球是空心的話，分量也不應該如是之輕。

唯一的可能是，那並不是金子的，而是另外一種顏色和黃金一模一樣的輕金屬！

白素也沒有再去細想為甚麼金球會不在木格之中，而到了木格後面的管道之中，她用一件上衣，將金球包好，退後了一步。

她再次凝視其餘八個一立方英呎空間中的各種寶物，讓這些價值連城的寶物，埋沒在這裏，實在是極其可惜的，只消帶出極小部分去，就可以替許多人，做許多好事情了！

當白素一想到這一點的時候，她已幾乎要伸手將一柄八吋多長、半吋厚、兩吋寬的翡翠尺拿起來了，那是一塊真正的透水綠翡翠，國際上對翡翠的需要日益增加，而翡翠的產量卻日益減少之際，這樣大的一塊上好翡翠，它的價值無可估計。它至少可以抵得上一座設備完善的醫院！

然而，當白素的手指，一觸及那塊翡翠之際，她卻立即縮回手來，她來這裏，只是受託來取那隻金球的，如果她再取了別的東西，那不論她將之用在甚麼地方，都不應該。

所以，當她縮回手來之後，她立即將木門關上，使自己的情緒變得平靜了些，才低聲道：

「我已取到了我要取的東西，你在哪裏？」

她立時聽到了那中年人的聲音：「我來了。」

接著，她聽到了輕微的腳步聲，那腳步聲不會比一頭老鼠跑過的時候聲響再大一些，然後，那中年人又將那根帶子，塞到了她的手中：「白小姐，你取到的東西可重？要我代你拿一陣麼？」

白素搖頭道：「不重，我拿得動，那是一隻金球，據說，是天外飛來的！」

那中年人立時發出了「啊」地一聲，在他那一下讚嘆聲中，充滿了欣羨、欽服、仰慕之情，接著，他便喃喃地道：「金球，天外金球，我……白小姐，我有一個請求，你肯答應麼？」

白素道：「你說，只要我可以做得到，我當然是不會拒絕你的。」

那中年人緩緩地說著，他講得如此緩慢，顯然是故意的，那是為了要抑壓他心頭的激動，他道：「神宮被敵人佔領了，我們幾十個人，在暗道中，仍堅持和敵人鬥爭。白小姐，你可知道這天外金球對我們的意義麼？」

白素道：「我不怎麼清楚，但是我知道那是你們信仰的一個象徵。」那中年人道：「可以那麼說，但是那卻不是象徵，而是實實在在的事情。當一個有修養的僧侶，對著金球靜坐的時候，他的精神世界，便會擴展到極度遙遠、不可思及的地方去。他會在金球中得到世上所得不到的啓示，這種啓示，我們已承受了幾百年，使我們的族人興旺、和平、安全！如今，我們雖然沒有這種修養可以在金球之中得到啓示，但是給我們看一看，拜一拜這天外飛來的神奇的金球，卻也可以增加我們的力量。」

白素耐著性子聽完，她對於「金球能對一個有修養的高僧發出啓示」一事，一笑置之。但是，她卻也知道，那金球既然是他們這一族人膜拜的象徵，那麼，如果給他們看上一看的話，的確是可以鼓舞他們鬥爭的勇氣。

所以，白素幾乎沒有考慮，便道：「可以，那當然是可以的！」

那中年人高興得低聲歡呼了一下：「那我們就下去，就去給大家看看這神奇的金球！」

他急急地向前走去，白素也快步地跟在後面。可是曲折的地道卻是有一定的規律的，絕不能走入岔道，該繞七個彎兒的，繞六個彎也不行，心急也急不出來。

又過了好久，他們才回到原來的地方，當那個中年人講了幾句話之後，一盞小油燈又被點亮。白素取出了那隻金球來，放在那塊平整的岩石之上。在白素看來，那金球只不過是一個黃金色澤的球形物而已。但是那幾十個面上滿是憂患的痕跡的漢子，一見到了這個金球，卻完全變成了另一個人。

他們的臉上，現出了難以形容的神色來，著了邪似地望著那隻金球。然後，他們膜拜著，口中唸唸有詞，白素當然聽不懂他們在唸些甚麼。

好一會，他們才都站了起來，每一個人都像是吃了興奮劑一樣，精神奕奕。那中年人絕不敢伸手去觸及金球，他將包住金球的衣服，輕輕蓋了上去。

然後，白素拿起了金球：「請你引我出去，我要離開這裏了。」

那中年人轉頭吩咐了幾句，有幾個壯漢離了開去，不一會，便提了兩大盤極粗的繩索來。其中有一個壯漢，卻是拿著一股手指粗細、兩呎來長的一根香。

那根香漆也似黑，看來像是一根木棒一樣。

那中年人道：「白小姐，那暗道是斜通向山腳下去的，我們必須將你用繩子縋下去。」

白素點頭道：「那不成問題。」

那中年人又道：「還有，這條暗道極其污穢和惡臭，你必須點燃這枝香，這香是我們這裏的寶物，它所發出的異樣香味，可以辟除任何惡臭。」

白素接過了那根香來，湊在小油燈上點著，煙篆升起，那根香發出了一股不濃不淡，恰到好處，聞了之後，令人舒服無比的香味。那種香味，使人如同置身於古寺之中，獨自靜讀一樣，有一種近乎靈空的安寧之感。

白素將那金球負在背上，紮了個結實，提著香，又跟著那中年人向前走了出去，轉了幾個彎，便停了下來。這次，還有兩個壯漢隨行，一停下來之後，那兩個壯漢便俯身，用力旋開了一個大石蓋來。

白素向下望去，並不覺得怎樣，只不過是一片漆黑而已。而且，她鼻端只是聞到那股香所發出來的香味，也沒有聞到別的甚麼味道。

她心中暗忖，這或許是那中年人過甚其詞了。她一面想，一面俯下身去。

當她俯下身去之際，她的手臂並沒有跟著向下去，所以她的頭部也離開了那股香。

那中年人忙叫道：「白小姐，不可！」

然而，那中年人的警告，卻已經來得遲了，白素一俯身下去，那一股惡臭，已然直衝了上來！

那一股惡臭，像是絕不止從人的鼻孔中鑽進，而是從人全身三萬六千個毛孔之中，一齊湧了進來一樣，令人剎那之間，血液停頓，五臟翻騰，腦脹欲裂，眼前發黑，那一股惡臭，又像是一股極有力的力道一樣，將人撞得向後退出了兩三步去。

白素一退出了兩三步，雙腿發軟，坐倒在地上，只覺得體腔之內，所有的一切，幾乎全向口中湧了上來，白素想要忍住，但卻沒有法子。

她口一張，「哇哇」地大吐了起來。一直將所有的食物全都吐完，吐得只剩清水，她的噁心還未曾止。那中年人直到她吐完了，才從她的手中接過那股香來，在她的面前輕輕地搖著。

白素吸進了那股香味，她體腔內的五臟六腑，才算漸漸安於原位了。

她涕淚交流，又過了好一會，才掙扎著講了三個字出來：「好厲害！」

那中年人苦笑道：「那是我不好，白小姐，我未曾向你說明，將人按在這個洞口，在我們這裏，是被認爲最厲害的刑罰。」

白素掙扎著站了起來：「這洞中這樣臭法，我……能下去麼？」

那中年人道：「能，但是你必須將這股香放在你的面前，煙在你的近前，你就甚麼也不怕了，記著，愈向下去，愈是惡臭，千萬要小心。」

白素苦笑了一下，點了點頭。

那中年人十分虔誠地道：「白小姐，你爲我們，肯作那麼大的犧牲，我們的族人，世世代代都會感謝你的恩典。」

白素聽了之後，不禁苦笑，她早就知道那絕不可能是一場愉快的旅行，但是她卻也料不到會有這樣的經歷。而如果她不是被錢萬人押了進來的話，她早已搭飛機回家了，怎會在這裏？

所以，對於那中年人的話，白素的心中，不免有些慚愧。

那中年人將繩索套在白素的身上，白素的精神，也已漸漸恢復。

她小心地將那股香湊在鼻端，讓煙升上來，直鑽入自己的鼻端。

如果不是剛才她曾經受過那樣惡臭的薰襲，這時她也不會覺得那股香的妙用。如今她已身在通道之中，但是卻聞不到絲毫惡臭，她只聞到那股舒服的香味。

她慢慢地向下落去，愈到下面，她愈是有一種極其異樣的感覺。

事實上，這時四周圍一片漆黑，她根本甚麼也看不見。而由於那股異香一直燃著，她也聞不到甚麼特別的惡臭。照理來說，是不會有甚麼異樣感覺的。

但是，當她想到這一條通道，不知曾經處理掉了多少死人之際，她總覺得十分不自在。人是不能避免死亡的，但是人一和死亡接近的時候，便有一種難以形容的感覺，這其實是一件十分矛盾的事情。

過了許久，她可以看到一點光亮了。

那一點光亮，是在她腳底下出現的，漸漸地，光亮擴大，她已可以看到，在她的腳下，是一個大洞，等到她出了那個大洞之後，她向下一看，全身都不由自主地發起抖來！

下面是一個並不十分大的山谷。

在那山谷之中，滿是白骨和已經腐爛、未曾爛完的屍體，那真正是地獄。

有幾百頭醜惡的禿頭鷲，正停在腐屍上面，津津有味地吮吃著腐肉，見到了白素，側起頭來，饒有興味地看著她。

她連忙將視線收了回來，打量著，在山壁上找到了一個可以存身的地方。

她站定了身子，解開繩索，照預定的信號，將繩索用力拉了三下，表示她已經安然到達。她一直將那股香放在鼻端。

但是那股香快燃完了，她必須快點想法子爬出這個山谷去。

好在她存身的這個峭壁，看來雖然陡削，但是岩石嶙峋，攀登起來，倒還十分容易，白素手足並用，一直向上，攀了上去。

等她攀出了那個山谷之際，正是夕陽西下時分。

她遠遠地望著在山頭上，被夕陽映得金光萬道的神宮，想起在神宮中的遭遇，心中不知是甚麼滋味。她不敢多耽擱，又下了山頭，繞過了一座山頭，來到市區之中。

白素離去的過程，比較簡單，她仍然化裝為土著婦女，沿途前行。

不久之後，白素又在加爾各答會見了章摩，將金球交給了章摩，那是一個十分隆重的儀式，有許多人參加。當白素將金球放在章摩的面前之際，章摩盤腿坐了下來，對著金球，閉目入坐。

所有的人，都屏氣靜息地等著，過了足足半小時，章摩還未睜開眼來。白素不知道章摩是作甚麼，她低聲問身邊的薩仁，道：「他在作甚麼？」

薩仁答道：「他在靜坐，他是少數對著金球靜坐，便能在金球中得到超人的啓示的高僧之一。」

白素苦笑了一下：「你相信他真能得到甚麼啓示麼？」

薩仁考慮了一下，才十分小心地回答，道：「白小姐，信仰，有時候會有意想不到的力量！」

白素不再說甚麼，又過了二十分鐘，章摩才睜開了眼來，講了一句話。

隨著章摩所講的那句話，每一個人的臉上，都現出了十分失望的神色來。薩仁輕輕一碰白素，和白素一起退了出來。

白素出了房門之後，便忍不住道：「怎麼一回事？可是他得到的啓示，對你們極不利？」

薩仁嘆了一口氣：「不，他沒有得到任何啓示。他將在今日午夜，再試一次，如果再不能得到任何啓示的話，那就表示他承接神靈思想的能力消失了，必須將金球送到最高領袖面前，由最高領袖親自在金球之前，承受啓示。」

白素問道：「如果你們的最高領袖，也得不到啓示，那怎麼辦？」

薩仁呆了半晌，才道：「白小姐，我如果不說，那便是欺騙你，但我如果照直說了，那麼我就要得罪你了。」

白素搖頭道：「不要緊的，你說好了。」

薩仁欲語又止好幾次，才道：「最高領袖的領悟能力是不會失去的，如果他得不到啓示，那便是……這金球有問題了。」

白素呆了一呆：「這是甚麼意思？」

薩仁又支吾了一陣：「或者是……這金球是假的，不是神宮之中的那一隻。」

白素不禁倒抽了一口冷氣，她的心中，當然不高興到極，面色已立時沉了下來。薩仁在她的身邊，顯得有點手足無措。

過了好半晌，白素才冷笑道：「薩仁先生，我本來就無意居功，而且，我終於進入了神宮，取到了金球，也不是爲了幫你們。我是被人押解著進入你們的地方，金球是真是假，我沒有任何責任。」

白素毫不客氣的話，令得薩仁更是十分尷尬。

那是怪不了白素的，試想，白素爲了取得這隻金球，當真可以說是出生入死，但是如今卻有人以為那金球不是她從神宮中取出的！

薩仁陪著笑，白素又道：「我認為能從金球中得到啓示，本是一件十分無稽的事，你們的最高領袖，在你們的心目中，是轉世不滅的活神仙，在我看來，他也只不過是人，而且是一個很普通的年輕人，一點也沒有甚麼了不起！」

白素的話，實在說得太重了，因之薩仁的面色為之大變。

過了好一會，薩仁才緩緩地道：「白小姐，請你不要提及我們的信仰！」

白素也惱怒了起來，大聲道：「我可以，我有這個權利，你說是麼？」

薩仁搖頭道：「不，你沒有，你有權不參加我們的信仰的行列，但是你卻不能詆譭我們的信仰！」

白素冷笑著：「隨便你怎麼說！」

白素懷著怒意，離開了那幢房子。

她知道某方面特務對她的監視可能還未曾放鬆，是以她的行動仍十分小心，她化名訂了機票，再打了一個電報給我——衛斯理。

第七部：金球神異力量消失

我接到白素將要回來的電報，心中十分興奮，因爲我和白素分手許久了，我到機場去接她，但是我卻沒有接到白素。

白素所搭的那一班飛機，永遠未曾飛到目的地，那便是在題爲「原子空間」故事中所敘述的事。白素的飛機雖然未曾飛到目的地，但是我和白素，卻終於相見。還有一段極其冗長的時間——在時間幾乎已經沒有意義的境地中相處。

在那一段不知過了多久的日子中，白素將她取金球一切經過，詳詳細細地講給我聽，她所講的一切，我已全部記述在前面了。

（在那境地中的奇遇，記述在「原子空間」這故事中。）

白素所講的一切，我毫無疑問，深信不疑。

但是，我卻也有一個極大的疑問，那便是：何以那個地區的人，對那隻所謂「天外金球」有著如此的崇仰？

如果說，金球只是作爲一種迷信的象徵，這個解釋可以使大多數人滿意，但卻不能使我滿意。

因為那個地區的學者，對於精神學的研究，可以說超越世界上任何地方。他們堅信某一些人，可以和金球發生思想上的感應，能在金球中得到啓示，這可能不是偶然的。

但是，如果要承認這一點，首先要承認那天外金球也是會「思想」的。要不然，「金球」便不能和某些人進行思想交流了。

一個金屬球，居然會有思想，這不是太無稽了麼？有思想的應該是動物，那麼那個金屬球，那個「天外金球」，難道是動物？

金球是不是動物，我不敢肯定，但是金球會移動，我卻可以肯定，我根據白素的敘述來肯定這一點。

當白素講到她在神宮之中，終於找到了「天外金球」之際，金球並不在那九個暗格中的當中一格中，而是在一條如同被蛀蟲蛀出的孔道之中，那孔道有近兩呎長，白素很僥倖地手臂剛好夠長，所以才能將金球慢慢地取了出來！

那孔道是怎麼來的？

金球為甚麼不在暗格中？

這難道不能說，是金球「想」離開暗格，因之以一種極大的力量，和極慢的速度，在向前緩緩的推進？

這種說法，當然近於荒誕，但是它卻盤旋於我的腦際不去。

在我們回到家中之後，準備婚事的進行，打電報催白素的父親回來。

白老大的回電，使我們的婚期拖延。回電十分長，他說他和幾個朋友的研究工作，已經略有眉目。他們研究的是如何使新酒在極短的時間內變爲陳酒。他說他現在不能來，如果我們堅持立即結婚，他當然不反對。但如果我們能夠等到他研究成功，使我們婚禮的來賓，能夠是世界上第一批嚐到這種美酒的人，他自然更加歡迎云云。

我和白素看了電報，都不禁笑了起來。我們不急於結婚，但也不能永遠等下去。我們也希望他成功，是以決定等他一年。

接下來的兩個月，我們盡情地遊樂。但是在遊樂中，我卻仍然沒有忘記那「天外金球」。

有一天，傍晚時分，我和白素一起躺在郊外近海的一塊草地上，望著被晚霞燒得半天火紅的天空，我忽然問道：「那個最高領袖，究竟有沒有在金球中得到甚麼啓示？」

白素提起這件事來，心中仍有餘怒：「誰知道他們，理他幹甚麼？」

我想了一想：「我倒不這樣以爲，你不覺得金球不在原來的地方，這事情很值得奇怪？」

白素微嗔道：「你別再提金球了，好不？」

我搖頭道：「不，我偏要提，不但要提，而且這幾天，反正閒著沒事，我想和你一起到印度去，我要仔細看看那隻金球！」

白素從草地上跳了起來，手叉著腰，裝出一副凶相地望著我。

她就算裝出一副凶相，但是看來也十分美麗。她看我反倒擺出一副欣賞的姿態來，也凶不下去，轉過身：「你要到印度去，你一個人去好了，我可不去。」

我站了起來，到了她的身後：「如果你不和我一起去，我此去要是有甚麼三長兩短的話，那我們不是要永別了麼？」

白素搖了搖頭：「首先我要知道你去印度的目的。」

我也一本正經地道：「好，我可以告訴你，我到印度去的目的，是想弄清楚那隻金球，究竟是不是能和人作思想上的交流。」

白素冷冷地道：「哼，你又有新花樣了？甚麼時候起，又對靈學研究有了興趣？」

我忙道：「興趣我是早已有的，只不過沒有機會而已。這隻金球既是來自世界靈學研究的中心，又曾經有和人交流思想的紀錄，那麼好的機會，我又怎能輕易地錯過？」

白素又道：「到了印度之後，有甚麼打算？」

我道：「我想，那金球既然是你出生入死從神宮取來的，那麼，由你出面向他們借來觀賞一下，應該可以？」

白素道：「那我卻不敢肯定。」

我笑了起來：「老實說，就算他們不肯借，以我們兩個人的能力，難道還不能偷到手麼？」

白素有些啼笑皆非之感：「好，就算偷到手了，你又怎樣？」

我想了一想：「然後，我們就找一個地方，對著它來靜坐，看看是誰先能夠在金球上，得到那種奇妙的精神感應。」

我是個想到甚麼就要做甚麼的人，一天之後，我們已在加爾各答的機場上搭上車子，前往酒店去了。

我們在酒店中略爲休息一下，便由白素帶路，去找薩仁。

那幢屋子正如白素描述的那樣，十分寬敞，守門的兩個漢子，顯然認識白素，見了她，立即恭恭敬敬地向她行禮，白素卻不立即進去，只是向他們說，她要見薩仁先生。

那兩個大漢中的一個，走了進去，不一會，薩仁便奔了出來，他的臉上，帶著一種極其歡迎的神色，一看到他面上的那種神情，便知道他是真的歡迎白素到來的。我想他這種熱烈的歡迎，可能會沖淡他們上次分手時的那種不愉快。

果然，他們熱切的握著手，白素立即向薩仁介紹了我，薩仁和我也用力地握著手：「歡迎，歡迎，久仰大名！」

我自然不免謙虛一番，薩仁將我引到了客廳之中，寒暄一會，我就開門見山地問道：「薩仁先生，那天外金球怎麼樣了？」

薩仁本來是興高彩烈地在和我們談著話的，可是他一聽到「天外金球」四個字，他的臉上，便立時罩上了一層烏雲。

他並不回答，只是嘆了一口氣。

我和白素也不出聲，只是望著他。

過了好一會，薩仁才又道：「這是我們的不幸，連我們的最高領袖，也不能在金球前得到任何啓示，白小姐，你別生氣，我想那金球一定有甚麼不對頭的地方，一定是的。」

白素並沒有再生氣，她只是帶著同情的眼光，望著薩仁，因爲薩仁的神情，的確十分沮喪。

他頓了一頓，才又道：「關於這一點，是最高的機密，希望兩位不要對任何人提起。」

白素和我都一齊點頭答應，我問道：「那麼，你對這件事的看法怎樣呢？」

薩仁顯得有些不明白，他反問道：「你的意思是……」

我補充道：「我是說，對於金球會給人啓示這一點，希望聽聽你的意見。」

薩仁用心地聽著，然後道：「那是毫無疑問的事，金球是天外飛來的，已有幾百年了，神宮的典籍之中，記載得十分明白，一個白天，金球自天而降，落在一個天井中，將很厚的石塊穿透，要鑿開大石，才能將金球取了出來，第一個對著金球的高僧，便感到金球給他以啓示，和他作思想上的交流……」

我也用心地聽著，然後問：「不是每一個人都可以和金球作思想交流的，是不是？」

「對，不是每一個人，必須是有修養的高僧。」

「你以前見過金球沒有？」

「見過，我是被獲准在神宮中自由行動的少數兒童之一，我見過金球。」

「你對金球，可有感應力？」

「我沒有，但是我的父親有這種力量，我曾聽得他講述過當時的情形，我的父親是一個從來也不說謊的人，所以我相信這天外金球，的確有接觸人思想、啓發人思想的能力！」

薩仁講得如此之肯定和堅決，使我望了白素一下，我的意思，白素是明白的，那便是：這金球一定是真的有什麼神妙的地方，而絕不能用「迷信」兩字，便將它奇妙的地方一筆勾消！

我又道：「那麼，薩仁先生，令尊當時的敘述，你可能向我們覆述一遍麼？」

薩仁道：「當然可以，我父親有好幾次這樣的經驗，每一次都是差不多的，他將金球放在面前，面對金球靜坐，然後，他便覺得那金球不是一個死物，而是活的有生命的。雖然金球仍然不動，但他卻覺到了有人在向他講話，向他講話的人，毫無疑問是先知，因爲他有許多疑難不通的問題，都可以在這樣的思想交流之中，得到解答，要求金球給他以幫助！」

白素聽到這裏，張口欲言。

但是，我卻施了一個眼色，止住了她的話，因爲我知道，她必然要說「這太無稽了」這句話的！

我問道：「放金球的暗格後面，可有一個暗道，容金球落下去？」

薩仁道：「沒有，沒有這樣的事情，我小時候，被高僧認爲我是靈異的童子，幾乎每次請金球出去，都是由我捧著金球的。」

我立即道：「那麼，你覺得如今的金球，有甚麼不同？」

薩仁搖頭道：「沒有，金球是一模一樣的……它好像輕了一點……但這也可能是我人長大了，對重量的感覺不同了的緣故。」

我點頭道：「非常謝謝你，薩仁先生，我有一個要求，不知道你們能不能答應。」

薩仁慨然道：「我想沒有甚麼不能答應的。」

我慢慢地道：「我想向你們借這隻金球研究一下，以兩個月爲期，定然歸還。」

薩仁一聽，便呆了一呆。

我道：「不能？」

薩仁忙道：「不是，但是這一件大事，我不能決定，章摩也不能決定，這必須得到我們的最高領袖的親口答允才可以，而金球也正在他那裏。」

我道：「那麼，向你們的最高領袖引見，讓我當面要求？」

薩仁沉吟了一下，站了起來：「請等一等，我去和章摩商量一下，他因爲有病，所以不能陪客人，請你們原諒。」

薩仁一面說，一面便走了進去。

一等他進去，白素便低聲道：「你也真是，借這金球來，有甚麼好研究的？」

我道：「你別心急，我如今已經有了一個約略的概念，你可要聽聽？」

白素撇了撇嘴：「甚麼概念？還不是想入非非？」

我笑了起來：「科學的進步，全是從想入非非上面而來的。若不是有人想入非非，想到天空中去遨遊，又怎會有飛機？若不是有人想入非非，想不必走路而移動身子，又怎會有汽車？」

白素揮手道：「好了，好了，誰來聽你那些大道理，你對那金球，有了甚麼約略的概念，快說吧。」

我道：「我想，那天外金球，極可能是——」

講到這裏，薩仁便走了進來。

他一進來，我的話頭自然打住了。薩仁的臉色相當興奮，他一進來便道：「好，章摩先生授權我帶你們去見最高領袖，這是極大的光榮。」

我們沒有表示別的意見，薩仁要我們立時啓程，我們駕車到了機場，薩仁有一架小型的飛機，我們向北飛去。

飛機飛了許久，我們來到了位於山腳下的一個小城中，這個小城十分幽靜美麗。

在一幢極其華麗的別墅中，我們會見了那位世界聞名的最高領袖。那位領袖作僧侶打扮，戴著一副黑邊的眼鏡。

可是就算他戴著一副眼鏡，他看來也比我更年輕些。

但是，他卻有一股使人肅然起敬的神態，我們和他講了幾句話，我更發現他是一個相當聰明的人，然後，我提出了我的要求。

他沉默了許久，並不直接答應我的要求，卻反問一句話：「你對這件事的看法怎樣？」

他的這句話，不禁令我十分爲難。

我當然是有我的看法，但是，只怕我的看法他非但不會接受，而且還是連聽也不喜歡聽！

我也呆了片刻，又反問他：「你是喜歡我真正的見解呢？還是聽我敷衍的見解？」

我這樣說法，是很聰明的，因爲我那樣說了之後，就算以後的話，有甚麼得罪他的地方，他也不能怪我，因爲我曾有言在先了。

他聽了之後，笑了起來：「你只管說，我自己是專攻佛學的。專攻佛學的人有一樣好處，是可以容納其他任何和佛教教義相反的說法，佛教是博大、兼容的。」

我久已聽說這位奇異的人物相當開通，如今已證明是事實。

我放心地道：「我的看法有兩種。第一種，是那個金球，根本不可能和人作思想交流，而數百年來一直有這樣的傳說，那是你們的一種手法。」

我的話講得十分不客氣，在一旁的薩仁連面色都變了，白素也向我瞪眼，似乎怪我不應該那樣說法，那位最高領袖也沉著臉，不出聲。

我看到他好像有一點不高興的樣子，是以停了一停，不曾再講下去。

難堪的沉默，足足維持了近三分鐘左右，那三分鐘，長得如同三個月一樣，令人如坐針氈，說不出來的不舒服。終於，他才嘆了一口氣：「不，你錯了，這絕不是甚麼手段，我以我個人的名譽保證，我的確曾和這金球作過思想上的交流，發自金球的思想，也曾給我以許多超特的啟示。」

他講完了之後，頓了一頓：「你相信麼？」

我連忙道：「我當然相信。」

他又道：「那麼，你第二種看法是甚麼呢？」

我道：「第二個看法是，這金球從天外飛來，那可能是另一個星球上飛來的一種東西。」

他皺了皺眉，並沒有插言。白素則以一種異乎尋常的眼光望著我，我猜想她要大笑。這的確是很好笑的，因為數百年來，和這隻神秘的天外金球發生關係的只是玄學、靈學和精神學，但是我卻將它和尖端科學結合在一起了。

我停了沒有多久，便繼續道：「譬如說，那是另一個星球上的高級生物，放出來的一個儀器，這個儀器的目的，是要探索地球上是不是會有思想的高級生物，當它自天而降的時候，它恰好落在神宮之中，於是這天外金球便成為你們的寶物。」

他緩緩地搖著頭道：「我仍然有些不明白，譬如說，它怎會和人交流思想呢？」

我道：「我還有一個大膽的假設，那便是這金球實際上是一個十分精密的儀器，說不定，它還接受不知在多麼遠的無名星球上的高級生物的指揮。它的任務既然是探索地球上有沒有會思想的高級生物，那麼它必須會發出和地球生物腦電波相近的電波——」

我才講到這裏，他便擺了擺手：「我明白你的意思了！」

他只講了一句話，便又停頓了下來。

過了片刻，他又道：「所以，當那金球中的微電波，和我們的腦電波發生感應之際，我們就能和金球作思想交流，是不是？」

我心裏驚訝於這樣一個神秘地區的精神、宗教領袖，居然也有一定程度的現代知識。

我連忙點頭道：「對了，就是這意思。」

他忽然又爽朗地笑了起來，道：「其實，我們的意見並沒有甚麼分歧之處，你明白麼？我們兩人的見解，如果把某些名字換一下，那便一樣了。你說某個星球上的高級生物，我說是西天佛祖，你說金球降落地球的目的，是爲了探索地球上是否有高級生物，我說金球恰好落在我們的神宮，是佛祖給我們的直接啓示，因爲我們的地區，一直是皈依我佛最虔誠的地方。」

我同意他的話，但是我卻毫不客氣地反問道：「那麼，爲甚麼如今你不能在金球之中，得到任何啓示了呢？」

那領袖的臉上，現出了相當痛苦的神色來：「或許，那是我們已離開了原地的關係。」

我搖頭道：「我卻有不同的看法，我認爲，放出金球的某種高級生物，曾對金球作了一些調整——」接著，我便將金球曾在神宮中移動位置的事情，和他講了一遍，然後道：「所以我請你將這隻金球借給我研究兩個月，因爲我對於諸如此類的事情特別有興趣。」

他又沉默了片刻才道：「好，我答應你，但是有兩個條件。」

我聽得他答應，心中大是高興，忙道：「只管提！」

他道：「第一，你不准損壞那金球，金球歸還我的時候，必須仍是完整的。第二，不論你研究的結果怎樣，都要如實告訴我。」

我站了起來：「這是理所當然的事情，我一定遵守你的條件。」

他拍了拍手掌，兩個老僧走了進來，他向他們講了兩句話，他講的話，白素聽不懂，但是我卻聽得懂，精通各種冷門語言，這是我自豪的一點。

我聽得他在吩咐：「去請西天佛祖座前的金球出來，交給這位先生！」

那兩個老僧恭恭敬敬地走了開去。不一會便捧著一隻檀木盒子，走了出來，先向他請示了一下，然後將盒子交給了我。

我按捺住了強烈的好奇心，我並沒有立即打開來看，薩仁立即示意我們應該告辭了，所以我和白素兩人，便由薩仁陪同，告退了出來。

一到了外間，薩仁便十分興奮地道：「自從逃亡以來，我很久未曾見到他如此健談！」

我也發表我的觀感：「他是一個很有學問、很聰明的人，即使他不被你們目爲偶像，他也可以成爲一個傑出的學者或佛學家。」

我們一直退了出來，在將到那幢建築物的大門口時，薩仁警告我們道：「兩位還要小心一些，因爲據我知道，某方面仍然未曾放棄得到這隻金球的企圖，如果金球落在他們手中，那我們所蒙受的損失太大，白小姐該知道這一點的。」

我點頭道：「要保護這金球，我先要放棄這隻盒子。」

薩仁更進一步地道：「我有更好的方法，你將空盒子交給我，由我拿著，從大門口走出去，你們兩人從後門走。這裏的幾個門口，日夜不停，有好幾方面的特務在監視。」

當時，我幾乎連考慮也未曾考慮，便答應了薩仁，因爲薩仁說出來的辦法，的確是一個好辦法。

我還笑著道：「不錯，我自後門走，還可以化裝爲你們的伙伕！」

薩仁也笑道：「錯是不錯，可是你會講我們的話麼？」

我立即說了一句：「青粿糌粑團好了，大人，請用吧。酥茶在几上。」

薩仁訝異地望著我，大笑了起來，他當真讓我們到後門去，在廚房中，我和白素換了廚子廚娘的裝束，出了後門，由一輛小汽車戴我們回到酒店去。

唉，這真是萬萬料不到的事情！

當第二天早上，我們在酒店中，打開早報之際，竟看到了薩仁的死訊。是我先看到的，接著白素衝進了我的房中，我們兩人相對站著，呆若木雞。我和白素兩人，絕不是感情脆弱經不起打擊的人。但是薩仁的死，卻是太出乎意料之外了。

報上的記載說，他捧了一隻盒子，登上了汽車，但車子只駛出幾十碼，一輪機槍就將車子射成蜂巢，薩仁當然死了，接著，有幾個大漢衝過來，搶走了那隻盒子。

薩仁可以說是替我們而死的。

而且，若不是我忽然對金球有了興趣，想進一步地研究它，來到印度的話，薩仁怎麼會死？

我們兩個人，成了薩仁的催命判官！

好一會，我們才一起頹然坐了下來。又過了好一會，我才道：「如今，我們唯一可以安慰的是，他死得一定毫無痛苦。」

我不知道我們是不是已受懷疑，我先進行化裝，戴上了尼龍纖維的面具。然後，我又勸白素快些進行化裝，我們幾乎甚麼都不帶，只帶了那隻金球——用舊報紙胡亂地裹著，在外面看來，就像是一隻破油瓶一樣。

然後，我們又使用最簡陋的交通工具，因爲我和白素扮成了一對貧民夫婦。我們在印度各地走著，有一段路，甚至是白素坐在獨輪車上而由我來推她。

直到一個月之後，我相信我們已完全擺脫了跟蹤，我們才到了新德里。

在新德里辦了一些手續，我們帶著金球，直飛美國。

在我們流浪於印度的時候，當然沒有機會研究那金球，而且，我根本不敢現露出那金球來。

薩仁已經死了，如果我再失去了金球的話，那怎還對得起他？

而到美國去，也是在那個時候決定的事情，因爲只有在美國這科學高度發達的國家中，我才能找到幫助我研究這金球的朋友。

在飛美國的途中，我仍是寸步不離那隻金球，一直到我們到了美國，在一個朋友的別墅中住了下來爲止，我才有機會研究那金球。

那位朋友是一位光學專家，他的別墅在一個大湖的旁邊，那個大湖之旁有許多別墅，但是每一幢房子的距離都相當遠。

第八部：金球內部怪異莫名

那位朋友還是單身漢，叫王逢源，爲了工作方便，住在不遠處的工廠宿舍中，到假期，才回到別墅中來，令我滿意的是，別墅的地下室是一個設備稱得上完美的工作室。

我的朋友的工廠，專門製作精密的儀器，所以，他的工作室中的那些工具，對我研究這神秘的金球，極有幫助。

第一天，我埋頭工作便有了一定的成績。

首先，在金屬光譜的分析中，我發現那製成金球的金屬，地球上絕不存在。

這對於我的理論是有幫助的——它來自另一個星球。在另一個星球上，有著地球上不存在的金屬，這是極其簡單的事！

接著，我用可以透視金屬內部的X光機去檢查金球的內部，但是我失敗了。特種的X射線竟也不能透過那種金屬，我得不到甚麼。

然後，我再以精密的儀器去檢查金球的表面。

我相信整個金球，只不過是一個外殼，在金球裏面，應該包含著甚麼儀器。既然是外殼，那就一定會有接口、銲縫等等的痕跡，那麼，用精密的儀器來檢查，一定可以檢查出來。可是，我也失敗了！

金球的表面，竟平滑到了所有的精密儀器上的指針全都指向零。

暫時我沒有甚麼辦法了，休息了一天，和白素在那湖上划船、釣魚，傍晚回家，我那朋友已經在別墅之中，那是星期五，他可以休息到星期一早上。

即使是在划船的時候，我也是將金球帶在身邊的，是以當我們回到別墅，立即進入工作室之後，我的朋友王逢源才第一次看到那隻神秘的天外金球。

我們先化了一小時來講述這金球的來歷和我對這金球的見解。然後，我們開始工作。

他從一隻不銹鋼的手提箱中，鄭而重之地取出一根細細的鋼管來，那鋼管的尖端，細得和針一樣，他將那鋼管接駁在一個儀器上，然後才轉過頭來，得意地向我笑了笑。

我問道：「那是甚麼玩意兒？」

他道：「這是我從工廠中帶回來的。爲了借用這東西，我得經過工廠董事會的批准。」

我笑道：「這究竟是甚麼東西？他能夠檢查出金球內部的情形麼？」

王逢源點頭道：「我想可以的，這是超小型的電視攝像管，我們在金球上鑽一個洞，將攝像管伸進去，那麼，金球內部的情形，就完全展示在那個電視螢光屏上了！」他向一幅螢光屏指了一指。

我搖了搖頭道：「那不行，我和人家講好了的，我不能損壞金球。」

王逢源道：「不是損壞，只是鑽一個小孔，那小孔的直徑只有七十分之一公分！」

我撫摸著那金球：「在表面上如此光滑的金球之上，即使你鑽了一個直徑只有千分之一公分的小孔，也會被人發現。」

王逢源忙道：「可是，我們可以在事後將這個小孔補起來，我親自動手，我，美國最精密最高級的儀器廠的總工程師，親自來動手！」

我仍然搖了搖頭：「我承認你是一個超絕的工程師，而且這裏的設備也是第一流的，但是我卻仍然認爲你沒法補得起這個小孔來。」

王逢源有些發怒，道：「爲甚麼？」

我道：「很簡單，你拿甚麼來補被鑽出來的小孔？這金球是甚麼金屬鑄造的，你也不知道，你如何能找到同樣的金屬來補孔？」

王逢源瞪著眼睛：「老天，你怎麼連一點現代工業的觀點也沒有？那小孔微小得幾乎看不到，你以爲我是要在金球上挖一個大洞麼？別廢話了，除了這個辦法之外，別無他法。」

我若不是亟想知道金球的內部究竟是有些甚麼東西的話，絕不會同意王逢源的辦法的。而這時，我仍然來回踱了很久，才道：「好，你鑽孔吧。」

王逢源將金球固定在鑽床上，用細得像頭髮也似的鑽針，開始在金球上打孔。鑄造金球的那種金屬，顯然極其堅硬，因爲即使是鑽石鑽針，陷進金球的速度也十分慢，足足半小時，才鑽進了半吋左右。

儀器上顯示，鑽針上所受的壓力，在漸漸減輕，那表示將要鑽透了。

終於，鑽針透過了金球，又縮了出來，金球上，已多了一個小孔。

我對於那時的感覺，實在是十分難以形容。不錯，那個小孔小到了極點，但是，即使是這樣微小的一個小孔，由於那金球的表面，實在太過平滑的緣故，看來仍是十分之刺目。我只是苦笑，道：「逢源，你知道麼？我要失信於人了。」

王逢源卻是興致勃勃：「不要緊，我可以補得天衣無縫，你放心！」

他取下了金球，又將之固定在另一個支架上，然後，他開始使用他特地自他工作的工廠中帶回來的「雷射光束反應攝像儀」。

他將那尖針對準了小孔，然後按下一個掣，一股極細的光束，筆直地由小孔中射了進去。

他又忙地按動了其它的許多控制鈕，那電視螢光屏，也已亮了起來。

一分鐘後，我們在電視的螢光屏中，看到了形像，那是一幅相當美麗的圖案，全是六角形的排列，整齊、美觀。而那是甚麼東西，即便是一個小學生看了，也可以立即回答出來的：蜂巢！

王逢源似乎也覺得有點不對頭，他又調整了幾個控制鈕，使電視螢光屏上的畫面變得更加清楚，但是仍是和蜂巢一樣的六角形的排列。

王逢源向電視注視了半晌，才攤了攤手：「一切儀器的工作，都十分正常，所以我說，那便是金球內部的情形了，這隻金球的內部，並沒有甚麼東西，但是它的內壁像蜂巢。每一個六角形的大小相等，每一邊是零點三公厘，看樣子，那種蜜蜂相當小，是不？」

王逢源還有興趣幽默，我卻十分沮喪。

王逢源又道：「讓我們來看看近鏡，你在電視上看到的，是放大了一個六角形的格子！」

他一面說，一面調整儀器，電視機上果然出現了一個大六角形的格字，當我和王逢源兩人仔細向那大六角形格子看去之際，我們兩人都不禁呆住了。那六角形的格子之中，並不是空的，而是有著許多東西。

那些東西的形狀之怪，我們無法叫出名堂來，當然，也不知那些東西有甚麼用處。

金球的表面雖然平滑，但是內壁卻十分粗糙，是以才會在放大了之後，會有這樣的情形出現。

但是，那些奇形怪狀的東西，卻顯然難以全歸咎於金屬內壁的不平滑。

因爲我們還看到了，在一堆如同牛屎也似的東西上，有一根管子，向外通去。

當王逢源調整儀器的攝像角度之際，我們發現這根管子，通向另一個六角形的空格，接著，我們更發現，在每一個六角形的空格中，都有同樣的管子，四通八達，通向別處，在金球的中心部分，有一個六角形的立體，是連結那麼多的管子的中樞，在管子的其它部分，有時有一個小小的隆起。

我和王逢源兩人，對著電視螢光屏，足足看了一個小時，直到眼睛發痛，仍是弄不明白我所看到的，究竟是甚麼東西。

王逢源苦笑了一聲，關掉了儀器：「看來，這像是一個摩登蜂巢，那些管子，倒像是蜂巢中的交通孔道一樣，對不？」

我苦笑了一下，王逢源自然是在講笑話，但是，王逢源的話，又不是全無道理的。那許多管子（實際上比頭髮細得多）四下交叉，到處連結，但是卻一點也不亂，看來真像是交通線。

我在沙發上坐了下來，在我的預料中，金球的內部，應該是裝置著精密的儀器的，但現在卻是這樣莫名其妙的東西！

那些東西究竟是甚麼，我和王逢源兩人都說不上來，而且金球內部的一切，都是小得要放大幾百倍，才可以看得清楚，就算將金球剖了開來，我只怕也沒有這個耐心去研究它。

我道：「好了，第一流的工程師，你可以將小孔補起來了。」

王逢源卻奇怪地瞪著我：「咦，你這個人，怎麼一點科學觀點也沒有的。」

我幾乎想罵他幾句，但是我心意闌珊，只是冷冷地道：「甚麼叫科學觀點？」

王逢源道：「科學觀點就是做一件事，在未曾徹底做好之前，絕不休止。你如今已明白金球內部的東西是甚麼了麼？爲甚麼要我補起小孔來？」

王逢源的話，雖然講得十分不客氣，但是卻使我的精神爲之一振，自沙發上一躍而起：「來，我們來繼續研究。」

在接下來的幾天中，王逢源動用了他的假期，我和他幾乎日日夜夜在工作室中。我們化了三天的時間，將金球放大了幾十倍，製成了一個模型。

那模型的內部是全部按照電視螢光屏中現出來的情形所製成的。

做好了這個模型之後，我們再進一步地探測金球內部的那些其細如髮的管子，那是空心的。而空心之中，又沒有別的甚麼。

王逢源又自作主張地弄斷了一根那樣的細管子，仔細觀察管子的內部。

在他剛告訴我弄斷了一根管子之際，我還不同意那樣做法，但是，當管子內部的情形，反映在電視上之際，我們都驚訝得跳了起來！

那管子雖是空心的，空心的部分微小到極，然而，在放大了之後，我們在管子的中心部分，發現了一些極奇異的東西！那些東西的形狀，仍然是極其奇特，亂七八糟的，而這種東西，卻不是固定在管子的內部，而是可以在管子內部滑動！

如果說，那些四通八達的管子，是一組複雜而有計畫的交通線，那麼在管子中的那些東西，就應該是車子！

可是，難道那些空心的小管子，真是交通孔道麼？是一些甚麼樣的「人」，在使用這種交通孔道呢？這一切，真是不可思議之至。

而到了第四天晚上，更不可思議的事情來了。

我們在休息了片刻之後，準備再探索金球內部的情形之際，卻發現被我們鑽出來的那個小孔，竟然不見了！

那個小孔本來是相當刺眼的，但是這時，整個金球的表面，平整光滑，絕沒有任何瑕疵，那個小孔消失得無影無蹤。

我和王逢源兩人，都不禁相視苦笑。

這幾天中，我們每一個人，連白素在內（她照料我們的生活，有時也參加我們的工作）都儘量發揮我們的想像力，來猜測那金球究竟是甚麼東西。但是我們的想像力，卻也沒有發展到了金屬會自動地將小孔補好這一點。

在我們發現那金球的表面上已沒有小孔的一剎那間，我們都以爲金球被人掉換了。但是我們又立即否定了這樣的想法。

因爲在這幾天間，我們根本未曾離開過工作室。

就算是有一個隱身人混進了工作室來，我們也應該可以看到金球被取起來的情形。

那就是說：金球還是這隻金球，但是，球上的小孔是不見了，塡塞了。這說明這種金屬會生長，是活的金屬：這一切超乎知識範疇以外的事情和疑問，將我們兩個人的頭都弄得脹了起來。

我最先想起，當鑽那個小孔的時候，有一些極細的金粉末，是被王逢源收在一隻小瓶子之中的，我連忙叫他找出來看一看。

當我們看到那小瓶子的金粉時，我們又不禁苦笑，原來那一部分金粉，已不再是粉末，而是結成了極小的一個小圓珠狀！

這證明這種金屬，的確有活動能力。這情形像是汞散開之後，又凝聚起來一樣。然而汞是液體，組成這隻金球的金屬，卻是固體。

我們又在金球上再鑽了一個孔，然後，用高倍數電子顯微鏡來觀察它的金屬粉末。在顯微鏡下，金屬粉末都是變形蟲一樣。

我說它們像變形蟲，那是因爲它們的確在動，以一種極慢的速度在動，當兩粒微粒相遇之際，就有觸鬚慢慢地伸出，終於，兩粒金粉，合併爲一粒。

王逢源怪叫了起來：「老天，這不是甚麼金屬，是生物！」

我點了點頭。

王逢源的話，聽來雖然荒謬，但卻無法加以否認，因爲它會動。會動的東西，你能說它不是生物麼？而且，金球會動，我可以說是早已知道的了。

看來，整個金球，像是由一種結聚了無數微生物而成的物體製成的。那種物體，有些像珊瑚礁，但這種微生物凝聚在一起之後，卻有著極佳的金屬性能，那樣堅硬的生物，這似乎是不可能的事情。但是在那一刹那間，我卻想起一種叫作「緬茄」的植物來。緬茄的種籽上有一種黃色的附著物，那種附著物像是種籽上的一層帽子，那是極其堅硬，如同金石一樣的東西，可以用來雕刻成種種的形狀，那不也是生物麼？如果將之放大數千倍，只怕也可以看到清晰的細胞組織。

那麼，整個金球，全是由一種微生物聚集而成的，似乎也不值得怎樣奇怪了。

我苦笑了一下：「這個事實是我們必須接受的：這是一種生物製成的，它會生長，你在它上面鑽一個孔的話，它會慢慢地恢復原狀。」

王逢源道：「那麼，它內部的六角形空間，難道也是天然的排列？」

我難以回答這個問題，只好道：「可能是，也可能不是。」我的話說了等於白說，王逢源也只有苦笑：「看來那種微生物是會思想的，要不然何以金球能和人作思想上的交流呢？」

我道：「我們可以將整個金球作微電波的試驗。」

爲了作微電波試驗，我們又忙了半天，因爲我們得不到任何的結果。

微電波的測驗儀是十分靈敏的，人的腦電波是極之微弱的微電波，但是在儀器的儀表上，出現的數字是「一二四」。那組成金球的微生物，如果有思想能力的話，至少也應該使指針稍爲震動一下的，但是儀表的指針，始終指在「零」字上。

在忙了一個下午之後，我的心中，突然升起了一個怪誕的念頭來。

我們在做的工作，是在檢查那種微生物是不是有思想能力，爲甚麼我們竟沒有想到，有另外一種生物，本來是在金球之中，如今卻已離金球而去了？這種生物可能是極其高級的生物，有思想，有智力，能從另一個星體中飛到地球上來！

人類對別的星球上的生物，是無法想像的，科學家和幻想家們，曾經對其它星體上的生物作過種種描述，有的說火星人可以像八爪魚，有的又說別的星球上的高級生物的形狀，根本是不可想像的。不可想像是對的，因爲人的想像力再豐富，也只是以地球上的一切作爲依據來幻化擴大的。人們想像火星人有八隻腳，是因爲地球人有兩隻腳。

人永遠不會想到，火星人可能根本沒有腳！

外星生物體積的大小，也一樣不可想像。

由於在地球上，高級生物的體積都相當大，所以在想像之中，別的星球人也應該和地球人一樣大，或者更大。可是，爲甚麼其他星球上的高級生物不能是十分大，大到一百呎高，或者十分小，小得可以在直徑一呎的金球之中住上很多，而可以在那種管道之中自由來去，爲甚麼不能那樣呢？

我停止了工作，坐在沙發上，托著頭，愈想愈覺得大有可能。

王逢源望了我半晌：「你在想些甚麼？」

我道：「你想，別的星球上的一種高級生物，如果小得只像地球上的普通細菌一樣，有沒有這種可能？」

王逢源是一個科學家，所以他的回答也十分科學和客觀，他道：「對別的星球上的事情，我有甚麼辦法說可能，或不可能！」

我不再出聲，過了片刻，王逢源又道：「你究竟想到了甚麼，你講吧。」

我道：「我一直認爲這金球是個地球以外的另一個星球上飛來的，本來我以爲這是一個探測儀器，但現在我改變看法了，我認爲這是一艘太空船，裏面至少容納了很多極小的星球人！」

王逢源望著我，過了半晌，他才道：「作甚麼？他們是向地球移民？」

我苦笑道：「我所說的一切，只不過是假設而已。」

王逢源搖搖頭道：「你的假設顯然不對，如果有很多照你所說那樣的『星球人』在裏面，我們也應該早可以檢查出來了。」

我忙道：「我的假設還可以延續下去，我假定：他們全走了，全都破球而出，到別的地方去而不在金球中了。那些人一定有備而來的，他們帶著一切設備，來到了地球之後，便開始陸續離去……」

我才講到這裏，王逢源的雙手便按在我的肩頭之上，拚命搖動，使我不得不停了下來。

他道：「不給你再說下去，你一定要說的話，可以自己對自己去講。」

我用力捽脫了他的手：「我要將金球用刀剖開來，我相信在高度的顯微鏡之下，我們一定可以找到一些東西，來支持我的假定。」

王逢源道：「你發癡了，我要鑽一個小孔你都不肯，如今你卻要將金球剖了開來？」

我聳肩道：「反正它會自己長好的，又怕甚麼。剖！」

我的話陡地提醒了王逢源，他也陡地跳了起來，大聲叫道：「剖！」

白素正好在這時進來，她望著我們，也不出聲，因爲這幾天來，我們兩人的瘋瘋癲癲的情形，她早已見慣了。昨天晚上，她曾發過議論：「男人說女人是莫名其妙的動物，我說男人才是，哼，一群老頭子在法國，想使白蘭地迅速變醇。你們兩個小伙子在這裏，日夜不睡在堆積木，算是研究！」

當時，我和王逢源兩人，對於她的話，竟沒有反駁的餘地！

但是不管怎樣，男人總還有一股百折不撓的幹勁，所以這時候，我們說做就做，開始用最鋒利的切剖刀，切剖起金球來。

一個小時之後，金球便被剖開來。

儘管我們十分小心，我們也不免將那些細如頭髮的管子弄斷了很多。我們將電子顯微鏡的放大鏡頭，裝置在電視攝像管之前。

我們的第一個發現是：那些奇形怪狀，在六角形小空格的東西，還有著許多小孔。

我指著出現在電視螢光屏的那種東西：「這就是他們居住的屋子！」

王逢源並不出聲，他只是十分小心地移動著顯微鏡的鏡頭，那是一項極其艱苦而又需要耐心的工作。

這種工作持續了好多天，可是沒有進一步的發現，我們都十分失望，只好放棄不再進行，因爲金球的歸還日期快到了，我和白素帶著它回到了印度。

那被剖成了兩半的金球，的確是在自己生長，但是它「生長」的速度卻十分慢，在我回到了印度之後，它還未曾全部「復合」。所以我暫時也不敢將金球還給人家。

我們住在租來的一幢大的房子中，環境相當幽靜。

那一天早上，正當我在園中舒展四肢，作一些體操的時候，忽然看到一輛十分大的黑色房車，停在門口。車門打開，先下來了兩個年輕人。接著，那兩個年輕人，又扶下了一個老者來。

那個老者的年紀需要兩個人扶持，身上穿著袈裟，一看便知道那是一位高級僧侶。三個人一齊來到了我的門前。

而這時，我也已認出，那個年老僧侶，正是，章摩。他的相片，曾經在報章上多次出現過，那是因爲他是最高領袖的最得力助手之故。

我的心中十分驚訝，不知道何以章摩他們知道我在這裏居住。因爲由於金球尚未「復合」的緣故，我人雖然到了印度，但是卻連見都不敢去見他們，也未曾和他們進行過任何聯絡。

第九部：神靈感應請求幫助

但是儘管我心中極其驚訝，我卻還是迎了上去。

我才走出那株橡樹，隔著鐵門，章摩和那兩個年輕人便看到了我。章摩滿是皺紋的臉上，突然現出了無比驚訝的神色來。這又使我十分疑惑。

因爲我認爲章摩來到了這裏，當然是來找我和白素的。如果他是要來見我的話，何以見到了我，竟會這樣子驚訝莫名？

如果他不是來找我的話，那麼，他到這裏來，究竟是來做甚麼的呢？

我繼續向前走去，事實立即證明，章摩的確是來找我的，因爲他立即雙手合十，道：「原來你真的在這裏，這真是太神奇了！」

我聽不懂他這樣說是甚麼意思，但至少有一點是可以肯定的，那便是，他到這裏來，的確是來找我的，我連忙拉開了鐵門，章摩掙脫了那兩個年輕人的扶持，踏前一步，緊握住了我的手。

他不斷地道：「太神奇了，這真太神奇了，先生，你幫了我們一個大忙！」

章摩的話，更令我莫名其妙！

這時，白素也已出來了，她看到了章摩，也十分驚訝，我帶著章摩和那兩個年輕人向前走去，我們就在花園中，坐了下來。

我心中的疑惑，已使得我非向他們發問不可了，我問道：「奇怪，我們回來了之後，未曾通知過任何人，閣下是怎麼知道我們在這裏的。」

章摩十分激動：「神奇的感應，在忽然之間，最高領袖召見我，說他得到了感應，你已回印度來了，住在甚麼甚麼地方。那種感應，就像是面對著天外金球時所發生的感應一樣。」

我望了白素一眼，白素的臉上也有不信的神色。

章摩卻愈說愈是興奮，繼續道：「當晚，我也得到了同樣的感應，天外金球不在我的面前，但是我卻有了那種神奇的感應，我也得到了你的住址，並且，還替你帶來了一個口訊。」

我忍住了無比的疑惑：「口訊？是甚麼人託你帶給我的口訊？」

章摩嚴肅地道：「不是甚麼人，是神，你快要成爲神的弟子了。」

我不由自主摸了摸頭頂，老實說，我絕不想剃光了頭去當和尚。大約我的動作太輕佻了，所以章摩不以爲然的望著我。

我連忙用語言掩飾了過去：「是甚麼口訊？」

章摩的面色稍霽：「你將獲得這種感應的能力。」

我皺了皺眉：「怎樣才能呢？」

章摩道：「你必須一個人，絕對地靜寂，靜坐，不去想及任何事情，也不要急切地希望得到啓示，那你就會得到啓示的。」

我又問道：「我將得到甚麼啓示呢？」

章摩搖頭道：「我也不知道，我要告訴你的，就是這些，還有那金球——」

我連忙道：「那金球在我這裏，但是……但是我想，我要得到啓示的話，有那個金球在，不是更容易一些麼？我想多借幾天，一定歸還。」

章摩側頭考慮了半晌，才道：「可以，你使我和最高領袖又恢復了獲得啓示的能力，那是我們要十分感謝你的事，好，我告辭了。」

他站了起來，由那兩個年輕人扶著，向外走去，我禮貌地送他到了門口，看著他們的車子離去。

然後，我轉過身來，向白素一笑：「活見鬼了，我會成爲神的弟子？」白素卻並不像我想像之中那樣跟著我笑了起來。她的表情反倒十分嚴肅，搖了搖頭：「你怎麼可以對你自己的見解，如此沒有信心？」我不懂白素這樣說法是甚麼意思。

白素續道：「有的時候，兩種意義相反的言詞，所代表的意思，實際上是一樣的。章摩提到『神』，你感到可笑，你提到『來自別的星球的高級生物』，章摩也會感到好笑，但事實上他口中的『神』，和你口中的『高級生物』是同樣的。」

我仍然有點不明白。

白素又道：「這是能夠和人在思想上聯絡的一種力量，隨便你稱他爲甚麼，那種東西，可以和人作思想上的溝通，則是不變的事實。」

我呆了半晌：「你的意思是說，章摩所得到的感應是真實的？」

白素點了點頭：「而且，我相信如果你照著他的吩咐去做的話，你一定可以得到啓示的，這正是你夢寐以求的事情。」

我又呆了半晌，白素的話，的確十分有理。章摩得到了啓示，這件事情聽來，固然相當神奇，但是如果解釋爲我所假定的那種高級生物，又和他作了思想的溝通，這就不神奇了。那種高級生物，或者只能和特定的一種腦電波頻率發生交流，而這種頻率，又要在靜坐的情形下才能達到，那麼，章摩對我所講的話，也不是十分虛妄了。

我默默地呆想了片刻：「你說得有理，我要試一試，反正不會有損失。」

白素有點嫉妒也似地望了我一眼：「其實很不公平的，金球是我千辛萬苦從神宮帶出來的，爲甚麼我不能得到啓示，你反而能得到？」

我自然知道白素這樣說法，並不是真正的嫉妒，而是想堅定我的信心。

我笑道：「那你也無法羨慕我，或許我的腦子更接近神靈的境界！」

我們一齊回到了屋子中，我從當天下午起，便開始摒除雜念，我強迫自己聽完了一闋馬勒的第七交響樂，讓音樂先將我的思想帶到靈空的境界中。

當夜色來臨的時候，我便坐在有一扇窗子臨著一株大菩提樹的小室之中。坐在一個墊子之上。這時候，如果有我的熟朋友，不明白我在做甚麼，而看到我這怪樣子的話，一定會失聲大笑的。

我坐著，開始的時候，微風還吹動窗外的菩提樹，發出輕微的沙沙聲，不免擾亂我的思緒。

但是過不了多久，不知是風停了，還是我的思緒更集中了，我再也聽不到有別的甚麼聲音。

我像是在一個十分靈空的境界中，甚麼也感不到，甚麼也不存在。又過了好一會，那是突如其來的一種感覺，我竟然聽到了有人在向我講話。

我倏地睜開眼來，我存身的小室中，一片黑暗，甚麼也看不到。但是我的確聽到有人在和我講話，我要特別強調的是我「聽」到，而不是「感」到。我真的聽到有人在這房間中和我講話，雖然我看不到任何人。

我聽得那聲音在重覆著同一句話：「你聽到我的聲音麼？你聽到我的聲音麼？」

那講話聲聽來十分柔和，比耳語聲稍高一點。

我也用同樣大小的聲音答道：「我聽到了。」

那聲音道：「啊，很好，很好，你終於聽到我們的聲音了。你看不到我們，我們講的話，你聽得懂？」

我有點不明白那是甚麼意思，但是我還是道：「我聽得懂。」

那聲音道：「你們的世界是一個奇異的世界，你們的語言，竟然有七千四百三十八種之多。」

我愕然了。

世界上的不同語言究竟有多少種，即使是再專門的語言專家，也是不能一下子就說得出來的，他們是何由而得到那麼精確的數字？

我沒有回答，那聲音又道：「你的工作，破壞了我們的一項最偉大的工程，你知道不？但是你卻是我們的朋友，我們到這個星球來，你是第一個想到我們存在的人，而且我們——」

我聽到這裏，心情突然激動了起來。

我實在沒有法子不激動，我所設想的，竟然是事實！有一種高級生物和我講話，他們小得肉眼看不到，他們來自別的星球！

我一興奮，便失去了安靜，突然間，我聽不到他們的聲音了。

我只得強迫自己再安靜下來。這實在不是一件容易的事情。足足過了十分鐘，我才又聽得那聲音道：「你必須保持心地的寧靜，這個星球上，可以接受我們發出的微電波的人並不多，這是我們最苦惱的事情。」

我道：「你們的意思是——」

那聲音道：「也就是說，可以聽到我們所發出的聲音的人並不多，而且，那少數人，也一定要在寧靜之中，才能和我們發出的微聲波相感應，從而聽到我們的聲音。更可惜的是，這個星球上，凡是經常靜坐，可以聽到我們聲音的人，都具有一種十分玄冥思想，你是第一個想到我們是另一種高級生物的人！」

這時候，我心中的興奮，實在是難以言喻的。

但是，我卻竭力抑遏著我心頭的興奮，唯恐太興奮了，就難以再聽得到他們的聲音。

我儘量將聲音放得平靜：「那麼，你們是來自甚麼星球的呢？」

「我們的星球小得可憐，那是一顆小行星，你們對小行星的研究不夠，你們已發現了幾千顆小行星，但是我們的那顆，在毀滅之前，你們還未曾發現。」

我呆了一呆：「噢，原來你們的小行星毀滅了？」

「是的，在一次彗星接近的飛行中，我們的小行星脫離了軌道，落到了地球上來。我們早已算出我們的行星會有這個結果，所以及早準備，在災難未曾發生之前離開。」

這時候，我的思想也墮入了一個十分複雜而玄妙的境界中。這些來自另一個星球的高級生物，比地球人進步得多了。

在宇宙中，物體大小是無法比擬的，我們看來，覺得這種生物，甚至小到肉眼不能目睹，那我們自己，應該是龐然大物了？

但是，宇宙之中，比地球大上幾千幾萬倍的星球，不知凡幾，又焉知那些星球之上，沒有一種生物，比我們大上幾萬倍呢？如今和我在交談的星球人形體雖然小，但是他們能夠預測自己居住的星球何時毀滅，及早預防，這不但需要過人的智力，也需要過人的勇氣！

那聲音又響起：「我們全體，同心合力製成了一隻碩大無朋的飛船，那飛船可以容下我們全體，飛船用一種生長極緩慢的微生物作主要原料。本來，我們是準備飛到別的小星球上去的，可是我們起飛的時間，慢了一點，結果落到了地球上，若干年後，我們才知道，那是地球上最神秘的地區之一。」

我問道：「所謂若干年後，那便是說，在你們已對地球有了了解之後？」

「是的，我們來到了地球，派出許多小飛船去偵查，將偵查的報告帶回來，積年累月，我們才對地球有了了解，我們也準備在地球上定居下來了，地球是一個十分可愛的星球。」

我苦笑了一下：「你們來到地球，有多少年？直到如今，才有一個地球人知道，在地球上的高級生物一共有兩種，而你們比地球人實在要高級得多！」

那聲音道：「我們的壽命長，你的確是第一個想到這個問題的一個地球人。」

我忍不住笑了起來：「可是，你們知道麼？如果我將這件事去告訴別人，別人一定以爲我是一個神經病者了。」

「那是一定的，許多人在聽到我們聲音的時候，甚至驚得尖聲尖叫，我們也不輕易和人交談，與你談話，是要請你幫我們。」

我攤開了手：「謝謝你們看得起我，你們需要甚麼呢？」

那聲音道：「我們全體，在經過那麼長時間之後，都想家了。」

我不由自主地睜大了眼睛：「想家？可是，你們的家，已經毀滅了啊！你們想家，又有甚麼辦法可想，你們怎能回家去？」

那聲音有點無可奈何：「是的，我們的星球已經毀滅了，但卻也不是完全毀滅了，它從天空中墮下來，跌到了地球上。」

我不禁訝異了起來：「跌到了地球上？如果有別的星球曾和地球相撞的話，那麼地球豈不是也早已——」

我下面「完了」兩得字，還未曾出口的時候，我已陡地想起，我是實在不必驚訝的，他們的形體，既然如此之小，他們全體，可以被容納在一個直徑一呎的金球之中，那麼他們的星球當然也是很小的，在地球而言，這種小星球撞了上來，當然若無其事的，那只不過是一塊大隕石罷了！

我立即笑了一下，道：「我想，你們的星球，一定十分小？」

那聲音也笑了起來：「是的，照你們的度量衡標準來說，原來它有四十二點七立方公尺。可是，當我們在地球上找到它時，它只剩下兩立方尺左右。雖然只剩下那麼一點，它們是我們的家鄉，我們需要它。」

我在那聲音中，聽出了發出那種聲音的高級生物，對於他們的星球，實在充滿了深厚的感情。

這其實是十分可以理解的，譬如說我們地球人，流落到了一個完全陌生的星球之上，忽然發現了殘餘的地球，在上面還可以找到亞洲或是美洲的痕跡，怎會不喜出望外呢？

我呆了片刻：「恭喜你們找到了家。」

那聲音沉默了片刻，才又道：「不值得恭喜，我們雖然找到了我們的星球，可是卻被當作了一幢巨大建築物的基石，我們沒有法子將之弄出來，而且，就算弄出來之後，也沒有法子使它回到原來的空際上去。」

我明白那「巨大的建築物」是甚麼，我立即道：「神宮？」

那聲音道：「是的，在我們的大飛船降落的同時，我們的星球也落到了地球的表面，金球被當作神物供了起來，我們的星球，則在若干年之後被從地下掘了出來，作了神宮補充建築的基石。我們在金球中生活了許多年，才找到了克服地球地心吸力的法子，但是我們只能離開金球作飛行，卻始終不能使金球起飛，而我們……老實說，我們不願意再在地球上耽下去了。」

我苦笑道：「這……看來我沒有甚麼可能幫助你們的。」

我一面說，一面攤了攤雙手。

突然之間，我覺得手心之上，似乎有甚麼東西，踫了一碰，同時，我聽得那聲音竟自我的手心之上，發了出來：「我們請求你幫助，你現在勉強可以看到我們的小飛船，請你看看。」

我俯首向手掌之上看去，黯淡的月色，從窗口射進來，我看到我的手心之上，有極小的五點淡金色的小點，那五個小點只不過像針尖一樣。

我驚嘆了一聲：「那麼小，這是你們的飛船？」

「這是我們的六人飛船，我們總共有三十個人，是全體的領袖，來請求你幫助，希望你能夠答應，當然我們也不會白要你幫忙。」

我仍然注視著手掌的小金點，我不明白何以他們的形體如此之小，卻能將他們發出來的聲音，擴大到我可以聽得到的程度。

但我只是略想了一想，便又不由自主地苦笑了起來：「請相信我不是不願意幫助你們，我極願幫忙，但是我卻感到無能爲力。」

那聲音道：「你可以的，你可以去將那被作爲基石的星球取下來。帶出那地區，並且設法將它裝在一枚火箭之上，射上我們原來的空際去。」

我啼笑皆非，只怕世界上也沒有一個人，可以做得到這一點的，而他們居然向我提出了這樣的要求！

我覺得我實在是十分難以回答，只得道：「我想，我想，你們雖然在地球上逗留了好幾百年，但是對於地球上的一切，似乎還不夠了解。」

那聲音道：「不，我們知道這是一件極困難的事，我們要求你這樣做是不情之請。如今對我們來說，最大的困難，就是我們不能克服地球的地心吸力，我們無法舉起我們的星球，除此以外，有許多地方，我們可以和你共同進行。」

我並不想對他們表示任何的不恭敬，因爲他們的形體，雖然如此之小，但是他們的智慧，毫無疑問在地球人之上！

但是我仍然不由自主地道：「你們？你們可以和我合作？這是甚麼意思？」

「我們的形體雖小，但是有很大的力量，譬如說，我們的六人小飛船的速度就相當快，它在全速飛行時，幾乎可以穿過任何物體。地球人的身體構造十分脆弱——請原諒，譬如說，我們穿進了一個人的腦子，切斷了其中一根腦神經的話，那麼，這個人就會變成白癡了。」

我不由自主，打了一個寒戰。

我不知道他們的全數究竟有多少，但是毫無疑問，他們一定是十分愛好和平的生物，他們具有隨時可以殺人於無形的力量，如果他們存心毀滅人類的話，那麼地球人只怕早已絕種了。

在我呆住了不出聲間，那聲音又道：「我們還可以發射一種光束，那種光束的殺傷力很強，如果在必要的時候，可以殺死人的。」

我又呆了片刻，才道：「我對你們具有這種力量，倒並不表示懷疑，但是，我們面臨的困難，絕不止那些，神宮的所在地，像我這樣身分的人偷進去已冒著極大的危險，何況要將被作爲基石的一塊兩立方公尺的石塊取出來，並且將之帶出來？這實是不可能的事情，除非將這個地區所有的敵人，都殺死或者變成白癡，但是我猜想你們也不會同意這樣做法的，是不是?」

那聲音苦笑著：「你說得對，或許我們是太想家了，所以才變得顛倒起來。」

我還想說甚麼時，那聲音道：「那我們只好放棄這個要求了。」

我忙道：「你要明白，事實上，並不是我不肯幫助你，而是無能爲力。」

我未曾再聽到那聲音，只是看到我手心上幾個淡色的小金點，突然不見了。那是怎樣消失的，我也未曾看清楚。自然，自然，那是由於他們的飛行速度極高的緣故。

我一個人又在密室中坐了一會，才走了出來，一開門，我才知道白素一直在門外，她一見我就道：「我聽到了你講的每一句話，你真的聽到了他講的話麼?」

我驚訝地反問：「你沒有聽到?」

白素搖頭道：「除了你的聲音之外，我沒有聽到任何人的聲音。」

我不禁使勁搖了搖頭，心中想：難道剛才，實際上我也未曾聽到任何聲音，一切只都不過是我自己的幻想?但是，我看到的手掌上的那小金點呢?

我苦笑了一下：「一切和我事先所猜想的太吻合了，所以我懷疑這是在一種自我催眠的情形之下，由我自己幻想出來的。」

白素皺著柳眉：「你說說看，究竟聽到了些甚麼?」

我握住了白素的手，將剛才我一個人在靜室中所經歷的事情，和她講了一遍。白素聽了之後，一字一頓，以一種十分肯定的語氣：「那是真的。」我懷疑道：「你怎麼知道？」白素道：「因爲你拒絕了他們的要求。」我忙道：「我不能不拒絕啊，你想想，我們有甚麼能力去做這樣近乎不可能完成的事呢？」

白素點頭道：「所以我才說剛才你所經歷的一切是真的，如果那是你的幻想，你一定早已答應了，任何人在作幻想的時候，他自己一定是一個勇往直前、無所不能的英雄，而絕不會是一個思前顧後、唯恐不成的人。」

我想了想，剛才的經歷，每一個細節，我都可以回憶起來，那其實並不是幻想，而白素之所以沒有聽到那種高級生物的聲音，當然是因爲她的腦電波頻率，不論在甚麼情形之下，都無法適應那種音波的緣故。

我同意白素的看法：「你總算幫我解決了一個疑問，而對於天外金球的事情，我看也可以告一段落了，如今所等待的，只是等天外金球復原之後，將它歸還給人，我們也可以無事一身輕了，我們……」

我只講到這裏，便沒有法子再講下去了。

因爲我看到白素以一種十分怪異的目光望著我。那種目光，使我立即知道她的心中有話要說，所以我便停了下來，讓她發言。

我才一停口，她便道：「事情已經完結了？你這是甚麼意思？」

我攤了攤手，道：「不是麼？」

她搖頭，道：「不是，至少我認為如此，你怎能讓那群可憐的生物，在不屬於他們自己的星球之上，繼續過著他們不願意過的日子？」

我伸手在額頭之上一擊，叫道：「噢，不！」

白素側著頭道：「你難道一點也不可憐他們？」

我忙道：「你錯了，你以為他們是甚麼？是柔順的小白兔，是在掌上怯生生爬行的金錢龜，是小動物麼？他們不是，他們是智能比我們高一百倍、科學比我們發達一千倍的高級生物，外星人！」

我算是已將事情講得再明白也沒有了，他們和我們相比，我們地球人才是可憐蟲，試想，地球在遭遇到毀滅的危機之時，可以想像所有的地球人，共同在一艘大飛船中逃亡麼？

白素卻仍然道：「他們很小，小得看也看不到，不是麼？」

我大聲道：「是的，他們小，但是他們強，他們比我們進步，他們不是弱小！」

白素固執地道：「如果他們不是弱小，那麼他們為甚麼來請求我們幫助呢？他們全體都需要我們的幫助，經歷了幾百年之久，他們才向一個和他們全然不同的生物，發出了要求幫助的呼叫！」

白素的話中，充滿了感情，我嘆了一口氣道：「好了，讓我問你一句，你想我怎樣？」

白素的回答在我意料之中，但是她回答得如此之外，那卻出乎我的意料之外，她道：「幫助他們，去幹！」

我呆了好半晌，才道：「小姐，你說得簡單，你知道我們要幹些甚麼？我們要偷進那地方去，將一塊大約兩立方公尺的岩石，從一個龐大的建築物的底部抽出來，還要將它運出來。然後，再要找一枚衝力強大得可以射到那個空際的火箭，將那塊岩石送到虛無飄渺的太空中去！」

我講到這裏，頓了一頓，才又道：「小姐，就算那地方的統治者是你的表哥，美國總統是我的表弟，他們也做不到這一點。」

這一番話，令得白素有點動容。

她也呆了半晌，但是，當她再開口的時候，講出來的話，卻又令得我倒抽了一口冷氣，她道：「你還沒有開始去做，怎知道這一定不成呢？」

我實在無法再說甚麼了，因為這件事，就算是白癡也可以看出是行不通的。

但是我卻不能將這句話講出來，有哪一個男人，敢當著未婚妻的面，將她比喻作白癡的呢？我只是翻了翻眼睛，向外走去。

我剛跨出了一步，白素便將我叫住：「衛，你這是甚麼意思？」

我道：「我想，這個問題，我們不必再討論。」

白素道：「你的意思可是已經答應幫助他們？」

我的耐性，可以說已到了頂點，我並不直視白素，只是沉聲道：「不，剛好相反。」

我一面說，一面穿過走廊，向前走去，當我走到了另一間房門前的時候，正待打開房門走進去，卻聽得白素道：「你不去，我去。」

第十部：不可能完成的事

我轉過身來：「你瘋了？」

白素道：「或許是，但是我卻不能知道了有這樣一種奇妙的生命需要援助，而我卻不出力。」

我仍然望著她，心中在想著用甚麼樣的語言，才能消除白素確中那種瘋狂的念頭。但是我還未曾開口，白素已經道：「而且，要研究這個天外金球，是你提出來的。」

我頗有難以招架之勢，攤手道：「好了，好了，就算要討論的話，明天再討論可好？」

白素慢慢地來到了我的面前，我們兩人都有點因爲剛才那種不愉快的爭執而對對方有一些歉意，但是我們兩人，卻也絕沒有改變我們主意的意思。

她在我的面前，默默地站了片刻，才道：「好，那麼，晚安。」

她轉身走了開去，她的臥室在我的對面，我看她關上了門，也進了臥室，不知不覺就睡著了。

我大概是睡著了之後不久，就開始做惡夢的，我夢見自己在一座極其龐大的建築物之前，用力想把下面的一塊石頭抽出來，我抽得滿頭大汗，突然「轟」地一聲，整座建築物都倒了下來，壓在我的上面，奇怪的是我竟沒有死，像是礦坑坍了之後，我被埋在礦坑中一樣，不知經過了多久的掙扎，我才聽到有人在叫我的名字。

我大叫：我得救了！我得救了！就在那種狂喜之中，我醒了過來。

那是一場十分駭人的噩夢，我在驚醒之後，仍是免不了心頭劇跳，然而最奇怪的是，在我醒了之後，我仍然聽到有人在叫著：「衛斯理，衛斯理。」

我陡地坐起身來，室內除了我之外並沒有人，但是我立即想到：那一定又是「他們」！

在我已斷然拒絕了他們的要求之後，他們竟然又來纏我，這實在是太不應該了，難道他們要纏我一世麼？我不禁十分憤怒：「這算甚麼，我在睡覺，我想你們應該知道的！」

那聲音道：「是的，我們知道，但是我們必須吵醒你，真對不起。」

我悻然道：「甚麼事情？」那聲音道：「白小姐走了，她單獨去了，衛先生，她一個人去，十分危險，所以我們不得不吵醒你，告訴你。」

我從床上直跳了起來，叫道：「甚麼？」

我的心緒一激動，便再也聽不到任何聲音了。

在那樣的情形下，還在乎甚麼聲音不聲音，我衝出了我的房間，便呆住了。

對面那間房間的門開著，一張紙條，被從打開了的窗戶中吹進來的風，吹得團團亂轉，我一個箭步竄了進去，臥室中是空的。

我俯身拾起了那張紙條來，上面寫著幾個潦草的字：「我必須去，我知道明天討論的結果，你也定會去的，我只是先走一步而已，素。」

那是白素的字，白素真的走了。

我大叫道：「她在甚麼地方？」

我得不到回答，因爲我那時候的心緒不寧靜，我的腦電波頻率便無法和「他們」發出來的聲波發生感應。

然而，在那樣的情形下，要我定下神來，聽他媽的混賬聲音，那實在是沒有可能的事情，我盡我一切可能地詛咒「他們」，然後，我衝出了大門。

在我剛一衝出大門之際，我呆住了。

在黑暗的花園草地上，有著無數閃亮的小金點，至少有幾千個。那些小金點，排成了淸淸楚楚的兩個字：機場。機場，白素在機場！

我拿起電話，撥飛機場的電話，三分鐘之後，我便聽到了白素極其抱歉的聲音。

我認爲我應該「大振夫綱」了，所以我聲勢洶洶地問題：「你這是甚麼意思？是不要再見我了麼，你說！」

白素的聲音中，帶著哭音，她道：「當然不，你快來，我一定要見你，我現在就要見你。」我嘆了一口氣：「好的，我來。」我放下了電話，匆匆收拾了一下，將那隻金球放在一個十分妥善的地方，便趕到了機場，我一到，白素便撲到了我的懷中：「快，飛機快起飛了。」

我看著她，搖了搖頭：「你是一個天大的傻瓜，你知道麼？」

白素道：「我知道，你也是傻瓜，因爲你要娶一個大傻瓜做妻子。你是怎麼知道我走了的？」

我剛想回答，我的手背之上，便有了一種十分輕微的感覺。

我連忙翻起手背來，我的手背上，沾了不少金色小點，就像是有一些極細的小金粉，落在上面，在每一根汗毛之上，都有著一粒。我道：「你看到了沒有？」

白素深深地吸了一口氣：「我看到了，他們竟有那麼多！」

她一面說，一面伸出手指來，竟想去撫摸那些金粉，我連忙阻止了她：「別碰他們，你碰上去的力道雖然輕，但是對他們來說，可能就是千斤重壓了。」

白素縮回了手：「那麼小的外星人，這真是太不可思議了，我想，他們一定會幫助我們完成這件事的。」

我沒有說甚麼。

因爲這時候，我如果說這件事是根本不可能完成的話，那麼結果一定是引起一場十分不愉快的爭論。

如今我之所以不和白素再多爭執，是因爲我的心中，已經打定了主意。

我所定下的主意是：我和白素一齊到那塊基石所在的地方去，讓白素自己去發覺，那是根本不可能成功的事，到時候，我們再一起退出來。

只有那樣，白素才會死心。

也只有那樣，白素才不會和我再起爭執。當然這樣做，要冒著極大的危險，但是白素在那個地區，認得了很多游擊隊的領導人，以及學會了那地區的言語，而我也會講那地方的話，而且，我們是兩個人。

我們這次冒險的程度，是絕不會比白素上次單獨走進那地區時更甚的。

那些沾在我手臂上的「金粉」，不多久便消失了。他們突如其來地消失，那是由於它們的速度實在太快的緣故。那麼小的體積，再加上高得出奇的速度，這種「小飛船」的本身，便具有無窮的破壞力。因爲科學愈是發達，一切儀器機械便愈是精密，我實是不能想像，有這樣小的粒子，穿過一架正在飛行中的噴射客機引擎時，會引起甚麼樣的後果。

我們上了機。飛機向北飛去，等到天色黎明時，我們已降落在一個滿是白皚皚積雪的巨大山峰之下的一個小機場上。

我們坐車子進城，這是一座小城，但是卻絕不清靜。小城中幾乎有著來自世界各地，不同國家、不同種族的人。

那麼許多不同國家的人，全部聚集在這樣一個不起眼的小城之中，當然是各有目的的。但是大多數卻全是打著「爬山團」、「探險隊」的名義來的。

所以，在這個小城中，供應最充分的商品，便是一切爬山的用品。

我和白素，在毫無準備的情形之下，倉猝來到這裏，而面對著我們的，便是綿延不斷的高峰，當然我們也必需購買一些用品。

但我們究竟不是去登山探險，我們是要經歷長途跋涉的，是以我們能帶的東西，也不能太多。

當天晚上，我們便已開始踏上征途。

我們走的是白素上次走過的那條舊路，先穿過一片叢林，那片叢林，就化了我們近兩天的時間。而在將穿出叢林之際，我們還得避開哨站和巡邏隊。

接著，我們又翻山越嶺，深入腹地，七天之後，白素和第一個游擊隊取得了聯絡，那個游擊隊是在一個十分隱秘的山谷的廟宇之中，爲了白素的重來，幾百人進行了一夜的聯歡，再接下來的日子中，我們沿途有游擊隊的照應，可算十分順利。

足足有一個月之久，我未曾得到「他們」的音訊。我幾乎是一靜下來，便鎮定心神，希望能和他們聯絡一下的，但是卻總沒有聽到任何聲音。

一個月後，我們已漸漸接近神宮了。

我們開始向神宮走去，沒有多久，便都覺得有一些很小的金點，在我們的眼前，不斷地閃動著，像是在帶路。

如果不是我們早知道了那種小金點的來歷，根本不會注意到它的存在，就算看到了，也至多當它是一點塵埃而已。

但如今，我們卻知道那是一艘飛船，這種飛船，被稱爲「六人飛船」，也就是說，在這艘飛船之中，一共有六個細小的外星人之多！

這些人的形體如此之小，但是他們的智力，則遠在我們之上。

我忽然心中想：將這種小「人」放大到和我們一樣大，不知道是甚麼樣子的？下次和「他們」通話的時候，倒要問他們一下。

我們向神宮走近，沒有人認得出我們是假裝的土著，到了神宮的近前，「六人飛船」又轉了方向，向左轉去，不一會，便將我們帶到了神宮左翼的一個建築物之前。

我們離神宮還相當遠，因爲神宮附近，都有士兵守衛，當那小飛船消失了之後，我取出了望遠鏡來，向前觀望著。

那附屬的建築物有五層高，看得出是後來加上去的。

那建築全是一塊塊大石塊砌成的。大石塊作灰色，但是在最底部，卻有一塊很大的石塊，是褐金色的，顏色十分美麗。

我看到了那塊石頭之後，不禁倒抽了一口冷氣！

我將望遠鏡交給了白素：「你看到了沒有，那塊石頭被壓在最下。」

白素道：「我看到了，很美麗。」

我道：「的確是很美麗，但是怎麼取出來呢？」

白素望著我，又回過頭去看望遠鏡。然後，她放下了望遠鏡，一句話也不說。

我趁機道：「你現在也看到了，那根本沒有可能！」白素搖頭道：「不，我是在默算，需要多少斤烈性炸藥，才能將上面的建築物一齊炸掉。我是說，這塊石頭，無法將之抽出來，必須要將上面的建築物炸掉，然後，才能取出那個星球來。」

我又呆了半晌，才道：「那還不如將周圍的石塊炸去，要方便得多了。」

白素忽然嫵媚地笑了起來：「是麼！那我放棄我的辦法，用你的辦法好了。」

在那一剎那間，我知道，我上當了。

白素特意提出一個十分駭人的辦法來，要我講出一個比較可行的辦法來代替她的，那麼，我的「不可能」說，便不攻自破了。

在這樣的情形下，我還能說了不算麼？

我瞪了她一眼：「好，可是，哪裏有炸藥？布置炸藥，要恰好將周圍的石頭炸去，而又不影響整座建築物，又要保持那塊石塊的完整，這需要一個專家！」

白素笑道：「專家我有。」

我道：「在哪裏？」

白素向我的鼻尖指了一指：「在這裏，在我的面前，就是你！」

我幾乎被她氣得跳了起來。但是我卻沒有法子反駁她的話，因爲我對於各種炸藥，使用方法方面的知識，的確可以稱得上是一個專家！

我本來還想問她上哪裏去找炸藥的，但是這時我也不再多問了，問也白問的，看來白素若是決定了要去做一件甚麼事，那就算天塌了下來，她還是一定要去做，原來她的固執，遠在我之上。

我想了一想：「爆炸聲至少可以傳到五哩以外，聽到了爆炸聲，大批軍隊將從四面八方開來，你可知駐在神宮附近有多少士兵？我相信不會少過三萬人，那時，我們怎麼離去？」

白素睜大了眼睛望著我。

我嘆了一口氣：「所以，我們還是離去吧，做不成一件根本做不到的事情，絕不是甚麼恥辱，沒有一個科學家會因爲發明不了永動機而難過，我們還是快離開這裏吧。」

白素仍然默不作聲，但是，過了片刻，她卻反問道：「你怎麼知道在爆炸之後，所有的士兵全會向前湧過來呢？」

我道：「他們不過來，難道留在原地打麻將？」

白素道：「我們可以在爆炸後，立即離開，然後，過上一兩天，再來取那塊大隕石。」

我沒有辦法了，只得道：「好，我們先去找炸藥吧！」

我們回到了住所，那幾個游擊隊的領導人，聽說我們準備動軍用倉庫的腦筋，都大是興奮。

這正是游擊隊們久欲動腦筋的目標，因爲倉庫中有著大量的軍火，而他們最需要的，正是軍火。

我心想，反正是幹了，就索性大幹一場吧。

於是，我通知他們召集儘可能召集得到的人，來聽命於我，去倉庫中搬東西。

所以，第二晚，當我們出發的時候，不是我和白素兩個人，而是六百多個人！

六百餘人中有男有女，有老有少，都穿著相當寬大的衣服，有的還推著小車子。我們約定了一個時間，進攻，「戰爭」很順利，佔領了倉庫。

六百多人竟可以搬走如此眾多的軍火，這真有點令我吃驚，有兩個少年，每人身上掛了七八支槍之外，還抬走了一門迫擊砲！

而我，也找到了需要的炸藥、起重工具和卡車。

我駕著車，化裝成一位軍官，並且取了他的證件，白素也化裝成一個女軍官，一齊向神宮馳去。車子可以馳到離那塊巖石相當近的地方。在車子到達目的地時，那六百多名盜走了武器的人，也到了安全的地方了。

我和白素一直來到了那塊巖石之前，仍然沒有甚麼意外。

我將那些炸藥，一條一條地貼在那塊巖石的邊，然後將引線拖了出來，到了我們停車子的地方。

當我完成了那些之後，我只要按一下槓桿，驚天動地的爆炸，便發生。根據我的布置，在那塊巖石的周圍，所有的石塊都會被炸鬆，而那塊巖石，將會毫無損傷地跌出來。

整個建築物的基部，將出現一個大洞，但是整座建築物卻不會受影響。

一切似乎都已十分完美了，但是我卻還不按下槓桿去。

因爲目前，還有一個問題，沒有法子解決。

當然，我按下槓桿，一切發生，但問題在於，卡車不能駛近去，我們雖然有起重工具，但是卻仍然無法將那塊巖石搬回卡車來。

如果有足夠的人力（我們也可以召集足夠的人），那麼，我們可以將大石運到卡車上，但這卻需要時間，至少要半個小時。

而在半小時之內，聞聲而來的大隊士兵，一定已經開到，阻住我們的去路了。我耐心將這個大問題向白素說了一遍，白素默然半晌：「那我們只能分兩次來進行了，先爆炸，再來搬運石塊。」

我搖頭道：「爆炸發生之後，軍方一定深究發生爆炸的原因，一定派更多的人來守衛——」

白素不等我講完，立時道：「慢！我想起來了，當爆炸發生之後，我想對方一定也可以知道那塊巖石與眾不同，他們可能會設法將大石運走！」

我也不禁呆了一呆，白素的話是十分有道理的，對方可能也會將大石運走！

在運輸途中，我們將那塊大石搶下來，那不是方便多了麼？

我將手按在槓桿之上，白素將手加在我的手背上。我們兩人一齊出力，向下按去。

那一下爆炸聲，極其驚人。爆炸的氣浪，令得我和白素兩人，身不由主地向後跌去，我們想抓住石角，以穩住身形。但是我們卻都沒有做到這一點。在隆隆的爆炸聲中，那輛卡車翻下了山去，我們也向下滾下去，直到滾下了好幾十呎，總算才抓到了一株樹。

這時候，爆炸的現場究竟是如何模樣，我們也看不到，我們只看到一陣陣的濃煙，向上昇來，我們向下看去，下面的山坡不是很陡峭，我忙道：「我們由下面離開。」

白素點了點頭，我們一齊向下攀去，等到腳踏實地之後，我們找到了一條小路，翻上了另一個山崗。

守衛軍隊的行動之快，出乎我們的意料之外，我們在翻上了另一個小山崗，在黑暗之中隱伏下來之際，只見大隊大隊的兵士已向前衝去。

我們看了一會，才悄悄地退了回去。

附近全已在實施戒嚴，幾乎是五步一崗，十步一哨。

這可苦了我們，我們閃進了一所空屋子之後，便沒有法子再前進一步。

在這個神宮所在地的城市中，有很多這樣的空屋子，屋主人不是死了，便是參加了反抗的行動，所謂「十室九空」，大概就是這時的寫照了。

我和白素縮在牆角中，希望不要有人來搜索這間空屋子。

我們聽到一隊隊士兵開過去的聲音，幸運的是我們並沒有發生甚麼問題。

一直到天亮，我們從一個小得可憐的窗口中望出去。街上根本沒有行人，只有大隊荷槍實彈的兵士，在走來走去。

我們被困在這間空屋之中，一連幾天，一步也不敢出去，靠著乾糧充飢，到第五天晚上，才看到警戒略鬆，我和白素離開了屋子，可是無論怎樣，我們都無法接近爆炸現場。直到白素也認為絕望了，我們才離開。兩天後的一個晚上，我們正在一處曠野中，我坐著，望著星空，忽然我的耳際，又響起了聲音。

那種聲音一傳入了我的耳中，剎那之間，我也不理會他們要講些甚麼，便立即大搖其手：「別再說了，我不能再幫你們甚麼了。」

那聲音嘆息了一聲，靜了下來。

我以為「他們」就此離去了，但過了片刻，第二下嘆息聲又傳入了我的耳中。如果不是我知道那嘆息聲是那種微小之極的星球人發出來的話，一定會以為有鬼了。

我沒好氣道：「你們還不走麼？」

那聲音道：「是的，我們不會再來麻煩你了。我們還要謝謝你，因爲你究竟已幫助了我們，而且，你們已完成了最困難的部分。」

那聲音第三次嘆息。

隨著第三下嘆息聲，那聲音又道：「你想看看我們是甚麼樣子的，是不是？你有顯微鏡麼？」

我揮手道：「當然沒有，你們去吧，我也不想看你們的樣子了。」

第四下嘆息聲傳入了我的耳中，只不過那一下嘆息聲漸漸遠去了。

我如釋重負地躺了下來，我實在已經受夠了，能夠擺脫這樣的小生物，實在是天大的幸事，因爲誰也不知道他們究竟會生出甚麼古怪的念頭來！

我躺了下來。當我躺下來的時候，我聽白素翻了一個身。

我心中暗自禱念：剛才的話，最好不要讓白素聽到，因爲給她聽到的話，說不定她會斥我沒有同情心了。

白素翻了一個身之後，並沒有甚麼聲音發出來，她顯然是睡著了。

我舒舒服服地伸了一個懶腰，但是，也就在這時候，我突然聽到白素道：「是的，我聽到了，我聽到了！」

我陡地一驚，翻身坐了起來，白素說「我聽到了」，那是甚麼意思？是不是這種「人」找到了甚麼方法和白素通話呢？

可是我卻聽不到甚麼聲音。

白素接著又道：「別感謝我們，我們其實把事情反而弄糟了！」

真是「他們」！

又過了一會，只聽得白素突然以充滿同情的聲音道：「是麼？那太糟糕了，那實在是太糟糕了，我看還是我們再——」

我不等她講話，叫了起來：「別說了，別說了，剛才我已將他們打發掉了，你又答應他們一些甚麼？」

白素氣沖沖地道：「你愈來愈不尊重我了，我正在和人講話，你怎麼可以打斷我們的話頭？」

我也沒好氣起來：「你不是在和人說話，你是在和不知道甚麼樣的東西講話！」

白素道：「你曾答應過人家，而如今又想半途而廢。」

我道：「那麼，你準備怎麼進行呢？」

白素道：「我們可以設法將那塊石頭弄出來。」

我不再出聲，只是聽著她講。

白素又道：「等到那塊巖石運出來之後，可以再想辦法。」

我嘆了一口氣，道：「空口講白話沒有用處，想辦法，有甚麼辦法可想呢？就算得到了那石頭，哪裏來火箭將之送入太空？」

白素又呆了半晌：「看來，真是沒有辦法了？」

我連忙道：「你開始正視現實了。」

白素側著頭，想了好一會，才慢慢地向外走了出去，站了一站：「可是我總感到，我們欠了他們一些甚麼。」

我沒有答腔，只是目送著她走了出去，她走了幾步，又站定了身子。然後，她轉過身來道：「剛才，他們並沒有再要我幫忙！」

我忙道：「那就最好了。」

白素苦笑了一下：「可是，我卻老感到，我們若是就這樣罷手了，那對不起他們。」

我趕了出去，握住了她的手：「別胡思亂想了，那種『人』既然已在地球上生存了幾百年，當然仍可以繼續生存下去的。」

白素卻搖頭道：「不，他們活不下去了，他們最需要的一種氣體，已快用完了，他們全體，至多還有半年可活，這是他們剛才告訴我的，而他們的行星，如果能夠回到他們原來的空際之中，那麼，就沒有問題了。」

我聽了之後，心頭也是十分沉重。

這些「小人物」，毫無疑問，是一種極其優秀的高級生物。他們優秀到了可以避免與他們的星球一齊毀滅的程度，優秀到了在地球數百年，但是絕不擾及地球人的程度。

這樣優秀的一種高級生物，要全部毀滅，那實在是一件非常可惜的事情。

但是，我們又有甚麼辦法呢？

我和白素一齊沉默著，過了半晌，白素突然道：「我想，我們個人的力量是難以辦得到這一點的了，我們或者可以向強國的政府求助？」

我苦笑道：「你想，我們的話，會有人相信麼？一個政府肯撥出巨大的經費來從事於這樣無稽的行動，易地以處，你肯麼？」

白素也苦笑了起來。我們兩人都因爲心情沉重而睡不著，索性一齊慢慢地一直踱到了天亮。

天亮之後，我們再繼續趕路，走了四天，才到了一個小城中，那地方是有飛機場的。

我們搭飛機來到了加爾各答，在加市只不過逗留了半天，立即又搭飛機回到了家中。

第十一部：最後的爭鬥

老蔡熱烈地歡迎我們，回到了久別的家中，我們的心情應該是十分愉快的。但是我們兩個人卻笑不出來。

我本來認爲白素的主張，十分可笑，因爲我們既然愛莫能助，自然應該心安理得的，但是如今的情形，卻是大不相同。

如今，我們知道那些高級生物，在大約半年的時間內，要全部死亡了。

那一種難以形容的不舒服的感覺，壓在我們兩人的心頭，使我們幾乎沒有法子歡樂。

我們盡量避免提起這件事來，在接下來的幾天中，我們拚命尋找遊樂，但是在那幾天中，我們卻從來未曾開懷地笑過一次。

到了第五天晚上，我實在忍不住了。我嘆了一口氣：「我看我們要面對現實，我們來討論討論怎麼辦吧。」

白素幽怨地望了我一眼：「我早就想提出來了，但是又怕你不聽我。」

我搖頭道：「我的意思是，我們兩個人，是絕不會有這個力量的，我們不妨向大國政府求助，看看是不是會有結果。」

白素喜道：「這就是我所提出來的辦法。」

我又道：「首先，我們還要和他們通一次話，看看他們可有甚麼別的國家急需要的科學知識，作爲交換幫助他們的條件。」

白素點了點頭，我們兩人，都一本正經地盤住了腿，靜坐了起來。

我們都期望可以聽到「他們」的聲音。

但是，一小時很快過去了，我們甚麼也未曾聽到。

我和白素面面相覷，我們只當自己的心緒，還未真正的寧靜下來，所以我們的腦電波，便不能和那種高級生物所發出的聲音，發生感應。

所以我們繼續靜坐下來。

然而，又過了兩小時，仍然是一點感應也沒有。

我們明知愈是急躁，便愈是難以和這些高級生物通話，但是我和白素兩人，卻都不由自主地焦急起來，我們決定今晚放棄這個企圖了。

我們自己對自己解釋，那些小生物如今一定是在不知甚麼地方，未能知道我們和他們通話的意圖，所以才會一無結果的。

所以，我在放棄了靜坐之後，當即向印度方面，通了一個長途電話，一則，我的行動，可能使那些「人」知道我的所在！二則那天外金球——星際人的奇妙的太空船——我還未曾歸還給章摩，我告訴了章摩的秘書金球的所在，並抱歉我不能親手歸還。

同時，我還附帶問了一下，章摩是不是在這幾天有特別的感應？我得到的回答是不。

有二天天黝黑，我和白素便開始靜坐，可是一直到午夜，我們仍是一無所獲。

我們兩人都覺得十分沮喪，我首先站了起來，白素望了我一眼：「你別心急——」

她一句話未曾講完，突然停了下來，而我的心神，也突然緊張了起來。我居住的地方，本就十分寂靜，而且這時又是午夜了，可以說有任何一點聲音，都瞞不過我們的耳朵的。

就在白素的話講到一半之際，我們兩人，都聽到樓下的大門上，發出了輕微的「格勒」一聲響。

有人在用鑰匙開門！

這屋子中只住了三個人——我、白素、還有老蔡。

我可以肯定老蔡是早已在他的房間中睡著了，我和白素都在這裏，那麼，開門的是甚麼人？

我連忙向白素作了一個手勢，將房門慢慢地拉開了一線。

我們靜坐的所在是我的書房，我們是早已熄了燈的，樓下的客聽中也沒有燈，但由於我的眼睛已習慣於黑暗的緣故，所以我向通道走廊的欄杆一望下去，就看到大門的門把在緩緩地轉動。

過了不到半分鐘，大門便被人輕輕地推開了三吋。大門被推開了三吋之後，一條鐵鍊，便使得門不能繼續打開，於是，我又看到一柄鉗子從門縫中伸了進來，去夾那條鐵鍊。

我趁這個機會，向白素做了一個手勢，示意她留在書房中。而我自己，則推開了房門，衝出了一步，來到了樓梯口子上。

我不是由樓梯走下去的，因爲那不但慢，而且容易發出聲響來。我是跨上了樓梯的扶手，疾滑了下去的。那本是小孩子最喜歡的遊戲，但卻也是無聲而迅疾地下樓梯的最好方法。

我滑下了樓梯，剛在一張沙發後面躲了起來，便又聽到了「得」地一聲，那根鐵鍊被夾斷，一個人推開門，走了進來。

我本來以爲，打開門來的不速之客，只不過是一個普通的小偷。

可是，當那人一推進門來時，我自沙發背後，探出小半個頭看去，一看之下，我突然吃了一驚，那偷進來的人，身形相當矮小。

我沒有看清那人的面貌，事實上，我根本不必看清那人的面貌，便可以知道那是錢萬人！

這實在是出乎意料之外的事情。

錢萬人似乎還有同伴，但是和他一齊來的人並沒有進屋。我之所以作如此判斷，乃是因爲他進屋之後，向前看了一眼，立時又向外面作了一個手勢的緣故。

我看到錢萬人向前跨出了一步之後，已掏出了手槍，套上滅聲管。

看到他的手中有武器，我又改變了我的計畫。

本來，我準備站起來大聲喝阻，然而此際我已明白，他黑夜前來，目的大有可能是實行極其卑鄙的暗殺，那我又何必跟他客氣？

我的雙手，按在沙發的臂上，看著他的躡手躡足，一步步地向樓梯口走去。

等到他來到了離沙發只有五六呎之際，我用力推出了沙發，整張沙發，帶著極大的力道，向前撞了過去！錢萬人雖然立即發覺，轉過身來，「撲」、「撲」連射了兩槍，但是，他的身子仍然被沙發撞跌在地。

我在推出了沙發之後，身子便一直蹲著，錢萬人的兩槍，都射進了沙發中，我一看到錢萬人被撞倒，雙手抓住了地氈的邊緣，將地氈猛地向上抖了起來。錢萬人跌倒在地，一骨碌爬了起來，可是他卻防不到腳下的地氈在剎那之間會抖了起來，是以身子一滑，再度跌倒。

當錢萬人再度跌倒之際，我身子，已經向前撲了過去。而由於他手中有槍的緣故，我是拉著地氈，一齊向前撲出去的。

錢萬人放了兩槍，他射出的槍彈穿透了地氈，我僥倖未被射中。

但是，我已不給他有機會發射第三槍。因為我已連人帶地氈，一齊壓到了他的身上，我順手拉起了一隻用整個樹根雕成的小几，重重地向下，敲了下去。

雖然隔著地氈，但是仍然可以知道錢萬人的頭部在甚麼地方，我那一擊的力道十分大，擊下去了之後，錢萬人的身子便不動了。

我為了可靠起見，再補擊了一下。

那第二下敲擊的力道，卻不是十分大，因為我怕將他的腦殼敲碎了。

我不想令他死亡，只是要他吃多些苦頭，好讓他知道我不是好惹的，敲過了第二下之後，我站了起來，先到門口，將門打開了一道縫，向外看了一看。

我們在客廳中的打鬥，雖然激烈，而且錢萬人還發了四槍，但是由於槍是配有滅音器的緣故，聲音並不十分大。

當我拉開門向外看去之際，只見門外人影閃閃，足有七八人在外，監視著我的房子。而這些人，顯然不知道他們的頭子已經出了毛病了。

我再回到了地氈之旁，掀起了地氈，我發現我那兩擊中，有一擊是擊在錢萬人的臉上的，因為他正可怕地流著鼻血，幾乎連鼻骨都斷了。

我將他拖著，上了樓梯。

白素在書房內問我：「甚麼人？」

我低聲回答道：「錢萬人！」

白素吃了一驚，低呼了一聲：「是他？」

我笑道：「怕甚麼，你看他，十足像一條死魚！」

白素呆了一呆，她隨即低頭一看，看到了錢萬人的那種樣子，她也不禁笑了起來：「怎麼一回事？他何以如此不濟？」

我拍了拍胸口：「不是他不濟事，是我的神通廣大，知道麼？」

白素笑道：「老鼠跌在天平上。」

我將錢萬人拖了過來，取出了兩副手銬，將他的雙手，和我的書桌的不銹鋼腳，鎖在一起。然後，我用一盆凍水，向他的頭上淋去。

幾乎是凍水一淋到了他的頭上，他就醒過來了。

他睜大了眼，我將一盞極強烈的燈光，對準了他照射。在那樣強烈的光線的照射下，他除了眩目的光芒之外，看不到任何物事。他的頭左右地擺著，顯然是他絕不知道自己來到了甚麼地方。他的面上，也現出了焦急無匹的神情來，口角牽動著，大聲道：「甚麼地方？我在甚麼地方？有人麼？」

他竭力地掙扎著，蹬著腿，想要彎身坐起來，但由於他雙手被制，所以不論他怎樣掙扎，都沒有用處。

白素好幾次要出聲告訴他，他是落在我們的手中了，但是卻都被我阻止。

我自己也有過這種經驗的，那便是在自己不知道落在甚麼樣的敵人手中之際，心中最是驚惶、恐懼。那種滋味自然是十分不好受的。

而因為錢萬人這傢伙太可惡了，所以我就是要使他嘗嘗這種不好受的滋味。

足足過了十分鐘，錢萬人的聲音已經變得嘶啞了，我才冷冷地道：「錢先生，你太激動了，一個半夜偷進別人家中來的人，怎可以大叫大嚷？」

一聽到我的聲音，錢萬人立時靜了下來。

這傢伙也真厲害，他當然看不到我的，但是他的頭部，卻立即向我所站立的地方轉來，這證明他的神經仍然保持著鎮定。

我輕輕地跨出了兩步，不再出聲。過了好一會，錢萬人終於沉不住氣了，他道：「你們想將我怎樣？」

我冷笑了一聲：「這是我正要問你的問題。」

錢萬人閉上了眼睛：「我已中了暗算，還有甚麼好說的？」

我道：「如果不是你想暗算人，你又怎會中了我的暗算。我不妨告訴你，你想要那金球，是不可能的事，因爲金球已經不存在了。」

那天外金球當然不是不存在了，但我故意如此說法，目的就是爲了使錢萬人死了這條心。我當然不會怕他，但如果他一直和我糾纏不休，常言道明槍易躲，暗箭難防，卻也是極其麻煩的事情。

錢萬人「哼」地一聲，也不表示驚異，更不表示他不信我的話。

我繼續道：「所以，你是白走一趟了，如今準備通知當地警方人員，將你帶走。」

錢萬人強充鎮定不再存在了，他的面上，出現了肌肉的可怕的扭曲。他的面色，也變得可怕地蒼白。他是一個特務——而且不是普通的特務，而是一個大特務。一個大特務而被當著小偷一樣地落到了當地警方的手中，只怕世界上沒有比這更尷尬一點的事情了。

我的那句話，顯然是擊中了他的要害。

過了好一會，我又開口道：「怎麼樣，我現在就撥電話了，你還有甚麼話要說？」

錢萬人突然叫了起來：「不！」

我「哈哈」大笑：「你當然不會同意我的作法的。問題是你以甚麼來作爲我不那樣做的交換條件？」

錢萬人喘息著：「你要怎麼樣？」

我想了一想。錢萬人是不顧信義的人，我當然不能憑他口頭上的答應，便自輕信他的話。

那麼，最好的方法，便是要他寫下字據來。他如今隸屬的軍隊，是世界上對自己人猜忌最甚的軍隊，整肅的陰影，時時籠罩在每一個軍隊成員的頭上——包括士兵，以至將軍。

如果他有一封信，表示他有洩露秘密的意願，那麼他是絕不敢再來麻煩我的了。

這個辦法顯然卑鄙一些，但是對付像他這樣的人，卻也恰好用得上。

我打定了主意：「好的，你寫一封信，收信人是我，在信中，你表示有很多重要的情報，要找我出賣，這封信寫好了，你可以安然離去。」

錢萬人咬牙切齒：「你是個卑鄙的老鼠！」

我冷笑一聲，道：「這個頭銜留給你自己用，再恰當也沒有。」

錢萬人的口角牽搐著，他沉默了五分鐘，終於咬牙道：「好，我寫。」

我準備好了紙與筆，俯下身，「卡」地一聲，將他右手的手銬，打了開來。

我不能不說我自己太大意了。

因爲我以爲錢萬人在如今這樣的情形之下，是沒有機會反抗的。我解開了他的一隻手，他還有一隻被制，而退一步而言，即使他制服了我，還有白素在一旁，他又有甚麼辦法？

但是我卻忽略了一點，那便是白素是深愛我的人，在我一受到危險之際，她會慌了手腳，只想到怎樣令我安全，而不會想及其他的。

於是，我遭到了失敗——那可以說是我一生中所遭到的最可恥的失敗。因爲我是在幾乎絕對優勢的情形之下，反勝爲敗的。

我解開了錢萬人的右手，由於我要解開他右手的手銬，我就必須離得他很近，這樣，我自己也到了強光照射的範圍之內，其餘地方的情形，我是看不到的。

就在我剛一解開他的右手之際，我陡地覺得，似乎有兩條黑影，在我的頭上疾壓了下來。

等到我要想逃避時，已經遲了！

那是錢萬人的兩條腿，他猛地抖起雙腿，挾住了我的頭頸，將我的身子硬拖了過來。

在那樣的情形下，我只來得及重重地送出了一拳。

那一拳的力道，著實不輕，是送在錢萬人的肋骨上的。但是，那一拳卻不能挽救我的敗勢，錢萬人右手猛地一揮，像是變魔術一樣，他的手中，又多了一柄小巧的手槍。

他的手腕還戴著手銬，但是那卻並不妨礙他的動作，他將那柄手槍的槍口，壓住了我頸旁的大動脈，然後喝道：「將燈移開！」

那一切變故，全是在電光石火、極短的時間之內發生的，白素完全被驚呆了。白素是在幾秒鐘之內，便恢復了鎮定。但你當她恢復了鎮定的時候，對我不利的局面已經形成了。錢萬人再度喝道：「將燈移開。」

我估計錢萬人在眼前陡然一黑之際，是會有一個短暫時間視而不見的。

但是我卻絕沒有法子利用這短暫的時間來做些甚麼。

我的頸際被槍口緊緊地壓著，在那樣的情形下，我怎麼能亂動。

白素移開了燈，慌忙地道：「你放開他，有話可以慢慢地說。」

白素的這句話，在如今這樣的情形之下聽來，若是我可以笑出聲來的話，一定放聲大笑了。因為那是極其可笑的事，錢萬人怎肯放手？

錢萬人冷笑了一聲，「聽我的吩咐去做！」

白素的聲音有些發顫，她忙道：「好，你說，你說。」

我在突然被錢萬人制住之後，腦中也是一片慌亂，直到這時候，我才略略定下神來，我勉力掙扎著道：「別聽他指使！」

我講了那句話的結果，是使得錢萬人更用力將槍口壓在我的頸上。

如果這時用槍壓住了我頸部大動脈的是一個平常人的話，我可能還有掙扎的餘地。但是如今這個人，卻也是深通中國武術的錢萬人！錢萬人在中國武術上的造詣，還在我之上！在那樣的情形之下，我當然沒有掙扎的餘地。

我看不見錢萬人手部的動作，但是我想白素一定是看到了他的手指，緊了一緊，是以白素立時尖叫了起來：「衛，別再動了。」

我吸了一口氣，不敢再動。

錢萬人冷笑了一聲：「聽著，先將我左手的手銬解開來。」

這實是奇恥大辱，錢萬人的一隻手還被銬著，可是他卻制服了我！

白素連忙答應著，將他左手的手銬鬆了開來。

這一來，我掙脫的希望更減少了。

錢萬人獰笑著：「在門外，我有八個同伴在，你去帶他們進來。」

這八個人若是一進來，我可以說一點希望也沒有了。

但是如今，我卻沒有法子可以不讓白素去做這件事。白素站了起來：「我去，但是你絕不可以傷害他，絕不能！」

錢萬人獰笑著：「你放心好了，我還有許多事情要問他哩！」

白素嘆了一口氣，急急地走了開去，錢萬人等她出了門，才道：「衛斯理，六十年風水輪流轉，你也有落在我手中的一天？」

我心中拚命地在思索著，如何去扭轉劣勢，但是我的腦中，卻是一片空白。

我聽得錢萬人得意地笑了笑，然後道：「第一件你要回答我的事是：那金球在甚麼地方？」

我的回答顯然使他十分憤怒，因爲我道：「你得不到它了。這金球是甚麼東西，你是做夢也想不到的，它已經被我毀去了。」

錢萬人冷笑著：「你將金球毀去了？那是絕無可能的事情，金球究竟在甚麼地方，我給你一分鐘的時間去考慮這件事。」

我仍然堅持：「是已經毀去了，你能逼我講出甚麼第二個答案來？」

錢萬人冷笑道：「一分鐘，如果你不說的話，我便將你帶走，將你帶到我們工作的單位去，將你當作特務，受軍法審判！」

我聽了他的話，身子不禁抖動了一下。

這是一件可怕之極的事情，如果真的是那樣的話，那我寧願他如今就一槍將我射死了。

我沒有回答，錢萬人冷冷地道：「還剩四十五秒。」

我仍然不出聲，時間過得實在太快，他又道：「還有三十秒！」

就在這時候，一陣淩亂的腳步聲，傳了進來，顯然是有許多人走上了樓梯，接著，白素便推門而入，道：「他們來了。」

錢萬人先道：「只有十五秒鐘了！」然後才道：「進來兩個人。」

兩人應聲而入，我看不到他們的人，但是卻可以聽到他們的腳步聲，那兩個人走到了近前，又聽得錢萬人吩咐道：「扭住他的手臂，槍要緊緊地抵住他的背脊，千萬小心。」

我的身子，隨即被兩個人提了起來，錢萬人的手槍，離開了我的頸際。

而就在那電光石火的一剎那間，一切全變了。

白素飛快地掠了上來，一掌反砍，砍在錢萬人的手臂上，錢萬人料不到白素忽然之間，會有這樣的一著，一掌正被砍中，手中的槍，「拍」地一聲，跌了下來。

在那一瞬間，我也莫名其妙，不明白何以白素在忽然之間，竟不再顧及我的生死安危了。緊接著，拉住我的兩個人，也突然一鬆手，兩人一齊向前跳了過去，錢萬人的雙臂，已被他們兩人緊緊地執住了。

在那片刻間，我只看到，那兩個人中的一個，身形高大，單看他的背影，便已令人生出一股肅然起敬的感覺。

我一張口，剛要叫出那人的名字來，但是錢萬人卻已先我一步叫道：「白老大！」

那人是白老大，白素的父親！

他是在法國研究如何使新酒變陳的，竟會突然之間來到了這裏，那實在是我所絕對想不到的。白老大一到，事情當然已解決了。

白老大身上這時所穿的，是一套不十分合身的西裝，我相信那一定是他在屋外，制服了錢萬人帶來的人之後所穿上的，這也是爲甚麼他跟著白素進來之後，錢萬人一時之間，竟未覺察的原因。

我向白素望去，白素撲進了我的懷中。我和白素一齊來到了白老大的面前。和白老大一齊來的，是另一個精神奕奕的老年人。

錢萬人這時，已頹然地倒在一張沙發上，面如死灰，身子也不由自主地發著抖。

白老人目光炯炯地望著他：「聽說你現在當了大官了，是不是？」

錢萬人並沒有回答。

白老大又緩緩地道：「我們這些人，可能已經落伍了，不適合時代的潮流了，但不論怎樣，我們總是草莽中人，怎可以和官府在一齊？更不可以自己去做官，你難道不明白？」

白老大頓了一頓：「這一番話，早在你替日本人當漢奸的時候，我已經說過的了。」

錢萬人的面色，更變得像死人一樣，他的身子一滑，從沙發上滑了下來，「撲」地跪在地上，顫聲道：「老大，別說了！別說了！」

白老大冷笑道：「本來，我是答應過你，絕不將這件往事講給任何人聽。只要你肯利用你如今的職位，多爲老百姓想想，我也依然遵守諾言，可是如果你爲虎作倀的話，我卻也只有不顧信義了。」

錢萬人汗如雨下：「是，老大教訓的是，我一定盡力而爲。」

白老大來回踱了幾步，向我望來。我看得出白老大的意思，是在向我徵詢處理錢萬人的意見。

我想了一想：「如果錢先生肯多爲老百姓著想，那麼以他如今位居高官的情形來看，倒未始不是老百姓的福氣，只是不知他肯不肯。」

錢萬人連聲道：「我肯，肯，肯！」

白老大來回地走了幾步：「口說無憑。」

錢萬人哭喪著臉：「你要怎樣呢？」

錢萬人並不是不勇敢和一擊就敗的人，他能夠在我完全處於上風的情形之下，扭轉劣勢。如果不是白老大突然來到的話，那麼我的處境，實是不堪設想。

但是，錢萬人在白老大的面前，卻是一點反抗的行動也拿不出來。

他和白老大兩人，原來都是幫會中的人，而白老大的地位極高，他是素知的，當一個人看到了敵人而感到心怯的時候，就絕對不可能再和敵人周旋下去。

白老大站定了身子：「每隔半年，你便要做一件使我們知道的大事，要不然，我就將你的底細，送給你的上司。」

錢萬人忙道：「這樣……我很快就會被他們視作異己分子。」

白老大冷冷地道：「我看不會，你有足夠的機智可以去應付他們。」錢萬人嘆了一口氣，道：「好吧！」

白老大道：「當然，只要你肯答應的話，我們也不會太難爲你的。你的幾個手下全在外面。」

一聽到這句話，錢萬人的面上，才算有了一點生氣。

白老大在他的肩頭上拍了拍：「你還得向你的手下準備一個英勇的脫險故事才行。」

錢萬人苦笑了一下：「別再拿我取笑了。」

白老大揮了揮手，錢萬人狼狽地向外走去，到了門口，站了一站，看他的樣子，似乎還想說些甚麼，但是他最後卻仍然未曾開口，只是嘆了一口氣，便打開門，走了出去。

我直到這時候，才真正地鬆了一口氣：「幸而你們及時趕到，要不然，真是不堪設想了。」

白素笑道：「我也是萬萬料不到的，我一出門，就看到爹，我幾乎以爲自己是在做夢！」

白老大道：「我是乘夜班飛機來的，我想給你們一個意外的驚喜，所以未曾打電話來，卻不料到了門口，見到七八個人鬼鬼祟祟，分明是要對你們不利，將他們全都制服了之後，他們道出了錢萬人在裏面，所以我們就準備改了裝摸進來。」

我們大家都說笑了一陣，全然沒有人覺得疲倦，我打開了酒櫃，取出了酒來。等到我一杯在手之際，我才陡地想了起來：「你不是在研究如何使白蘭地變陳的辦法麼？」

白老大站了起來：「是的，而且，我已成功了。」

我「啊」地一聲：「你成功了，你一定可以成爲全世界酒徒心目中的救世主，這是多少科學家研究不成功的問題，關鍵在甚麼地方？」

白老大來回踱了幾步，揚起手來：「很簡單，將新釀成的白蘭地，放在木桶中，置於陰暗之處，過上五十年到一百年，酒便香醇無比了。」

我和白素都呆了一呆，但是接著，我們都忍不住大笑了起來。

白老大和他同來的人，也一起大笑了起來。

白老大所講的辦法，是多年來的老辦法。事實上白老大是失敗了，除了這個方法之外，是絕沒有別的方法，可以使白蘭地變得香醇的！

我笑了好半晌：「那麼，我們的婚禮，該飲甚麼酒呢？」

白老大道：「我們雖然沒有成功，但是卻在一個古堡之中，發現了一批陳酒，那可能是世界上最陳的白蘭地，所以你們的婚禮，仍然有最好的酒。」

我們又笑了起來，白素才道：「爹，我將一件最奇的奇事講給你聽。」

她將有關金球的事，全部講給了白老大聽。她講得十分之詳細，有許多細節，根本是我也忘記了的。

白老大靜靜地聽著。

等到白素講完，天已經亮了！

白老大一拍手掌：「你們沒有再繼續麼？我們應該做這一件驚天動地的事情，小衛，儘量設法，再和他們聯絡。」

白老大的話，我是不敢不從的，於是，我像是苦行僧也似的獨自在靜室中過了七天之久。然而這七天我卻一無所獲。

在那七天之後的半年中，我和白素時時希望聽到「他們」的聲音，但我們一直失望，這些奇妙的高級生物，已到何處去了，爲甚麼不和我們聯絡了，那沒有人知道。我們所知道的只是：他們在半年之後，已經沒有了他們所需要的氣體，他們一定全數死亡。

這是極使我悵然，但是又是無可奈何的一件事，別以爲我不關心他們，我和白素的結婚禮，是在半年之後，確知他們已不可能再有音訊之後才舉行的。

（完）

倪匡珍藏限量紀念版 1

衛斯理傳奇之

天涯

（含：鑽石花・奇玉）

衛斯理問市60週年　倪匡逝世週年紀念

科幻教主第一人　六十載寫下傳奇

穿越未來與現在　橫掃宇宙及人間

本書包含〈鑽石花〉及〈奇玉〉兩篇故事，〈鑽石花〉是第一篇以衛斯理為主角的故事，故事中對衛斯理這個人物的來龍去脈，有相當詳細的交代；並提及了他的初戀及與強勁敵手「死神」的精彩對決經過，高潮迭起！夜晚的甲板上，那人將手中的東西拋入海中，衛斯理發現，竟是足有十五克拉大小的鑽石！這世上最值錢的礦物，他竟如此輕易揮霍？是走私新手法？還是另有隱情？

倪匡珍藏限量紀念版 2

衛斯理傳奇之

邂逅

（含：地底奇人‧衛斯理與白素）

倪匡的超自然外星物語　有字天書永成經典絕響

名列香港四大才子之一　妙筆見證文壇時代風華

第31屆香港電影金像獎終身成就獎、2018年編劇會銀禧榮譽大獎

當一個瞎了眼的老人找上衛斯理的時候，一筆巨大寶藏的秘密及幫派鬥爭也隨之而來……本書包含〈地底奇人〉、〈衛斯理與白素〉兩個故事，喜愛倪匡科幻小說者當會大呼過癮！這個故事有它的重要性，引出了衛斯理故事中，一個極其重要的人物：白素。黑暗之中，從三個不同方向躍下了三個人，向衛斯理襲了過來！這三個人的來歷，和那紙摺的猴子中，究竟包含著甚麼秘密？

倪匡珍藏限量紀念版 14

衛斯理傳奇之不死藥

作者：倪匡
發行人：陳曉林
出版所：風雲時代出版股份有限公司
地址：10576台北市民生東路五段178號7樓之3
電話：(02) 2756-0949
傳真：(02) 2765-3799
執行主編：劉宇青
美術設計：許惠芳
業務總監：張瑋鳳
出版日期：2023年6月倪匡珍藏限量紀念版一刷
版權授權：倪匡
ISBN ：978-626-7303-03-0
風雲書網：http://www.eastbooks.com.tw
官方部落格：http://eastbooks.pixnet.net/blog
Facebook：http://www.facebook.com/h7560949
E-mail：h7560949@ms15.hinet.net
劃撥帳號：12043291
戶名：風雲時代出版股份有限公司

風雲發行所：33373桃園市龜山區公西村2鄰復興街304巷96號
電話：(03) 318-1378
傳真：(03) 318-1378
法律顧問：永然法律事務所 李永然律師
北辰著作權事務所 蕭雄淋律師

行政院新聞局局版台業字第3595號 營利事業統一編號22759935

國家圖書館出版品預行編目資料

衛斯理傳奇之不死藥 ／ 倪匡著. -- 三版. --
臺北市：風雲時代出版股份有限公司，2023.05
面；公分　倪匡珍藏限量紀念版

ISBN 978-626-7303-03-0（平裝）

857.83　　112002524

風雲時代 風雲時代 風雲時代 風雲時代 風雲時代 風雲時代 風雲時代